Keiko Saga
嵯峨景子

# コバルト文庫で辿る少女小説変遷史

彩流社

# コバルト文庫で辿る少女小説変遷史　もくじ

はじめに　5

第1章　『小説ジュニア』から『Cobalt』へ



第2章　一九八〇年代と少女小説ブーム

## 第3章　ファンタジーの隆盛と多様化する九〇年代



## 第4章　二〇〇〇年代半ばまでの少女小説

## 第5章　二〇〇六年から現在までの少女小説

# はじめに

「少女小説」と言われたとき、どのような作品を思い浮かべるだろうか。吉屋信子の『花物語』や川端康成の『乙女の港』など、時を経て読み継がれる名作を連想する人もいるだろう。あるいは、現在書店の一角を占める少女小説レーベルやシリーズの名前を挙げる人もいれば、「昔ティーンズハートやコバルト文庫を読んでいた、懐かしい」と、かつての読書体験を思い出す人も少なくないはずだ。それぞれの時代の空気を反映しながら、少女に向けた物語は長年紡ぎ続けられている。

とはいえ、活字文化が論じられる際に、少女小説と呼ばれる作品群が注目を集めるようになったのは、比較的最近のことである。近年、戦前期の少女小説の再刊行が盛んに行なわれる一方、アカデミズムのなかでも少女小説研究が一つの分野として定着しつつある。例えば菅聡子編『〈少女小説〉ワンダーランド――明治から平成まで』[1]や久米依子『「少女小説」の生成――ジェンダー・ポリティクスの世紀』[2]、大橋崇行『ライトノベルから見た少女／少年小説史――現代日本の物語文化を見直すために』[3]といった書籍は、近年の重要な成果といえるだろう。これらの少女小説研究では、明治期から現在までの長い期間を射程にした議論が行なわれている。また、岩淵宏子・菅聡子・久米依子・

長谷川啓編『少女小説事典』[4]では、戦前から現在までの少女小説作家とシリーズが項目化され、広大な少女小説の世界を渡り歩くための基盤作りもなされている。

　こうした少女小説研究の系譜に連なる本書で試みたいのは、集英社のコバルト文庫を中心に、現代の少女小説の変遷を辿ることである。考察対象となる主なレーベルはコバルト文庫、講談社X文庫ティーンズハート、講談社X文庫ホワイトハート、小学館パレット文庫、新書館ウィングス文庫、角川ビーンズ文庫、ビーズログ文庫、小学館ルルル文庫、一迅社文庫アイリスなどである。

　もっとも、コバルト文庫やそれ以降の少女小説について、触れた議論は皆無ではない。横川寿美子の研究では二〇〇〇年頃までの少女小説の動向が捉えられており[5]、また木村涼子はジェンダーの視点からコバルト作家の氷室冴子、講談社X文庫ティーンズハート作家の花井愛子と折原みとを取り上げ、小説の内容分析を行なっている[6]。あるいは、大森望・三村美衣『ライトノベル☆めった斬り！』[7]や『ライトノベル完全読本 Vol.2』の特集「決定版少女ノベル大全」など[8]、二〇〇四年頃のライトノベルブームの最中に刊行された書籍や雑誌などでも、少女小説ジャンルの動向はまとめられている。

　しかしながら、レーベルの統廃合や流行ジャンルの移行など、大きな変動が起きている二〇〇六年以降に関して、その移り変わりを俯瞰するための議論はまだほとんどなされていない。また、少女小説のなかでは比較的研究が進んでいるコバルト文庫に関しても、主たる考察対象は氷室冴子や新井素子など、一部の作家に偏っている。

　本書はこうした課題をふまえ、一九六六年から二〇一六年までの五〇年にわたる少女小説の変遷を歴史化し、記述することを試みる。ここで「少女小説の変遷」と呼び、考察を行なう事象は、ただ単に各社のレーベルの動向や、その時々の少女小説の流行ジャンルをまとめるだけには留まらない。少女小説の読者たちが、どのように作品を読み、受容していたのか。コバルト文庫は母体雑誌である『Cobalt』が長年刊行されており、この雑誌が作家と読者の接点となり、また読者から作家へという新人を育成するルートともなっていた。従来のコバルト文庫研究ではあまり言及されることがない『Cobalt』も分析対象とすることで、読者側の視点も取り入れつつ、現在までの少女小説の変化を考察していきたい。

ここまでの記述からすれば起点を一九六六年に設けるのは、やや遡りすぎているように見えるかもしれない。一九六六年から考察を始めるのは、この年が『Cobalt』の前身となる『小説ジュニア』創刊の年であり、現在へと繋がる少女小説の系譜の起点となるためである。のちに詳しく見ていくように、『小説ジュニア』は一九八二年にリニューアルされて『Cobalt』となり、二〇一六年四月をもって休刊となるまで、長年にわたってコバルト文庫と並走してきたこのレーベルの母体雑誌である。文庫レーベルとその母体雑誌とはきわめて密接に関わっており、本書ではこの雑誌を読み解き、そのなかに刻まれている作家の、そして読者の声にも目配りをしつつ、分析を行なっていく。

コバルト文庫は戦後の少女小説のなかでは最も言及される機会が多く、本書もまたそうした性格を有するものではあるが、同時にコバルト文庫以外のレーベルも取り上げ、その動向を整理していく。本書が焦点を当てるのは個別の作家や作品分析ではなく、少女小説というジャンルの変遷の記述である。

ここで、本書が用いる「少女小説」という用語について確認をしておきたい。本書では「少女小説」を「少女を主な読者層と想定して執筆された小説」とシンプルに定義する。実際に分析の中心となる少女小説群は文庫型で、表紙や挿絵にイラストレーションが用いられているものが多い。しかし、このように現在ポピュラーなものとされがちな特徴やレーベルの様態を定義に織り込んでしまうと、長い歴史のなかでさまざまな媒体や形態で発表されてきた少女小説群がこぼれ落ちてしまう。そうした古い時期からの変化までを捉えるため、ここではシンプルかつ広い定義を用いて議論を進めていくことにする。

考察の対象となる五〇年間のなかで、ジャンルを指し示す名称自体も「ジュニア小説」から「少女小説」へと変わり、さらに近年では「ライトノベル」と呼ばれるジャンルの一部に包摂されることもあるといったように、ゆらぎを見せている。こうしたなかで少女小説という用語を用いるのは、現在も女性向けのエンターテインメント小説の名称としては一定の認知度を得る言葉となっており、ジャンルを総括するタームとして適切であると判断したためである。

以上のような問題意識と目的をもちつつ、本書は以下の構成で形成される。第1章「『小説ジュニア』から『Cobalt』へ」では、一九六〇年代のジュニア小説とその書き手を取り上げたのち、一九七〇年代後半に若手女性作家たちが登場し、現在の『Cobalt』へと変化するまでを見ていく。第2章「一九八〇年代と少女小説ブーム」では、この時期に大きなマーケットとして注目を浴びた少女小説界隈の状況をコバルト文庫、そして新興レーベルの講談社X文庫ティーンズハートを中心に捉え直す。第3章「ファンタジーの隆盛と多様化する九〇年代」では、一九九〇年代の少女小説の状況をファンタジー、ボーイズラブ（BL）、九〇年代の世相との関係という、三つのキーワードに整理して分析していく。第4章「二〇〇〇年代半ばまでの少女小説」では、角川ビーンズ文庫創刊以降の少女小説の状況を取り上げ、九〇年代の多様化が二〇〇〇年代においてどのように変化したのか、他ジャンルの動向をふまえつつ明らかにする。第5章「二〇〇六年から現在までの少女小説」は、二〇〇六年前後に生じた大幅なレーベルの変動、「姫嫁」化とも呼ばれた少女小説界隈における物語形式の流行、さらにここ数年間で急増したウェブ小説やボカロ小説、ライト文芸などの動向を絡めつつ少女小説の現状を紹介していく。

本書は少女小説研究という立場のものではあるが、かつての、あるいは今の少女小説に関心がある一般読者にも届けばと思い執筆している。構成は時系列順になっており、興味のある作家や時代を優先的に読んでいただくことも可能である。最初の歴史的部分になじみがない方は、そこで本を閉じずに好きな作家や時代に飛んで読み進めてほしい。

それでは、少女小説を辿る長い旅をはじめよう。

凡例

・本文中で、「Cobalt」は雑誌、「コバルト文庫」は文庫の本、「コバルト」は雑誌と文庫を合わせたものを指す

・所属・肩書きなどは各媒体掲載時のものである

(1)菅聡子編『〈少女小説〉ワンダーランド――明治から平成まで』、明治書院、二〇〇八

(2)久米依子『「少女小説」の生成――ジェンダー・ポリティクスの世紀』、青弓社、二〇一三

(3)大橋崇行『ライトノベルから見た少女/少年小説史――現代日本の物語文化を見直すために』、笠間書院、二〇一四

(4)岩淵宏子・菅聡子・久米依子・長谷川啓編『少女小説事典』、東京堂出版、二〇一五

(5)横川寿美子「ポスト「少女小説」の現在――女の子は男の子に何を求めているか」斎藤美奈子(さいとうみなこ)編『21世紀文学の創造7　男女という制度』、岩波書店、二〇〇一

(6)木村涼子『学校文化とジェンダー』、勁草書房、一九九九

(7)大森望・三村美衣『ライトノベル☆めった斬り!』、太田出版、二〇〇四

(8)『ライトノベル完全読本 Vol.2』(日経BPムック)、日経BP社、二〇〇五

# 第1章　『小説ジュニア』から『Cobalt』へ

# 1　少女小説前史——戦前期から戦後概略

## 少女というカテゴリー

本書は一九六六年以降の少女小説を分析対象とするが、少女小説の系譜は明治期まで遡る長い歴史を有している。少女小説の前提として、その読み手である「少女」という存在と、少女小説が発表されるメディアが必要となる。「少女」は近代日本の学校教育制度の確立とともに出現したカテゴリーであるが、歴史的に見るとまずは年少の男女全体を指す「少年」が出現し、そこから切り離されるかたちで「少女」が誕生した経緯をもつ。

近代日本の教育は一八七二（明治五）年の学制から始まるが、この時期の制度では男女の区別は行なわれていなかった。男女別学化・別カリキュラム化が明文化したのは一八七九（明治一二）年の教育令からで、さらに一八八六（明治一九）年に公布された中学校令でそれは決定的となり、教育制度のなかで男女の分離が進められていくことになる。(1)

中学校令公布以降、「少年」というタイトルがつけられた雑誌が創刊されるようになる。日本最初の少年雑誌『少年園』（少年園社）は一八八八（明治二一）年に創刊されている。一八九五（明治二八）

年に創刊された『少年世界』は巌谷小波（いわやさざなみ）を主筆に据えて大衆的な誌面作りを行なったが、同雑誌は九月に「少女欄」を開設している。少女雑誌という固有のメディアがまだ登場していない状況のなかで、この少女欄は少年から少女を分化する囲い込みであると同時に、最初の少女専用欄という画期的な意義をもつものでもあった。少女期の出現は近代家父長制と良妻賢母教育に少女たちを組み込むものであると同時に、結婚までの猶予を与えるモラトリアムの期間ともなった。

少女雑誌の登場は一八九九（明治三二）年公布の高等女学校令を契機とする。この法令により女子中等教育が制度化され、一県に一校高等女学校を設立することが定められた。高等女学校と女学生の増加に後押しされるように、少女雑誌が多数創刊されていく。一九〇二（明治三五）年には初の少女雑誌『少女界』（金港堂書籍）が創刊され、また『少年世界』を出版していた博文館は一九〇六（明治三九）年に少女のための雑誌『少女世界』を創刊する。明治三〇年代、四〇年代は少女雑誌の創刊が活発化し、他にも『少女の友』（実業之日本社）や『少女画報』（東京社）などが創刊された。

少女小説の変容については、久米依子による先行研究がある。[2]その概略を記せば、初期の少女小説は少女を教え諭す教訓譚であり、家父長制のなかで良妻賢母予備軍である少女たちが「家の娘」として振るまうよう抑圧する装置として働いていた。それに対し、新たな少女規範と少女像が提示されるようになるのは明治四〇年前後のことである。強い教訓性で描かれていた少女小説が変容し、独自の形式を確立し発展した時期とされている。

この時代に、少女小説の形式を確立した作家として、吉屋信子が知られている。『少女画報』に投稿された「鈴蘭」が誌面に掲載されたのは一九一六（大正五）年七月号のことである。「鈴蘭」から始まった『花物語』は読者の好評を受けて長く書き続けられ、のちのちまでさまざまな版元から刊行されて読み継がれており、少女小説の金字塔として歴史にその名を刻んでいる。

戦前期の少女小説は現在とは異なり、雑誌というメディアと密接な関わりをもち、今のように単行本や文庫本ベースではなく、雑誌の連載で読むというかたちが大きな比重を占めていた。当時の二大雑誌『少女倶樂部』（大日本雄弁会講談社）と『少女の友』（実業之日本社）は、どちらもその雑誌のカラーに合った長編少女小説の連載が人気コンテンツとなっていた。『少女倶樂部』は大衆的な誌面作りを行ない、広く地方まで普及して圧倒的なシェアを誇る。それに対し『少女の友』は都会的で洗練された叙情的な内容を特徴とし、都市中間層の女学生を中心に熱烈な読者を獲得していた。人気作家の吉屋信子はどちらの雑誌にも寄稿しているが、「忍耐努力、波瀾万丈、大団円」をモットーにした『少女倶樂部』には世の荒波を前に、けなげに生きる三人の少女たちを描いた作品「三つの花」[3]を連載し、『少女の友』には意志的で強い個性をもつ主人公まゆみが印象的な「紅雀」[4]をはじめ繊細で都会的な作風の小説を発表するなど、誌面に合わせた書き分けを行なった。[5]

この時期の少女小説のもう一つの特徴として、エスと呼ばれる少女同士の友愛の物語が多く描かれていた点が挙げられる。エスとは「Sister（シスター）」の略で、少女同士の親密な関係を示す言葉として女学生文化のなかに根付いていた。エスを描いた小説の代表の一つが、川端康成（現在では中里恒子が執筆したものとされている）の『乙女の港』である。[6]ミッションスクールを舞台に個性の異なる二人の「お姉さま」との間で揺れる少女の物語は連載時から評判を呼び、多くの少女たちを夢中にさせた。少女小説では異性愛を取り上げるのはタブーで、そのかわりにエスをはじめとする少女同士の親密な関係がロマンティックな様式のなかで描かれていった。

読み切りの短編が多かった少女小説が、読者を惹きつける人気コンテンツとしてのポジションを確立し、長編連載という形式が雑誌で採られるようになったのは大正末から昭和初期頃にかけてである。『少女倶樂部』と『少女の友』の二大少女雑誌を中心に、多くの少女小説が発表され、多様で豊穣な少女小説黄金期が出現した。しかし戦時色が強くなると少女雑誌にもその影響が及び、雑誌の内容に規制が加えられ、少女小説は多様性を失い戦時体制に組み込まれていった。

## 戦後の少女小説

太平洋戦争の敗戦という歴史的転換を迎え、日本社会は大きく変わった。一九四七年三月に教育基本法と学校教育法が公布され、一九四七年四月から新制中学校、一九四八年四月より新制高等学校と、新しい教育制度が整備されていく。教育基本法の第五条では男女共学が規定され、一部私立学校を除き新制中学校で男女共学が進められていった。少年少女を取り巻くこの環境変化は、少女小説のモードにも影響を与えた。共学の実現によって男女交際がタブー視されなくなり、小説のモチーフとしても取り入れられるようになっていく。

こうした状況のなかで、戦前から発行を継続し、昭和一〇年代前後の少女小説全盛期を支えた『少女倶樂部』と『少女の友』はその変化に十分に対応することができず、苦戦を強いられることになる。結局、『少女の友』は一九五五年六月に、また一九四六年四月から『少女クラブ』と改名した『少女倶樂部』も一九六二年一二月で廃刊を迎え、戦前からの少女雑誌は姿を消していく。

入れ替わるように人気を得たのは、戦後に創刊された新進の少女雑誌だった。一九五〇年四月創刊の『女学生の友』(小学館)は、男女交際、ファッション、スターのゴシップを取り上げ、急速に部数をのばしていった。[7] 一九五〇年代から六〇年代にかけて、少女の読み物はゆるやかな変動を見せている。戦後の世相を反映して男女交際を描いた小説が増加し、さらには少女小説に替わって「ジュニア小説」という新たな名称も出現した。大橋によれば『女学生の友』で初めてジュニア小説という呼称が登場したのは一九五八年六月号のことである。[8]

いずれにせよ一九五〇年代後半以降、『女学生の友』を中心に少女小説に替わる名称としてジュニア小説という呼称が出現し、一九六六年の『小説ジュニア』創刊を契機にジャンルとして定着したものといえるだろう。

## 2 一九六〇年代のジュニア小説とその書き手たち

### ジュニア小説のジャンル化

一九六六年四月、初のジュニア小説専門誌として『小説ジュニア』(集英社)が創刊された。表紙にはギターを抱えた少女が印刷され、中央には「JUNIOR NOVELS」と大きく記されている。

ボン・ジュール・マドモアゼル! ジュニアのあなたにいちばんふさわしい季節ですね。美しくて チャーミングなあなたにすてきな雑誌をおとどけします。小説ジュニア――あなたが日ごろから読みたいと思っていてもなかなか見つからなかったジュニアのための珠玉の小説ばかりを集めた雑誌が誕生したのです。通学や通勤の電車のなかで お勉強をすませたおやすみ前のひとき この雑誌で楽しい夢をみてください。(9)

『小説ジュニア』創刊号の巻頭を飾ったのは富島健夫(とみしまたけお)の長編純愛小説「制服の胸のここには」で、一挙掲載されて好評を博した。目次を見ると他にもウルトラ小説、外国ジュニア小説、ユーモア小説、身の上相談小説、悲劇小説などとキャッチがつけられているが、少女小説という言葉は一度も用いられていない。創刊の辞でも読者はジュニアと呼ばれ、この雑誌がジュニアのためのジュニア小説雑誌というアイデンティティーを有して創刊されたことが読み取れる。

ジュニア小説ブームの先駆けとなった『小説ジュニア』は、どのような経緯のもとで創刊されたのだろうか。集英社は一九六二年一一月、結婚適齢期のミスとヤングミセスのための生活誌『女性明星』を創刊するも苦戦、一九六六年七月で終刊となった。終刊の一年前、一九六五年七月から『女性明星』は読者対象をハイティーンに落とし、判型もB5版に変更するなどさまざまな試みを重ねたが、その模索のなかで好評を博したのは、付録につけた文庫判の青春小説集であった。ここからジュニアに向けた青春小説雑誌の発想が生まれ、そのコンセプトをもとにして一九六六年四月に『小説ジュニア』が創刊された[10]。

『小説ジュニア』の創刊に先駆けて、一九六五年九月にはB6版のコバルト・ブックスという叢書レーベルが立ち上げられている。今のコバルト文庫とは判型も異なるソフトカバーの本で、カバーイラストは藤田ミラノ(ふじた)が手掛けたものが多い。このコバルト・ブックスは『小説ジュニア』掲載以外の作品、他社の『ジュニア文芸』(後述)や『女学生の友』に掲載された小説もラインナップに加えられている。コバルト・ブックスとして初めて刊行された佐伯千秋(さえきちあき)『潮風を待つ少女』は、元々『女学生の友』に連載されていた小説である。特に初期コバルト・ブックスのラインナップには『女学生の友』掲載作品の収録が多い。コバルト・ブックス刊行で、のちに集英社文庫コバルトシリーズから再刊されたものに限定しても、『女学生の友』からの単行本作品には、佐伯千秋『潮風を待つ少女』『若い樹たち』『赤い十字路』『花と風の季節』、津村節子(つむらせつこ)『水色の慕情』、富島健夫『また会う日に』、三木澄子(みきすみこ)『遠い花火』などがある。こうしたところからも、ジュニア小説の源流は『女学生の友』のなかにあることがうかがえる。

コバルト・ブックスは「必ずしも成功していたわけではない」[11]が、のちに集英社文庫コバルトシリーズが登場するまで刊行されていた。母体雑誌としての『小説ジュニア』と、レーベルとしてのコバルト・ブックス。このような雑誌と本の連携というスタイルは、後年の『Cobalt』とコバルト文庫にも引き継がれている方針である。他の少女小説レーベルが基本的に書籍のみの刊行、もしくは雑誌を創刊しても発行が続かない状況のなか、雑誌と本の両方を発行し続けるのが集英社の少女向け読み物の大きな特徴となっている。

『小説ジュニア』は季刊誌として創刊され、創刊号の春号（四月号）と二冊目の夏号（六月号）は季刊ペースであったが、売り上げの好調を受けて一九六六年八月号から月刊化されている。以後『小説ジュニア』としての最後の発行となる一九八二年六月号まで、月刊誌として刊行が続けられた。

『小説ジュニア』の成功に刺激を受けるように、一九六七年前後に多くのジュニア雑誌が創刊されている。『小説ジュニア』に続いて創刊されたのが小学館の『ジュニア文芸』である。一九六七年一月創刊、一九七一年八月で休刊と発行期間はそれほど長くはないが、『小説ジュニア』のライバル雑誌としてしのぎを削った。もともとは『女学生の友』の別冊として一九六六年六月に『別冊女学生の友 オール小説』として発行され、一九六六年にも何冊か別冊として刊行された後、一九六七年一月から『ジュニア文芸』として独立するかたちで創刊されている。『ジュニア文芸』は富島健夫の『おさな妻』が発表された雑誌で、また〝ジュニア小説の愛と性〟論を掲載するなどジュニア小説論争において重要な役割を果たしている。

さらに学習研究社からは『小説女学生コース』が一九六七年一月に創刊（一九七〇年四月に版元を立風書房へ移し『女学生ロマン』と改題、一九七一年一〇月に廃刊）、旺文社発行の『ジュニア・ライフ』が一九六八年五月創刊（一九七〇年六月廃刊）など、ジュニア小説雑誌の創刊が相次ぐジュニア小説ブームが出現した。ジュニア小説の代表的な作家は富島健夫、佐伯千秋、三木澄子、吉田（よしだ）とし、津村節子、宮敏彦（みやとしひこ）、川上宗薫（かわかみそうくん）などである。多くの作家たちは文学をキャリアの出発点としており、そのなかでやがてジュニア小説を手掛けていくようになっている。

一九六八年八月二九日の『朝日新聞』に掲載された記事「かくれたベストセラー　ジュニア小説　学園舞台の純愛もの[12]」には、「三冊（筆者注：『小説ジュニア』『ジュニア文芸』『小説女学生コース』）で月六十万から七十万」とジュニア小説誌の発行部数が記され、雑誌の好調な売れ行きとジュニア小説というジャンルの盛況ぶりを伝えている。

## 文学としての性描写

前述の『朝日新聞』記事「かくれたベストセラー　ジュニア小説　学園舞台の純愛もの」のなかでは、ジュニア小説の特徴が説明されている。そこには「ジュニア小説の愛情表現はキス、それも〝きれいなキス〟が限度。これ以上が現れると読者から非難されるそうだ」とあるように、この時期のジュニア小説は学園舞台の純愛もので、後年バッシングを受けることになるような「行き過ぎた」性描写はまだ見られない。一九六八年の時点ではジュニア小説は「きれいなキス」止まりの「きれいな恋愛」を描いたジャンルとして認識されていたことを確認しておきたい。

「きれいなキス」止まりの純愛路線であったはずのジュニア小説に、変化が生じるのは一九六九年頃である。この時期からジュニア小説のなかで性描写が現れるようになり、それまでの青春における愛や友情という主題に加え、性の問題が浮上してくる。一九六九年一一月の『ジュニア文芸』に富島健夫の「おさな妻」が掲載され、一九七〇年三月に集英社から単行本が出版された。『おさな妻』は高校生が人妻になるという設定で、初夜のシーンがあるものの、小説のなかでの性の描写は控えめで、また割合としても低い。しかし映画化・ドラマ化されるなど、メディアミックスの話題性もあり、ジュニア小説の性描写の過激化の先鋒として富島はバッシングを受けることになった。

一九七〇年一月二一日、『朝日新聞』の朝刊に「少女小説　セックスがいっぱい」という記事が掲載された。タイトルの過激さも相まってこの記事は話題を呼び、さらに『朝日新聞』一九七〇年二月一日朝刊でも「特集　ジュニア小説と『性』」が組まれるなど、ジュニア小説のなかの性描写が社会問題として取り上げられていくようになる。こうした報道を受けて、ジュニア小説家による反論がなされるなど、書き手側とメディアによる筆戦が繰り広げられた。

ジュニア小説のなかで、なぜ踏み込んだ性描写が急増していったのか。ジュニア小説の書き手による発言を読み解くなかでうかがえるのは、ジュニア小説家たちが「文学」を目指し、生きた男女の姿に迫るための不可欠な要素として性と愛の描写を捉えていたということである。
『ジュニア文芸』では先述の『朝日新聞』の「少女小説　セックスがいっぱい」の記事を受けて、一九六九年一〇月から一九七〇年六月まで九回にわたってジュニア作家による「私はこう思う＝ジュニア小説の中の愛と性」という連載企画を行なった。当時の代表的なジュニア小説家が寄稿したこの特集で（執筆順に名前を挙げると森一歩（もりかずほ）、富島健夫、三木澄子、中村八朗（なかむらはちろう）、吉田とし、諸星澄子（もろぼしすみこ）、宮敏彦、佐伯千秋）、彼らがどのようにジュニア小説を捉え、また性描写と向き合っていたのかを確認することができる。

特集の先陣を切った森一歩は「そういうジュニアの欲求にこたえて、教育と文学の間から誕生したのがジュニア小説であるわけです[13]」と記し、文学ばかりではなく教育的な意義も示している。次に寄稿した富島健夫は、森の教育的な意義に目を配った姿勢を中途半端なものと指摘したうえで、自己の見解を述べている。富島はあくまで自分が書きたいものを書き、一〇代という季節のさまざまな問題を取り上げ、そのなかには性と性欲、そして愛と恋の問題があり、それゆえ恋愛を描き性を取り扱うと主張する。[14]さらに中村八朗は「性と愛の問題はそのように大切で根源的な問題だから、当然、小説の主要なテーマとなるのである。だから、ジュニア小説でも、当然にそれが描かれねばならないのである[15]」と述べ、「小説本来の願いである美しい質の高い恋愛小説は、いまはジュニア小説のなかにだけ脈々と受けつがれているようだ。ジュニア小説は立派な文学である[16]」とジュニア小説が文学であることを主張する。吉田としも「ジュニア小説が文学となるために、文学であるために、私はきびしく自分の作品をみつめたいと思う」[17]と文学へと向かう姿勢を示している。

ジュニア小説のなかのセックス描写増加の背景には、ジュニア小説を「文学」として確立しようという書き手側の姿勢が前提としてあった。そのためには生きた一〇代の姿を描写する必要があり、彼らの関心は愛と性の問題であるというのが書き手側のロジックであった。

## ジュニア小説と少女小説の関係

ここまでの流れをふまえて、ジュニア小説というジャンルの特性を改めて考察してみよう。ジュニア小説は、愛や友情、そして性などの青春における諸問題を主題とし、いかに生きるべきかを追求する小説ジャンルとして確立した。作者や雑誌側の言葉にもその姿勢は表れており、富島健夫はジュニア小説とは「十代の青春における諸問題をテーマとした小説である」[18]と述べ、また『ジュニア文芸』休刊に際し、編集長の林力は「この間、終始変わらず、現代における青春の諸問題を取り上げ、青春の真実と生き方を追求しえたのも、ひとえに熱烈な読者の支持と激励、そして執筆者の真摯な姿勢によるものと深く感謝しております」[19]と記している。

また『小説ジュニア』を分析した金田淳子（かねだじゅんこ）は、ジュニア小説における作者と読者の関係が教師と生徒のように非対称であり、少女読者はあくまで教育の客体として位置付けられていることを指摘している。[20]津村節子は「自分の体験した思春期の悩みを同じ年代の少女たちも悩んでいるのではないか、それを先輩として一緒に考え、話し相手になってやるつもり」だったと記しているが、[21]ここからも大人の目線と読者の非対称性が読み取れる。ジュニア小説は大人がジュニアに向かって書くという、上からの視点で描かれている。『小説ジュニア』を見ても、一九六六年九月号から開始された「作家と読者のホームルーム」、さらに一九六九年一月号からは〝ご希望の先生があなたの悩みにお答えする〟「カウンセリング・ルーム」も開設されるなど、教師やカウンセラーとしての作家、読者はそれに教えられる生徒という構図で捉えられている。

ジュニア小説の主題は青春における諸問題であり、いかに生きるべきかが追求されたことは先に述べた。こうした主題に応える小説は、かつての少女小説のような夢物語ではなく、ジュニアの姿をリアルに描き出すものでなければいけない。富島健夫は「ジュニア小説は文学か」のなかで、「かつての少女小説はデコレーション・ケーキだった。人間ではなく人形が書かれていたんです[22]」と述べ、自分の手掛ける小説は少女小説とは異なることを強調する。富島は少女小説批判の代表格で、他の記事のなかでも少女小説に対し、一貫して否定的な態度を取っている。富島のように批判までいかずとも、多くのジュニア小説家たちはジュニア小説と少女小説の差異を認識している。以下は佐伯千秋によるジュニア小説への見解である。

少女小説とは、女の子がうっとりと読むものか、ポロポロと泣きながら読むもの、というイメージで、一般に受けとられていた。しかし、少女の身辺にも、さまざまな葛藤がある。戦後、男女共学となり、学校生活も、家庭の親子関係も、大きく変わってきた。こうした少年少女たちをとりまく人間関係、事象をとらえての創作が生まれてよい。いや、誕生こそ待たれている。こうして新しい創作がはじまり、ジュニア小説と呼ばれた。(23)

ここで改めて少女小説とジュニア小説の関係を考察してみたい。大橋崇行は、ジュニア小説とは『少女の友』や『少女倶樂部』などをはじめとした戦前から戦中にかけての少女小説が、一九五〇年代に『女学生の友』によって引き継がれた結果として生み出されたものであるとして、戦前期少女小説との連続性を指摘している。(24)また『女学生の友』がのちに『ジュニア文芸』になり、『小説ジュニア』から『Cobalt』へ、集英社文庫コバルトシリーズからコバルト文庫へ引き継がれていくという流れをふまえ、コバルト作家は正統な少女小説の後継であると位置付けている。(25)ジュニア小説という呼称がこの雑誌のなかで出現したこと、また『女学生の友』の作家がそのまま『小説ジュニア』の主要な書き手となっている点などに連続性が見られるなど、ジュニア小説は突如出現したものではなく、戦前期少女小説の歴史の流れのなかで出現したものであったのは間違いない。

しかしここまで見てきたように、『小説ジュニア』というジュニア小説専門誌が創刊されて以降、作家も雑誌側も少女小説との連続性を否定したうえで、ジュニア小説という新たなジャンルの確立を目指している。つまり、ジュニア小説を少女小説の歴史から切り離し、独立したジャンルとして確立させる模索が行なわれているのである。当時の作家たちは、ジュニア小説は戦後の新しい価値観と男女共学を背景に生きた青年男女の青春をリアルに描いたものであり、ロマンティックで現実感のない少女小説とは異なることを繰り返し主張している。ジュニア小説はここで一度、少女小説の流れを断ち切ることでジャンルとして確立した。

のちに『小説ジュニア』が『Cobalt』へと移行した八〇年代前半に、少女小説という言葉が再浮上するが、そこでもまたジュニア小説とは異なる意識で書かれた小説という意味で氷室冴子が死語を持ち出している。「戦前期と一九五〇年代の少女小説」→「ジュニア小説」→「『Cobalt』以降の少女小説」という流れにあるのは連続性ではなく、むしろ相互の否定と断絶である。死語となっていた「少女小説」「少女小説家」をわざわざ使った意味も、少女小説とジュニア小説の断絶、当時のジュニア小説をめぐる状況をふまえなければ十分に理解することはできないだろう。ジュニア小説を少女小説の後継者であると単純化することは、その歴史性を捉え損なう危険性をもつ。

## ジュニア小説の斜陽

一九六六年から七〇年頃までにかけて人気を誇ったジュニア小説だが、一九七〇年代前半にはブームが終息し、『小説ジュニア』以外の雑誌は廃刊を迎える。一九六〇年代には読者に支持されたジュニア小説が、なぜ低迷していったのか。思春期の愛や性、人間関係の悩みを日常的な生活実感のなかで描いていたジュニア小説は、読者の目には古くさいものと映るようになっていった。久美沙織（くみさおり）が当時のジュニア小説について語った「そこに描かれている、高校生の会話とか、生活感覚とかが、どーもヘン。はっきりいうと「古い」。ぜんぜんピンとこない」[26]という言葉が象徴的に示すように、ジュニア小説と読者の間での齟齬はこの時期には明らかになってきた。

他方で、ジュニア小説の外部にも、ジュニア小説の衰微を促す潮流が生じる。それは一九七〇年代以降に起こった、少女漫画の大きな発展である。萩尾望都、大島弓子、竹宮恵子、山岸涼子をはじめとするいわゆる「24年組」が登場し、文学性を有したテーマと表現をもつ先鋭的な少女漫画を発表していく。また、フランス革命を題材にした池田理代子「ベルサイユのばら」が『週刊マーガレット』に連載され（一九七二〜七三年）、宝塚歌劇団で舞台化されるなど、人気を博したのもこの時期である。一九七〇年創刊の『別冊少女コミック』（小学館）、一九七四年創刊の『花とゆめ』（白泉社）など新しい少女漫画雑誌も誕生し、こうした雑誌を中心に若い女性漫画家たちは少女の心と感性を刺激する作品を発表していった。

一方で、この時期のコバルト・ブックスはどのようなものだったのであろうか。一九七五年一〇月号の『小説ジュニア』に掲載された集英社コバルト・ブックスの紹介ページと、そこにつけられた惹句を見てみよう。「青春とは、十代とは、愛とは何⁉ さまざまなかたちの青春を描く」（佐伯千秋『われら青春』）、「揺れ動くジュニアの心をやさしくみつめる」（諸星澄子『心さわぐ青春のとき』）、「愛と友情をうたう感動のロマン」（三木澄子『白鳥に告げた言葉』）、「愛と性の真実を問い詰める」（富島健夫『恋愛教室』）、「〝愛すること〟の意味をやさしく問いかける」（吉田とし『友情の設計』）。こうしたフレーズには、一九六〇年代ジュニア小説の規範がそのまま継続されている。ジュニア小説家たちによる「愛とは、友情とは、青春とは、性とは」を問う小説は、一九七〇年代の少女漫画家がその作品で旧来のモラルや規範を突き破っていくのと比べると、前時代的である。

先に富島健夫をはじめとするジュニア小説家たちが小説のなかで性を描いたロジックを分析したが、それとはまた別に『小説ジュニア』にはさまざまな性をめぐる記事が増加していった。一九六九年七月、ジュニアにおける〝愛と性のレクチュア〟「美しい性」という新連載が始まっているが、冒頭には編集部によるコメントが寄せられている。

今月から『セックス』ということについて医療評論家石垣純二先生に書いていただくことになりました。ジュニアのみなさんにとっても、セックスについてまじめに考え、正しくそれを知ることは、非常にたいせつなことだからです。セックスを、まじめに考えることは、生命——生きるということ——を、まじめに考えることです。どうかご愛読ください。(27)

他にも一九六九年一二月号の特別レポート「これが〝純潔教育〟のテキストだ！　ジュニアの性教育は、この資料でこうして行われている！」、一九七〇年二月号の海外リポート「アメリカのジュニアにみる性の解放とその悩み　性の先進国アメリカから送られてきた十代のセックス報告書」、一九七〇年一〇月号からは医学博士村松博雄の「新連載講座　いっしょに考えよう「君たちにとって性とは何か？」」、一九七二年一一月号から「ジュニアのためのセックス・セミナー」など、一九七〇年前後からジュニアと性をテーマにした記事が急増している。この時期の性をめぐる記事はこれらのタイトルが示すように、教育的なカラーが強いものであった。

レポートなどの実録記事、また科学的・医学的な観点に基づいたセックス講座は、一〇代の若者に性の知識を教える啓蒙的で「真面目な」内容であった。教育色の強い記事ではあるが、性をテーマにしたこれらの記事は、若い人にとっては刺激的な読み物であったろう。また『小説ジュニア』の低迷が深刻になった七〇年代半ば以降は、一九七六年一一月号から始まった「『私の愛の体験記』募集！」、一九七七年一月号では医学博士奈良林祥（ならばやしやすし）が回答する「愛と性のカウンセリング」など、読者の告白や質問というかたちで啓蒙色を離れた扇情的な性の体験記事が誌面に登場している。これらの過激な記事は、ポルノグラフィック的に読者に消費されていった。

## ジュニア小説が植えた種

『小説ジュニア』は創刊当初から新人賞を設立し、新たな書き手を募集する試みを行なっていた。創刊翌号の一九六六年初夏号からは「小説ジュニア第1回短編ジュニア小説」の募集が開始されている。この「短編ジュニア小説」の応募資格は「中学校、高等学校に在学中の女性または同年齢の女性のかたにかぎります(28)」と年齢制限があり、読者と同世代の書き手によるジュニアを主人公とした作品が求められていた。一九六八年には「小説ジュニア新人賞」も新たに創設されたが、「従来の「短編ジュニア小説募集」が、年令制限を設け、読者と同世代の作者による作品コンクールであるのに対し、これは、ジュニア小説作家を志す人のための企画であり、また文壇への登竜門ともなるものです(29)」とあるように、新たなジュニア小説家を発掘するための賞として企画され、賞金も二〇万円となっていた。「小説ジュニア新人賞」はのちに「小説ジュニア青春小説新人賞」と名称が変更され、終刊を迎えるまで一五回にわたって募集が行なわれた。「短編ジュニア小説」は読者と同世代の書き手による作品、「小説ジュニア新人賞」すぐれた新人作家と青春小説を発掘するという意図があったが、同世代による書き手という意図がなかった新人賞の方から、のちにコバルトの全盛期を築く若手女性作家たちが登場していく。

　また若い読者が手に取りやすい価格の文庫レーベルが創刊されたのも、のちの全盛期を支える下地となった。一九七一年に講談社が講談社文庫を創刊し、それまでの岩波文庫に代表される「文庫は名作やロングセラーものである」という認識が刷新される。一九七三年秋のオイルショック以降日本経済は低成長に転じ、単行本やソフトカバーの売れ行きが減少したことも要因となり、各出版社は文庫創刊に乗り出して第三次文庫ブームと呼ばれる状況が出現した。こうした状況のなか、集英社は一九七六年五月に集英社文庫コバルトシリーズ（現在のコバルト文庫）を創刊する。コバルト文庫のトレードマークになっている「白馬に乗った女の子のロゴ」[30]もこの時に誕生し、デザインに取り入れられた。第一回の配本は富島健夫『制服の胸のここには』『初恋宣言』、佐伯千秋『若い樹たち』『青春流浪』、吉田とし『ヴィナスの城』『この花の影』、三木澄子『純愛』、佐藤愛子（さとうあいこ）『困ったなア』、鈴木健二（すずきけんじ）『美しき〝おんな〟への道』、清川妙（きよかわたえ）『こころはいつもあなたの隣』、新川和江（しんかわかずえ）編『愛の詩集』の一一点で、大半がかつてコバルト・ブックスで刊行されていたものの文庫化である。文庫という形態での出版地盤が整えられたところに、こののち新たな感覚をもった若い世代の作家たちが登場し、活躍していくことになる。

## 3 氷室冴子の登場と若手作家たちの活躍

『小説ジュニア』が一九七〇年代半ばには低迷していた状況を前節で紹介したが、ここに新たな風を持ち込んだのが、小説ジュニア青春小説新人賞から登場した若手作家たちだった。第一〇回小説ジュニア青春小説新人賞は大賞なしの佳作入選二名となったが、その二作とは正本(まさもと)ノン「吐き出された煙はため息と同じ長さ」、氷室冴子「さようならアルルカン」である。選考委員の富島健夫は選評のなかで「今回は全体として非常にレベルが低かった」[31]と記しているが、後年から位置付けるならば、のちにコバルト四天王と呼ばれる作家が二人誕生している特筆すべき回だったと言えるだろう。

氷室冴子の受賞作「さようならアルルカン」は、美しくて早熟なアウトサイダーの少女真琴と、「私」の関係を描いた物語である。小学生時代から高校までの時間軸のなかで、「私」の目線で真琴に対するあこがれと幻滅が描き出されている。少女たちのナイーブな関係性や感情、張りつめた自意識や孤独を硬質な文体で綴ったこの作品に対し、久美沙織は「実際にその年齢に近いからこそ書ける、わたしたちの世代のキャラクターの、ヒリヒリするような日常。こーゆーのをもっと読みたい！[32]」と同時代読者にとって氷室の出現がいかに鮮烈であったのかを記している。

受賞当時の氷室は札幌の藤女子大学の国文科に在学中の学生であった。この時の氷室の受賞の言葉のなかに、すでに彼女の志向を見て取ることができる。「テーマ的には、〝少女〟という言葉のもつ独特の雰囲気が好きなので、さまざまな〝少女〟を、自分なりに描いていこうと、意欲を燃やしています[33]」とあるように、出発の時点で氷室は「少女」というモチーフに対して自覚的であることがうかがえる。

氷室と同じ一九七七年第一〇回小説ジュニア青春小説新人賞佳作受賞の正本ノンや、一九七八年に「水曜日の夢はとても綺麗な悪夢だった」で第一一回佳作を受賞する久美沙織（受賞時のペンネームは山吉(やまよし)あい）、一九七九年に「夏の断章」で第一二回佳作受賞の田中雅美(たなかまさみ)など、同新人賞からは新たな世代の作家が続々と輩出されていく。久美沙織も田中雅美も受賞時は大学に在学中で、この時期に読者と年齢が近く、同じ感覚を共有できる書き手が次々と『小説ジュニア』に登場してきた。

氷室は「さようならアルルカン」で『小説ジュニア』デビュー後、書き下ろしとして初の著作『白い少女たち』（一九七八年一〇月）を集英社文庫コバルトシリーズから刊行する。北海道のミッション系女学校紅華学園、その寄宿舎フェリス舎が舞台として設定されたこの物語は「さようならアルルカン」同様、思春期の少女たちをモチーフにその友愛や葛藤を描いている。

この二作が示すように、氷室冴子の作品の主要なモチーフとなっているのは少女たちの関係性である。教室のなかで感じる孤独、持て余す自意識や感情。張りつめた文体で鬱々とした内面を描くその作風は明快なエンターテインメント性ではないが、少女たちの心を捉え、共感を呼び起こすものであった。前節で見てきたように、かつてのジュニア小説では一〇代が直面する最も切実な問題を、男女の恋愛や性として捉えていた。しかし、少女たちにとって切実な人間関係とは、男女間の恋愛ばかりではない。異性同士の性愛のみが絶対的な価値なわけでもないし、自意識の揺れやアイデンティティーをめぐる思索は、より多様な局面で喚起されるものである。そうした感性を満たしてくれる読み物を少女たちが欲していることを、ジュニア小説家たちは見過ごしていた。氷室冴子はそこに登場し、「少女」というモチーフを浮上させ、少女同士の友愛や葛藤を主題としたことに新しさがあった。

なお『小説ジュニア』の新人賞デビューではない新井素子も、人気作家として登場している。新井素子は一九七七年、SF雑誌『奇想天外』が主宰する第一回奇想天外SF新人賞に『あたしの中の……』が佳作入選し、現役女子高生作家として活動をはじめた。一九七七年は氷室冴子と正本ノンが『小説ジュニア』デビューをした年である。新井素子が用いた「あたし」という一人称や少女の口語体による文体は革命的で、その影響の大きさは多くの論者が指摘するところである。コバルト編集部の田村弥生が「新井素子さんの影響はすごかったですね。藤原眞莉（ふじわらまり）さん、若木未生（わかぎみお）さんの影響を受けた作品というのも後に出てきますが、最も後の作家の文体へ影響を与えたのは新井素子さんです。投稿小説を一色に染めてしまうぐらいでした[34]」と新井のインパクトの大きさを指摘している。少女のおしゃべりを再現したかのような文体、そして本の最後に「あとがき」をつけて読者にフレンドリーに語りかけるなど、読者にとって身近に感じられる新しい世代のスター作家として大人気となった。一九八〇年七月に集英社文庫コバルトシリーズから書き下ろしの『いつか猫になる日まで』が発売され、また学研が発行する『高1コース』に連載されていた『星へ行く船』は一九八一年三月、奇想天外社から発売されていた『あたしの中の……』は一九八一年九月と、新井素子の作品は集英社文庫コバルトシリーズとして刊行されていく。新井素子は『小説ジュニア』新人賞デビューではなく、また小説ジャンルがSFということもあり前記四人とはややポジションが異なっていたが、人気作家として大きな存在感を発揮していた。

このように、一九七七年から七九年にかけてのちにコバルト四天王[35]とも呼ばれる氷室・正本・久美・田中が新人賞経由でデビューし、この四人に加えて新井素子が読者たちの間で人気を集めつつあった。かつてのジュニア小説家たちのように読者にとっての「教師」ではなく、読者と年齢が近いいわばお姉さん世代の作家として、同じ感覚を共有しつつ女の子のための小説を次々と手掛けていった。七〇代の終わりに登場した若手作家たちの存在は、『小説ジュニア』という雑誌を変えていくことになる。少女たちの日常的な感覚を表現できる若手作家陣によって、少女向けの読み物は一大転換期を迎えた。

新しい世代の作家たちは、自分たちの小説が、かつてのジュニア小説家たちの作品とは立ち位置が違うことを認識していた。のちの一九八四年に行なわれた氷室冴子・正本ノン・久美沙織・田中雅美の四人による座談会「少女小説家だけが生き残る!!」のなかでも、そのことは指摘されている。

正本ノン「だって、私達は少女小説を書きたいんだもんね。ほら、一昔前までは少女小説ってステップみたいなとこあったじゃない、大人の小説書くための。でも、私達の世代は違うんだよね。少女小説が好きで、書きたいって意志や願望があって、それを実現しているんだもんね。」

久美沙織「だから、私達がまだ投稿者だったころって、オジ様オバ様だったでしょ、書き手が私達の真上っていなかったじゃない。落合恵子(おちあいけいこ)さんとかいらっしゃっても、少女小説だけ書いている人じゃないし、だから私は少女漫画の方に流れちゃったけど、漫画の方だというのよね、二〇代後半、三〇代前半でいろんなものを描いている人たちが。だから、ああいうのを小説でやりたいって気持ちはあった。」

氷室冴子「意識としての少女小説って言ったらおかしいけど、今の中高生を意識してね、その人達が面白がるものを、上から下に下りてくるんじゃなくて横すべりする形で書きたいっていうか……」

田中雅美「そうそう。私達の中でも、だんだん年がこういうふうになってきても、変わりないい少女の部分ってあるじゃない？　事件とか恋愛とか何かあった時に感じるわけじゃない？ときめきとか悩みとか、そういう気持ちって同じだもんね。[36]」

四人とも少女のための読み物を書きたいという意志が明確で、かつてのジュニア小説家たちのような文学への志向は見られない。文壇や批評家などの権威とは違う場所で、少女たちのためのエンターテインメントを手掛けており、それを仕事として誇りに思っている。上から下へ教え諭すのではなく、同じ感覚を共有しつつ中高生が楽しめる小説を手掛けたい。そういった意識をもつ若い作家たちが七〇年代の終わり頃に登場し、少女のための読み物を変えていくことになる。

新人賞出身の若手作家を中心に見てきたが、この時期には集英社文庫コバルトシリーズのラインナップにも変化が生じている。それまでのジュニア小説家たちを中心とした青春文学路線以外の本も多く出版されるようになり、ＳＦやミステリーなどジャンルの幅が広がっていった。若桜木虔『さらば宇宙戦艦ヤマト――愛の戦士たち』（一九七八年八月）は一九七八年に公開された同名映画のノベライズ小説で、人気ＳＦアニメの小説が出版されたことは大きな変化である。また現在も続いている赤川次郎の人気シリーズ「吸血鬼はお年ごろ」の第一巻は一九八一年一二月に発売されている。ミステリーやＳＦの増加、そこに加えて新たな世代の若手作家たちの出版が続き、集英社文庫コバルトシリーズの売り上げは伸びていった。

## 4 『小説ジュニア』から『Cobalt』への転換

### 雑誌『Cobalt』の誕生

若い世代の書き手が登場して人気を集めつつあったが、こうした若手作家たちは主に文庫で作品を発表するかたちで活動し、『小説ジュニア』誌面に新作を発表するということは少なかった。これには、作家に対する編集部の位置付けが影響している。編集部の田村弥生はその背景について、「当時の編集長は、文芸寄りのタイプの方で、少女小説といえば、佐伯千秋さんや富島健夫さんになるんですね。青春小説新人賞を受賞した作家も、書き下ろしなんてとんでもない、と雑誌にさえもなかなか載せてもらえない[37]」と説明している。

このように、一九六〇年代から執筆をしているジュニア小説家は『小説ジュニア』で変わらず重宝される一方、若手作家は誌面にはあまり載せてもらえず、作品は集英社文庫コバルトシリーズとして発売されるという時期がしばらく続いた。結果、本体であるはずの『小説ジュニア』本誌は不振であるが、若手人気作家に支えられることで「コバルトシリーズはひろく読まれている[38]」という、書き下ろし中心の文庫が雑誌を凌ぐ状況が生まれた。

若手作家たちのデビュー以降の『小説ジュニア』は、富島健夫や佐伯千秋をはじめとする大御所ジュニア小説家たちによる青春小説、女子高生の性を扇情的に描いたルポルタージュや読者の告白体験記などのセックス記事を中心とした誌面構成がなされていた。こうした状況を鑑みて、編集部はようやく誌面の改革に乗り出していく。最も大きな刷新は、『小説ジュニア』が雑誌タイトルを一新し、『Cobalt』へとリニューアルしたことである。しかし『Cobalt』へのリニューアルに先立つ時期にも、実験的な試みがいくつかなされている。

現在この増刊の存在が語られることはほとんどないが、一九八〇年夏に一度『小説ジュニア』増刊として『Cobalt』という雑誌が発行されている。この『Cobalt』は名前こそのちの『Cobalt』と同じであるが、雑誌の内容は大きく異なっている。この時の『Cobalt』はティーンが夏休みを楽しむための情報誌的な性格が強く、取り上げられているのもテレビ、音楽、映画、甲子園、コンサートと、娯楽中心となっている。掲載されている小説もテレビ化された「1年B組新八先生」などで、文学路線のものではない。この『Cobalt』は一冊きりで終わっているが、一九八〇年の時点でこうした雑誌が発行されているのは、『小説ジュニア』リニューアルのための模索と捉えると興味深い。『小説ジュニア』は長年ジュニア小説の伝統があり、読み続けている読者は文学好き、活字好きの層であった。ここで試みられた『Cobalt』は全く方向性の違うものであり、この時の『Cobalt』の路線が継続されることはなく、結果的に「小説」が読者の求めるメインコンテンツであることを再確認する作業だったと捉えることも可能であろう。

また、本誌における試みについていえば、一九八一年九月号に一度『小説ジュニア』のリニューアルが行なわれている。この時に目玉とされた四大連載は佐藤愛子＋響子（きょうこ）、赤川次郎、残間里江子（ざんまりえこ）、氷室冴子で、かつてのジュニア小説家たちではない。『小説ジュニア』は徐々に若手作家たちへとシフトを見せ、一九八一年一一月号では「売れっ子作家の素顔はオトメチックレディー」と、「雑居時代」を連載中の氷室冴子を巻頭写真で取り上げ、札幌の自宅をはじめその姿を多数の写真で紹介している。[39] 翌号の一九八一年一二月は久美沙織の小説「美人案内講座――ガラスのスニーカー」、またこれと連動した写真企画として「久美沙織さんの体当たりビューティ・ガイド」が掲載されている。[40] さらに一九八二年二月号では新井素子「いまモテモテのSF作家　新井素子　ライフ＆プライバシー」[41] という記事が掲載されるなど、若手作家たちは作品だけに留まらないかたちで『小説ジュニア』のなかで取り上げられていくようになった。

『小説ジュニア』の読者投稿欄にも、若手作家たちへ向けた投稿が増加していった。

あこがれの氷室冴子サマ、そして倉橋さんちの数子さん、それから『雑居時代』のスタッフのみなさん、こんにちは。『雑居時代』の第一回、とってもよかったです。『クララ白書』『恋する女たち』のユーモア健在っていうかんじで……。（略）［大阪府　家弓二世13歳］[42]

もう～最高！　なんつったって、新井素子おねーさま（親近感から、呼ばせてくださいね）が『小ジュ』にしばらくぶりに登場してくれちゃったんだもの。『星へ行く船』なんて、最高中の最高！　6～7回も読んだ（太一郎さん、すてき！）のです。大大大ファン!!（あ～、手がふるえる）でる本、書かれる小説、み～んな読みまくっております。どーして、あのようなすっばらしい小説が書けるのですか？（略）［静岡県、やすこ、15歳[43]］

意外でした、まったく。だいたい、ものを書く人って美人が少ない（？）のに、一二月号のカラーページ、だれかと見たら久美沙織さま。私、久美さんの大ファンなのです。『水曜日の夢はとても綺麗な悪夢だった』（'79年4月号）を読んでから、作品はみんな読んでいるんだけど、カラーで見るのはこれが初めて。久美さまのドアップの写真、とても美人に写っていました。（略）作家であることと大学生であること、ともにハリキッテ！［島根県、ＡＹＡＫＯ、16歳[44]］

かつてのジュニア小説家のような「教師」ではなく、読者は「氷室冴子サマ」や「新井素子おねーさま」「久美さま」と親しみを込めて作家に呼びかけている。彼女たちは楽しい小説を手掛ける憧れの作家であると同時に、親しみや共感を感じる「お姉さん」的な存在であった。女の子が共感できるエンターテインメント小説が次々と生まれ、それを支持する読者たちが増えていくなかで、『小説ジュニア』は大きな変革を迎えることになった。

一九八二年六月号をもって『小説ジュニア』は終了し、八月から季刊誌『Cobalt』としてリニューアルした。リニューアルした『Cobalt』は「いま、ときめきのレイディにDoki!Doki!!ロマンス」とコピーがつけられ、コバルトブルーの表紙に女性の顔がデザインされたやや大人っぽいテイストに仕上がっている。巻頭を飾ったのは落合恵子の「シングルガール」で、都会に生きる社会人女性四人の仕事と恋愛を描いた作品である。のちの『Cobalt』は中高生読者が中心となり読者年齢が下がるが、リニューアル時はそれより高い年齢を想定していたと思われる。実際、創刊号では読者の平均年齢が一九歳をこえていたが、一九八六年夏の時点では一六歳代になったとされている。(45) 創刊号は他には赤川次郎のミステリー、眉村卓(まゆむらたく)のSFなどもあり、若手女性作家では新井素子のおたよりエッセイ、久美沙織と正本ノンが小説を寄稿した。

また「コバルトフレッシュ5 女流新進作家フェア」として新井素子、氷室冴子、久美沙織、田中雅美、正本ノンが五人で並んでいる写真を掲載し、若手作家を積極的に売り出そうとしている様子がうかがえる。(46)「フレッシュな新鋭作家の小説には、若い女性だけがもつ、みずみずしい感性と夢があります。一冊読むごとに違う青春、あなたも体験してみませんか?」とあるように、『小説ジュニア』時代から引き継いでいる「青春小説」の流れを汲みつつ、新たな感覚が出現していることが編集部のなかでも自覚されつつあった。『Cobalt』は一九八四年夏号から表紙に「青春小説」と入れており、一九八九年一〇月号で隔月化されるまで記されていた。一九八四年冬号の座談会「少女小説家だけが生き残る!!」のなかで石原秋彦編集長が「小説のジャンルでいくと、少女小説というのはもはや死語みたいなところがありますよね。ジュニア小説という言い方もあえて使いたくなくって編集部では青春小説って呼んでいるんですが(47)」とあるように、編集部としては「青春小説」という言葉にこだわりをもっていた。あとで「少女小説」という言葉が浮上していく過程を見ていくが、リニューアル直後の『Cobalt』はあくまで「青春小説」であったことをここで確認しておきたい。

なお『小説ジュニア』時代から引き続き新人賞の募集も行なわれ、こちらはコバルト・ノベル大賞という名前に改称された。上期・下期と年に二回開催され、『Cobalt』にリニューアル以降も新人賞を通じて新たな作家たちが誕生していった。

## 若手作家たちの活躍

『小説ジュニア』から『Cobalt』へとリニューアルした同誌は季刊で発行され、文庫では毎月集英社文庫コバルトシリーズを刊行するという出版形態がとられていた。一九八〇年代前半、集英社文庫コバルトシリーズではどのような作品が刊行されていたのだろうか。若手作家五人（氷室・新井・久美・正本・田中）、また『Cobalt』にリニューアル以降の新人賞を受賞した作家たちを中心に八〇年代前半のコバルト文庫の状況を見ていきたい。

氷室冴子の出世作となった『クララ白書』（一九八〇年四月）は、それまでの文体とはがらりと変わり、はつらつとした口語一人称ベースの青春コメディに仕上げられている。好評を受けて『クララ白書ぱーとII』（一九八〇年一二月）、『アグネス白書』（一九八一年一〇月）、『アグネス白書ぱーとII』（一九八二年一〇月）とシリーズ化された。また氷室にとって初の連載となった『雑居時代』（上下巻、一九八二年七月）は男一人女二人のドタバタ同居コメディで、一九八一年九月号から『小説ジュニア』

に発表されたものをまとめたものである。また氷室の描く「少女」の系譜として興味深い『シンデレラ迷宮』（一九八三年六月）、そして結果的に氷室の思惑とは違う少女小説ブームを生み出す一つの契機となった『少女小説家は死なない！』（一九八三年一一月）などがある。

一九八四年には少女小説史に残るヒット作『なんて素敵にジャパネスク』（一九八四年五月）のシリーズの第一巻が刊行されている。元々は読み切りとして『小説ジュニア』一九八一年四月号に掲載された短編であったが、それを元に加筆をし、以後も好評を博して書き続けられていった。舞台は平安時代、主人公は名門貴族の娘の瑠璃姫という古典的な設定と綿密な時代考証を下敷きにしつつ、現代的な口語一人称で喋るおてんばな瑠璃姫をいきいきと描き出した物語は、多くの読者を魅了した。

ＳＦというジャンルを舞台に活躍している新井素子は『Cobalt』以外の媒体にも執筆しつつ、集英社文庫コバルトシリーズからも著作を発売している。新井は一九八一年に『グリーン・レクイエム』で第一二回星雲賞日本短編部門を受賞、翌一九八二年は『ネプチューン』で第一三回星雲賞日本短編部門を受賞と、ＳＦ作家としての評価が高まっていた。コバルト文庫では、「星へ行く船」シリーズの続編である『通りすがりのレイディ』（一九八二年一月）、『カレンダー・ガール』（一九八三年一月）、『Cobalt』の巻頭に掲載されたピカレスク小説『ブラック　キャット1』（一九八四年一月）などが刊行されている。

久美沙織は『宿なしミウ』（一九八一年三月）で文庫デビューし、『小説ジュニア』連載の『ガラスのスニーカー――美人案内講座』（一九八二年五月）などの作品がある。久美はその作品が人気となるだけでなく、装丁に当時のコバルトとしては異例のアイデアを導入した。一九八四年六月刊行の『薔薇の冠 銀の庭』の表紙を手掛けたのはかがみあきらだが、かがみは『漫画ブリッコ』をはじめとする雑誌で活躍をしていた漫画家である。集英社文庫コバルトシリーズが装丁に漫画家を起用したのはこれが初めてのことだった。[48] そもそも、小説のカバーに漫画家を起用するという発想は、当時の編集部からは望ましいアイデアと見なされてはいなかった。二〇〇四年刊行の『コバルト風雲録』では、難色を示す編集部を押しきって久美がカバーイラストへの漫画家起用を実現させたことが記されている。[49] 久美は小説の内容とカバーなどのイラストのテイストがマッチすることの重要性に早くから自覚的であり、編集部が「コバルトといっても、いちおー、ぼくらがやっているのは文学なんだからね。マンガとは、もうぜんぜんランクが違うの。読者も違うし、文化レベルも違う[50]」という反対を受けつつ、かがみあきら表紙で刊行した。

久美の代表作である『丘の家のミッキー』は一九八四年九月に発売され、以後人気シリーズとして一〇巻にわたって書き続けられていった。コバルトにおけるミッションスクールものの系譜を受け継いだ物語で、都内の超お嬢様学校から葉山へ転校した浅葉未来が新しい学校で居場所を獲得していくストーリーとなっている。漫画家のめるへんめーかーが手掛けたカバーも好評で、挿絵も作品の魅力の一つとなっていたが、この時も「あまり漫画っぽい絵は困るんですよ」と編集長に言われたことをめるへんめーかーの妹である作家の妹尾(せのお)ゆふ子(こ)は回想している。[51] 現在であれば、少女小説の表紙イラストに漫画家が起用されることは珍しくなく、集英社文庫コバルトシリーズがその先駆けとなったことが歴史化されている。しかし、一九八〇年代において漫画絵と少女小説との相性の良さは必ずしも編集部に理解されてはいなかった。少女小説の装丁に漫画家が起用される流れは、彼女のような当時の若手作家が両者のマッチングを編集に向けて訴えてきたことで生まれたのである。

正本ノンは『吐きだされた煙はため息と同じ長さ』（一九七九年九月）でデビュー後、幅広い作風で小説を発表している。『だってちょっとスキャンダル』（一九八一年一〇月）は母親が新進ＳＥＸ評論家になる女子高生の物語、『失恋チャンピオン』（一九八一年四月）は青春ラブコメディ、『キラー通り7番地』（八三年六月）や『風物語in横浜』（一九八三年一一月）などは昔ながらの少女小説を思わせる雰囲気を残した佳作となっている。正本は『小説ジュニア』そして『Cobalt』の編集にも携わっており、特に巻末に掲載されていたブックレビューは、文学に対する目利きぶりが発揮された上質な書評コンテンツとなっている。

田中雅美は『ホットドッグ・ドリーム』（一九八〇年一一月）でデビューし、初期は官能的な『恋の罪』や『愛にふるえて』、恋愛小説『ぴかぴか☆物語』（一九八五年四月）や『キラキラ◆物語』（一九八五年七月）などを手掛けている。代表作である『真夜中のアリス』（一九八五年一〇月）のシリーズは、ロマンチック・ミステリーと名付けられ、日常のなかの殺人を描いた学園ミステリーである。他にも「赤い靴探偵団」シリーズなど、八〇年代のコバルトで人気だったミステリーのジャンルを担う作家の一人として活躍をしていた。

『Cobalt』にリニューアル後のコバルト・ノベル大賞からも、新たな作家が次々に誕生した。唯川恵（ゆいかわけい）

は一九八四年「海色の午後」で第三回コバルト・ノベル大賞を受賞、『青春クロスピアア』（一九八五年一月）で文庫デビューしている。唯川はのちに一般文芸へと進出し、直木賞作家となった。藤本ひとみは一九八四年「眼差」（藤本瞳名義）で第四回コバルト・ノベル大賞を受賞。文庫デビューは「まんが家マリナ」シリーズの第一巻『愛からはじまるサスペンス』（一九八五年七月）で、以後藤本は「まんが家マリナ」シリーズ、「高校恋愛スキャンダル花織高校」シリーズ、「ユメミと銀のバラ騎士団」シリーズなど、多数のシリーズを手掛けていく。華やかな世界と美形キャラクターの造形が人気を集め、熱烈なファンの支持を受けた。平凡な少女が美形の男性キャラクターに愛される、少女小説の元祖逆ハーレム型作家の一人である。

## 氷室冴子と「少女小説」

『小説ジュニア』から『Cobalt』への転換は雑誌名の変化のみならず、より本質的な変化を内包している。『小説ジュニア』と『Cobalt』を分析した金田淳子は、『小説ジュニア』時代について、大正時代以来の少女小説が否定的な準拠点となり、「ジュニア小説」という呼称が戦略的に採用された時期としている。さらに一九八二年の『Cobalt』から一九九二年までの一〇年間を、ジュニア小説においては拒否された「少女小説」という呼称が改めて使用された時期と見なしている。(52) 本書もこの分類と同じ見方を取るが、『Cobalt』にリニューアルしてすぐに「少女小説」が出てきたわけではない。その過程をこれから見ていくことにする。

それではなぜ『Cobalt』以降、少女小説という呼称が改めて浮上していったのか。そこには氷室冴子が用いた「少女小説」という言葉と活動が大きな影響がある。氷室は少女同士の友情をモチーフに小説を描くだけではなく、意識的に「少女小説」、そして「少女小説家」という言葉を使っていった。氷室は少女小説の代表的作家吉屋信子について、女の子が女の子であることがそのまま祝福されている世界であると高く評価し、「女の子がなにものにも矯められずに生きられる世界を描くことで、私は無条件に自分の性の原型としての女の子を祝福したかったし、当時は死語になっていた〝少女小説〟という名称をあえて、そのころ自分が書きだしたジュニア小説にかぶせたのは、そのためだった」[53]と記す。氷室が「少女小説」「少女小説家」という呼称を用いたのは、吉屋信子や少女小説の伝統を受け継ぐ自負と意志を込めての戦略だった。

口語一人称の溌剌とした文体を用いた青春コメディへと作風を変え、氷室の出世作となった『クララ白書』(一九八〇年四月)には、吉屋信子をはじめとする昔の少女小説へのオマージュがちりばめられている。中学三年生の主人公桂木しのぶこと「しーの」は吉屋信子の本に出てくる寄宿生活に憧れを抱いてクララ寮に入寮するなど、少女小説愛好家として設定されている。しーのの口から出るのは吉屋の名前だけではなく、大林清(おおばやしきよし)や西條八十(さいじょうやそ)、北条誠(ほうじょうまこと)といった「古い」少女小説家たちの名前である。過去のものとなった少女小説に言及するのは、今では忘れられているこのジャンルを当時の読者に印象付ける意図があったと思われる。

氷室冴子があえて使用した「少女小説」は、ジュニア小説家にとってはあくまで批判すべき過去の遺物であったことは先に記した通りである。ジュニア小説家たちにとって少女小説とはセンチメンタルで感傷的な夢の世界を描いたもので、男女の真実の姿を追求し青春文学を確立しようとするジュニア小説にとっては否定すべき対象であった。しかし氷室は吉屋信子を代表とする少女小説家をリスペクトし、ジュニア小説時代以降用いられなくなった少女小説という言葉をあえて掲げていく。少女小説という用語を使うのはただ単に死語を復活させることではなく、「かつての吉屋信子に代表される作家がになっていたもの――読者対象が女の子である娯楽小説を、手抜きでなく書く――という、そのことを、自分もやってみたかったからです」と少女小説の伝統を受け継ぎ執筆しようという、氷室自身の自負と決意の表れであった(54)。

多くの読者から支持されたことである程度その試みを達成した氷室は、今度は「少女小説」へのこだわりをセルフパロディ化した作品『少女小説家は死なない!』(一九八三年一一月)を刊行する。東京のアパートで独り暮らしをしている主人公の私のところに、売れない作家の火村彩子が転がり込んできて居候する。〝事実かフィクションか!? 恐るべき少女小説家の実態(?)を描くコメディ!〟とあるように、出版社と作家の内部を虚実入り交ぜて描いたギャグ小説として発表されたものであった。しかし本のタイトルにしたことで「少女小説家」という言葉は注目を集めてしまい、折しも部数を伸ばして伸び盛りの集英社文庫コバルトシリーズを盛り上げるため、氷室の思惑を離れて出版社の販売戦略に使われていくことになる。

(1) 少年と少女の分離、少女の出現については今田絵里香『「少女」の社会史』、勁草書房、二〇〇七に詳しい。
(2) 久米依子『「少女小説」の生成――ジェンダー・ポリティクスの世紀』、青弓社、二〇一三
(3) 一九二六(大正一五)年四月から一九二七(昭和二)年六月まで『少女倶樂部』に連載。
(4) 一九三〇(昭和五)年一月号から一二月号まで『少女の友』に連載。
(5) 『少女倶樂部』と『少女の友』における連載小説の傾向の違いは以下に詳しい。遠藤寛子「解説」尾崎秀樹・小田切進・紀田順一郎監修『少年小説体系第24巻 少女小説名作集(一)』、三一書房、一九九三
(6) 一九三七(昭和一二)年六月から一九三八(昭和一三)年三月まで『少女の友』に連載。
(7) 木本至『雑誌で読む戦後史』(新潮選書)、新潮社、一九八五、二四九―二五〇ページ
(8) 大橋崇行『ライトノベルから見た少女/少年小説史――現代日本の物語文化を見直すために』、笠間書院、二〇一四、九三―九四ページ。本書は一九六六年以降の記述を試みるものであり、前史としての一九五〇年代および一九六〇年代前半の調査は行なっておらず、ジュニア小説という用語の出現と広まりについては十分な検討は出来ずに課題として残されている。
(9) 『小説ジュニア』一九六六年春号、集英社、四ページ
(10) 社史編纂室編『集英社70年の歴史』、集英社、一九九七、八〇―八一ページ
(11) 前掲『集英社70年の歴史』一四八ページ
(12) 「かくれたベストセラー ジュニア小説 学園舞台の純愛もの」『朝日新聞』一九六七年、八月二九日朝刊、一一ページ
(13) 森一歩「責任と自信をもってとりあげる〝性〟」『ジュニア文芸』一九六九年一〇月号、小学館、三一四ペー

ジ
(14) 富島健夫「書きたいものをぼくは書く」『ジュニア文芸』一九六九年一一月号、小学館、二三八―二四一ページ
(15) 中村八朗「健康的な場所で大らかに考えたい」『ジュニア文芸』一九七〇年一月号、四〇六ページ
(16) 前掲「健康的な場所で大らかに考えたい」四〇九ページ
(17) 吉田とし「愛にも性にも限界はない」『ジュニア文芸』一九七〇年二月号、小学館、四一二ページ
(18) 前掲「書きたいものをぼくは書く」二四一ページ
(19) 林力「ジュニア文芸休刊のことば」『ジュニア文芸』一九七一年八月号、小学館、四六二ページ
(20) 金田淳子「教育の客体から参加の主体へ――一九八〇年代の少女向け小説ジャンルにおける少女読者」『女性学 Vol.9』日本女性学会、二〇〇一
(21) 尾崎秀樹「ジュニア小説の基礎――ジュニア小説と少女小説の相違」『学校図書館』一九六九年三月号、全国学校図書館協議会、四六ページ
(22) 富島健夫「ジュニア小説は文学か」『毎日新聞』一九七〇年二月六日夕刊、五ページ
(23) 佐伯千秋「わたしとジュニア小説」『児童文芸』一九七六年九月号、日本児童文芸家協会、七ページ
(24) 大橋崇行『ライトノベルから見た少女/少年小説史――現代日本の物語文化を見直すために』笠間書院、二〇一四、九三ページ
(25) 前掲『ライトノベルから見た少女/少年小説史』九六―九七ページ
(26) 久美沙織『コバルト風雲録』本の雑誌社、二〇〇四、三一ページ
(27)『小説ジュニア』一九六九年七月号、集英社、四四六ページ
(28)『小説ジュニア』一九六六年初夏号、集英社、一五六ページ

(29)『かつくら』二〇一五年夏号、桜雲社、五二ページ
(30)『小説ジュニア』一九六八年四月号、集英社、一五六ページ
(31)『小説ジュニア』一九七七年八月号、集英社、一五六ページ
(32)前掲『コバルト風雲録』五六ページ
(33)『小説ジュニア』一九七七年八月号、集英社、一五七ページ
(34)『ライトノベル完全読本 Vol.2』日経BP社、二〇〇五、七六ページ
(35)氷室冴子・久美沙織・田中雅美・正本ノンの四人を「コバルト四天王」と呼んでいるが、この名称は八〇年代には使われておらず、誕生したのは比較的最近のことと思われる。『Cobalt』一九八四年秋号では「少女小説家クラブ」の発起メンバー四人が「四少女小説家」と記されているが、四天王呼びではない。「コバルト四天王」という名称はある程度歴史化してから使われ出した呼称であり、管見の限り初めて『Cobalt』で使用されたのは二〇〇六年二月号の「コバルト文庫創刊30周年特集」である。ここで使用された「コバルト四天王」という呼び方が、以後一般化していったものと推測される。
(36)正本ノンVS田中雅美VS氷室冴子VS久美沙織「少女小説家だけが生き残る!!」『Cobalt』一九八四年冬号、集英社、二〇ページ
(37)田村弥生「コバルト文化と少女たち」菅聡子編『〈少女小説〉ワンダーランド――明治から平成まで』明治書院、二〇〇八、一一六ページ
(38)富島健夫「青春の歳月」『小説ジュニア』一九八二年六月号、集英社、二一ページ
(39)「売れっ子作家の素顔はオトメチックレディー」『小説ジュニア』一九八一年一一月号、集英社、一一ページ
(40)「あなたも美人になれる!!」『小説ジュニア』一九八一年一二月号、集英社、一一ページ

(41)「いまモテモテのSF作家　新井素子　ライフ&プライバシー」『小説ジュニア』一九八二年二月号、集英社、一一ページ
(42)『小説ジュニア』一九八一年一〇月号、集英社、三五六ページ
(43)『小説ジュニア』一九八二年二月号、集英社、三五四―三五五ページ
(44)『小説ジュニア』一九八二年一月号、集英社、三五一ページ
(45)『Cobalt』一九八六年夏号、集英社、二九八ページ
(46)『Cobalt』一九八六年夏号、集英社、二七一ページ
(47)『Cobalt』一九八四年冬号、集英社、一九ページ
(48)厳密に言えば新井素子の『星へ行く船』(一九八一年三月)のカバー絵を漫画家の竹宮恵子が手掛けているが、これは元々連載されていた雑誌『高一コース』で挿絵を担当していた繋がりがあった。書き下ろし作品でカバーとカットともに手掛けた漫画家は久美作品のかがみあきらが初めてである。
(49)前掲『コバルト風雲録』一五三―一六〇ページ
(50)前掲『コバルト風雲録』一五四ページ
(51)妹尾ゆふ子「あの頃は少女だった」『ライトノベル完全読本 Vol.2』(日経BPムック)、日経BP社、二〇〇五、八二ページ
(52)前掲「教育の客体から参加の主体へ」二九ページ
(53)氷室冴子『ホンの幸せ』(集英社文庫)、集英社、一九九八、一九〇ページ
(54)氷室冴子責任編集『氷室冴子読本』、徳間書店、一九九三、一二〇ページ

# 第2章　一九八〇年代と少女小説ブーム

## 1 『Cobalt』とコバルト文庫にみる少女小説家プロモーション

### 八〇年代少女小説ブームの流れ

前章では、『小説ジュニア』が『Cobalt』へとリニューアルを遂げるなかで、読者の年齢に近い若い世代の新たな書き手が登場し、かつてのジュニア小説とは大きく異なった物語で読者の支持を集めた様態を明らかにしてきた。そうした書き手の代表が『小説ジュニア』の新人賞からデビューをした氷室冴子、正本ノン、久美沙織、田中雅美、また新人賞出身ではないが新井素子である。この五人を中心に、作者と読者が同じ感覚を共有するエンターテインメント小説として、コバルト文庫が若い世代のなかで人気を獲得していった。

従来、少女小説ブームは講談社X文庫ティーンズハートが創刊され、少女向け小説の市場が活況を見せた一九八七年以降の状況として語られることが多い。しかし、本書ではこの時期を少女小説ブームの第二フェーズと捉える。というのも、これに先立つ時期の動向として、一九八五年前後からコバルトが行なった戦略にも目を向けておく必要があると考えるためだ。それゆえ、コバルトによる戦略とその成果を少女小説ブームの最初の波としている。すなわち、一九八〇年代前半にコバルト文庫が勢いを増し、多くの読者を獲得していくなかで、一九八五年からコバルト編集部が仕掛けた少女小説戦略を第一ブーム、一九八七年の講談社X文庫ティーンズハートの創刊以降、市場が拡大し過熱化していく状態を第二ブームとして段階を追いつつ、当時の状況を解き明かしていきたい。

なお、本章で扱う文庫レーベル「コバルト文庫」は、この時期はまだ「集英社文庫コバルトシリーズ」というのが正式な名称である。雑誌『Cobalt』の新刊案内ページ「元祖乙女ちっく通信」における名称の表記が「集英社文庫コバルトシリーズ」から「コバルト文庫」に変更されたのが一九八九年一〇月号で、[1] この頃からコバルト文庫というのが正式名称になったと思われる。しかし名称が変更された号の誌面でも名前に関するアナウンスなどは特にはなく、徐々に切り替えられたと推測される。[2] 明確なレーベル名変更の時期が捉えにくく、また本書内における混乱を避ける意図から、ここでは八〇年代前半についても「コバルト文庫」という表記で統一していく。

## 学校読書調査にみるコバルト文庫の受容

コバルトにおける少女小説戦略を見る前に、一九八〇年代のコバルト文庫の受容状況を確認しておきたい。毎日新聞社が毎年行なっている学校読書調査は、小学校四年生から高校三年生までを対象に、学年別男女別にどのような本を読んでいるのか、その実態を示すものとなっている。この学校読書調査を通じて、当時のティーンの読書状況を見ていくことにしよう。

コバルト作家のなかで初めて学校読書調査に名前が挙がったのは氷室冴子である。一九八二年に高校二年生女子が読んだ本として、『クララ白書』『アグネス白書』が一二位にランクインしている。[3] そして、コバルト文庫が本格的に学校読書調査に登場するのはその翌年の一九八三年からである。中学三年生女子に新井素子作品が三作ランクイン（七位『星へ行く船』、一〇位『あたしの中の……』、一三位『通りすがりのレイディ』）し、高校一年生女子では三位『雑居時代』（氷室）、五位『アグネス白書』（氷室）、七位『クララ白書』『ざ・ちぇんじ！』（氷室）、一六位『あたしの中の……』（新井）同一六位『吸血鬼はお年ごろ』（赤川）、高校二年女子では四位『吸血鬼はお年ごろ』（赤川）、六位『通りすがりのレイディ』（新井）、一一位『クララ白書』（氷室）、一九位『アグネス白書』（氷室）同一九位『カレンダー・ガール』（新井）、高校三年女子八位『カレンダー・ガール』（新井）同八位『雑居時代』（氷室）、一四位『ヘッドフォン・ララバイ』（窪田僚）と、中学高校生女子の回答にコバルト文庫が急増している。[4]

続く一九八四年の学校読書調査では、高校生女子の読書量の増加が報告され、「高校女子に赤川次郎のライトミステリーや氷室冴子、新井素子などの青春小説を読む人が急増したことが女子の読書量を高めた要因といえる」と記されている。[5] 読書量増加の一因として、こうした作品群が無視できないものになっていた。さらに一九八五年になると高校女子一年から三年までベスト二〇に挙がった全五二冊中赤川次郎が二二冊、[6] 氷室冴子が一〇冊、新井素子は七冊と、この三者で七五％を占めるほど人気を集めていた。[7]

学校読書調査からうかがい知る限り、女子中高生の間でコバルト文庫の人気が定着するのは一九八三年以降と言えるだろう。一九八四年八月二六日の『朝日新聞』には、「集英社コバルト文庫朝日ソノラマ文庫　中高生の心をつかむ」という記事が掲載され、若年層の間で人気の小説レーベルが紹介された(8)。この記事のなかで、氷室の「クララ白書」シリーズについて「同世代の少女たちが、容易に感情移入でき、共に笑い、悲しみ、カタルシスを得ることができるという意味で、ジュニア小説の必須条件を満たした好著であろう」と言及されている。中高生女子を中心に人気を集めたコバルト文庫は、一九八四年にはその好調ぶりが新聞で取り上げられるなど社会的にも注目を集め始めるようになっていた。

## 『Cobalt』とコバルト文庫における少女小説家戦略

コバルト文庫の中心的な書き手だった氷室冴子が、意識的に用いたのが「少女小説」、あるいは「少女小説家」という言葉だった。前章で触れたように、氷室は『少女小説家は死なない！』（一九八三年一一月）をはじめ、かつてジュニア小説家たちから否定的な評価を受けていた少女小説という言葉をあえて用い、一度は時代の遺物として扱われた「少女小説」「少女小説家」を蘇らせた。そしてコバルト編集部はそれまで使っていた「青春小説」という呼び方ではなく、氷室が用いた「少女小説家」という呼称を用いて積極的な販促とプロモーションを行なうようになる。

前章でも紹介した『Cobalt』一九八四年冬号に掲載された氷室・正本・久美・田中による新鋭女流作家新春座談会「少女小説家だけが生き残る!!」は、今から振り返るとその後の『Cobalt』の動向を決定付けた、きわめて重要な座談会であった。「次々に問題作を発表して、いまをときめく新鋭女流作家たち。そのパワーの前には、男性作家たちもたじろぐほど。どうして、いま、少女小説なのか。みずからの小説作法からプライベートまで、大いに語ってもらった[9]」とあるように、この頃から『Cobalt』誌面で少女小説・少女小説家という言葉が積極的に使われていくようになっていく。

また、座談会のなかで久美沙織が「だってだって、SFはSF作家クラブがあるんだもん。少女小説家も少女小説家クラブを作ればいいのよ[10]」と発言したことが発端となり、実際に一九八五年から少女小説家クラブが始動することになった。一九八四年秋号の『Cobalt』に「少女小説家クラブ」誕生の告知が掲載され、「こむずかしい会則も作らず、おたがいが、セッサタクマすることによって、少女小説の興隆をめざそうというものです。少女漫画家というコトバがあるのだから、少女小説家というのもあっていい――といった意味あいのクラブ。みなさんも応援してください[11]」と読者に向けた呼びかけがなされている。同号に掲載されている「少女小説家クラブ」の発起人は久美沙織、田中雅美、氷室冴子、正本ノン、メンバーは一藤木杏子、倉本由布、小室みつ子、杉本りえ、竹内志麻子、名木田恵子、橋本よしえ、藤本圭子、星川翔、唯川恵であった。また少女小説家クラブを応援する「少女小説家ファンクラブ」も同時に発足し、会員には会員証が送られ、さらに作家たちとのさまざまな催しに参加できる特典があることも告知された[12]。「少女小説家ファンクラブ」はのちに名称を変更しつつ、『Cobalt』における読者と作家が直接交流をするサイン会やファンパーティーなどの源流となり、コバルト読者共同体形成を後押ししていった。

一九八五年以降、編集部による少女小説家キャンペーンは本格化していく。一九八五年春号の『Cobalt』では若手作家たちによる「少女小説家クラブ」が結成され、ウエディングドレスを着た氷室・正本・久美・田中の写真が掲載された。[13] 編集部による公式なファンクラブとして、「少女小説家ファンクラブ」も始動し、四月下旬、東京・名古屋・大阪と三都市で「第一回少女小説家サイン会とファンのつどい」が行なわれ、氷室冴子、久美沙織、田中雅美、正本ノンが参加した。「少女小説家ファンクラブ」は、一九八五年秋号に「少女小説ファンクラブ」へと変わり、さらに一九八八年秋号から「コバルトF・C」と名称を変更しつつ続いていく。このように、『Cobalt』およびコバルト文庫は、オフィシャルのファンクラブによるサイン会やファンの集い、さらには『Cobalt』の誌面を通じて読者が作家の姿に触れる機会を多く作り出しながら、少女小説家戦略を打ち出していった。

翌号の一九八五年夏号では、五人の少女小説家（氷室・正本・久美・田中・新井）の似顔絵イラストをプリントしたTシャツを七〇〇〇人にプレゼントする「少女小説家に首ったけTシャツ」キャンペーンが開催された。[14] 一九八四年の座談会では、作家たちの執筆スタンスや意識と結び付いて使われていた「少女小説家」という言葉が、文脈をはぎ取られ、キャッチーなフレーズとして濫用されるようになった。氷室冴子はそれに対して「こういうのはやだ。チョコレート売ってるんじゃないんだし、まがりなりにもモノは小説なんだから、パッケージして売らないでほしい。レッテル貼られたくない」[15] と反発をしたが、版元のプロモーション戦略には逆らえず、否応なしに少女小説家キャンペーンに巻き込まれていった。

『Cobalt』には新刊を紹介するコーナー「元祖乙女チック通信」があり、文庫のなかにも新刊チラシが折り込まれている。一九八五年夏刊行の本に挟まれた「元祖乙女チック通信」では、氷室冴子特集が組まれている。なかを見てみると「少女小説家・ひみつの花園シリーズ・ぱ〜と1」とあり、徹底解剖をするとのコンセプトで個人的なデータや質問などが掲載された。このなかでは氷室の身長や体重、バストやウエスト、ヒップなどの個人データが詳細に記され、作家活動とは直接関係ない配慮に欠ける内容という印象が強い。質問も「好きな男性のタイプは」「初恋はいつ」「結婚相手に作家をやめてと言われたら」など、作品や作家活動を離れたパーソナルなものが目立つ。のちに氷室は「少女小説家」という言葉を使ったプロモーションに対する不満、また「小説」から離れた商品としての少女小説は自分の目指していたものではないという現状への違和感を書き記している。少女小説・少女小説家という言葉は氷室が意図して使用していた文脈から切断され、マーケティングの用語として濫用されていった。

もっとも、少女小説家キャンペーンが始まる以前から、若手作家を誌面に取り上げ、作品だけに留まらず作家自身の姿をアイコンとして、読者の関心を集める戦略が行なわれていた。例えば『Cobalt』一九八三年秋号では「新進作家だけのロックバンドフラット・ヒップス　目標は武道館コンサート！」という、SF作家たちによるバンド結成と練習風景をレポートする写真記事が掲載されている。(16)「フラット・ヒップス」のメンバーは火浦功（ひうらこう）、岬兄悟（みさきけいご）、新井素子、久美沙織、大原（おおはら）まり子（こ）といった、『Cobalt』でおなじみのメンバーである。作家たちは『Cobalt』誌上に作品を掲載するばかりでなく、さまざまなかたちで誌面に登場してアイドル的な人気を誇り、読者たちもまた作品を読むに留まらず、その書き手のパーソナリティーに愛着をもつ消費行動をしていた。こうした経緯をふまえれば、その前身『小説ジュニア』末期を含めて『Cobalt』誌上に作家の露出が多いことそれ自体は変わらぬ方針であるが、一九八五年以降はただ誌面で見るだけではなく、作家と読者が直接交流できる場が作られていく。

一九八四年秋号で編集部公認のファンクラブ「少女小説家ファンクラブ」立ち上げの告知が行なわれると、誌面には読者からのさまざまな反響が掲載されていた。「全国に少女小説のブームを巻き起こしましょう」という激励や、グッズ製作やファンの集いを望む声の他、以下のような意見も寄せられていた。

私が〝少女小説家クラブ〟に望むことは、どうやって小説を書くのかを教えてもらいたいということです。何をかくそう、かく申す私も作家志望でして、ぜひとも小説の作法や、会員の書いた小説を批評してもらったり、作家としてのデビューする前の体験談を知りたいのですが……（三重県津市　一文字入魂少女　17歳）(17)

この投書に対して編集部は「―――ん、これはチトむずかしいんじゃない。なんったって、作家を目指す読者はものすごーくいるんだよね。そのひとり、ひとりに批評や作法の講義をするのは無理みたいよ。だからさ、座談会や講演会でガマンして。きっと、いい話や、タメになる体験談が聞けるはずだし、それになによりも、各先生に直接会えるだけでも大きな刺激になるんじゃないかなあ」と返答をしている。『Cobalt』およびコバルト文庫の読者には作家志望の人も少なからずおり、こうした人たちがコバルト・ノベル大賞をはじめとする新人賞を通じて新たな書き手となっていった。

また、「男性の作家（若い人に限る）にも顧問として〝少女小説家クラブ〟に参加してほしいんだけど……。女ばかりじゃつまんない。男の人でも少女小説を書けば入会させる方式にしようよ［長野県佐久市　高橋聖美　15歳］[18]」と、男性作家が含まれていないことを指摘する意見も寄せられた。ここで提起された論点は重要な課題を含んでおり、結果的に一九八五年秋号からファンクラブの名称が「少女小説ファンクラブ」へと変更がなされた。ファンクラブのコンセプトも「少女小説が好きな人、集まれ〜！　コバルト・ファンのための解放区、「少女小説F・C」に、あなたも参加しませんか?」と変わり、赤川次郎や新鋭の波多野鷹など男性作家も含む幅広いコバルト読者のためのファンクラブとして機能していくことになった[19]。

この変更の過程で「少女小説家」という名称が消えているように、一九八五年から始まった「少女小説家」キャンペーン自体はさほど長くは続かず、「少女小説家」という呼び方が『Cobalt』のなかで積極的に使われていたのはごく短い期間であった。コバルト文庫では多様な作家たちが活躍し、また男性作家も多いので、「少女小説家」というフレーズばかりを強調するのは難しかったと推測される。一九八六年夏号『Cobalt』の少女小説ファンクラブ通信では、コバルトシリーズ創刊一〇周年のパーティーの様子が紹介され、作家たちのドレスアップした写真が多数掲載されているが、その紹介は「わが少女小説作家たち」となっている、「少女小説家」という名称そのものは後退したが、「少女小説」という呼び方は定着し、その書き手たちは「少女小説作家」、のちには「コバルト作家」などと呼ばれつつ、コバルト文庫はますます勢いを増していった。

こうした作家たちの活躍に導かれて、コバルト文庫は高い人気を獲得していく。さらにコバルト文庫が社会的な注目を集めるのに一役買った施策として、メディアミックス戦略を挙げることができる。映画化された作品としては窪田僚『ヘッドフォン・ララバイ』（シブがき隊主演、一九八三年七月公開）、氷室冴子『クララ白書』（少女隊主演、一九八五年二月公開）、同じく氷室による『恋する女たち』（斉藤(さいとう)由貴(ゆき)主演、一九八六年一二月）などがある。さらにテレビドラマ化された小説として赤川次郎『吸血鬼はお年ごろ』（一九八五年九月、フジテレビ）、氷室冴子『なんて素敵にジャパネスク』（一九八六年一〇月、日本テレビ）、田中雅美『ホットドッグ・ドリーム』（一九八六年七月、フジテレビ）、劇場アニメ化作品では新井素子『扉を開けて』（一九八六年一一月公開）などがある。コミカライズは作品としては氷室冴子『雑居時代』（山内直美(やまうちなおみ)『花とゆめ』）、同じく氷室による『ざ・ちぇんじ！』（山内直美『花ゆめEPO』）、藤本ひとみ『ロマンスパン伝説』（中里(なかざと)あたる『別冊フレンド』）などがあり、コミックから入った読者がその後に原作の小説作品を知るといった新しい流れも生まれていった。

このようなコバルト文庫の人気を受け、八〇年代後半に少女小説市場は新たな局面を迎える。それまではコバルト文庫が独占していた市場に、新たな出版社が参入し、少女小説ブームはますます加速していくことになる。

## 2　講談社X文庫ティーンズハートの創刊と読者層の拡張

### ティーンズハート以前　講談社X文庫の創刊

一九八七年二月、講談社から講談社X文庫ティーンズハートという新しい少女小説レーベルが創刊された。この名前はある世代までの読者たちには忘れられないものであり、ピンク色の背表紙とともに数々のタイトルや作家名が思い起こされることであろう。その一方で、二〇〇六年に終了し、今はもう書店で手に取ることができないこのレーベルは、もしかすると若い読者にとってはなじみの薄い存在となっているのかもしれない。講談社X文庫ティーンズハート（以下ティーンズハートと略記する）は人気作家花井愛子、折原みと、小林深雪（こばやしみゆき）を筆頭にさまざまな作家が活躍し、少女小説ブームを代表するレーベルとして多くの少女たちを魅了していた。しかしながら少女小説研究史のなかでコバルト文庫が近年注目を浴びているのに比べ、ティーンズハートへの言及はまだそれほど多くはない[20]。本節では、このティーンズハートを、少女小説史の系譜に改めて位置付けるべく考察していく。

ティーンズハートの話を始める前提として、まずは講談社X文庫について説明をする必要がある。

講談社X文庫は一九八四年六月に漫画や映画、アニメなどのノベライズを行なうレーベルとして創刊された。ラインナップを見るとタレント本なども発売されており、レーベルカラーとしては男性向けという印象が強い(21)。講談社X文庫ティーンズハートという長い名称が示すように、〝ティーンズハート〟は〝講談社X文庫〟というレーベルのなかにできたサブレーベル的な位置付けである。

ティーンズハートの人気作家になる以前、花井愛子はコピーライターをする傍ら、少女漫画の原作仕事などもしていた。花井は講談社X文庫の創刊コンセプトワークに携わっており、「読むと見える」というキャンペーン用のキャッチーコピーを手掛けている(22)。この仕事を通して講談社X文庫と繋がりをもった花井に、編集者はノベライズの仕事を依頼し、小説『生徒諸君!』(一九八四年一一月)、『グリード』(一九八五年三月)、『花嫁衣裳は誰が着る』(一九八六年八月)の三冊でライターとしての仕事をした。この仕事はあくまでもノベライズであるが、これが契機となり、のちに創刊されるティーンズハートからオリジナル小説を出すようになる。

当時、それほど盛況とは言い難いレーベルであった講談社X文庫は、一九八七年二月に新しいサブレーベル講談社X文庫ティーンズハートを立ち上げる。ティーンズハートは、作家でバイクを趣味にしていた竹島将が持ち込んだ企画で(23)、創刊ラインナップも三好礼子『風より元気!!』、吉田ちか『初恋♡スクーターロード』、高岡みちしげ『ときめいてチャンピオン』、矢沢翔(竹島将の別名義)『テルアキ――風のチェッカー・フラッグ』、森脇道『少女探偵に明日はない』と、いずれも竹島人脈を思わせるバイクを題材にしたラブストーリーである。

背表紙こそピンク色であるが、創刊の時点では多くの読者が思い浮かべるティーンズハートのテイストはここにはまだ出現していない。矢沢翔『テルアキ』のカバーを手掛けているのは漫画家の江口寿史で、バイクというテーマと合わせてさほど少女向けとは言えない本に仕上がっている。創刊翌月も「うる星やつら」のラム役で有名な声優平野文による小説『ファースト・ラヴを抱きしめて♡』や、映像作家でもある泉優二によるバイク小説『俺とおまえのグランプリ』などのラインナップが続いている。

少女小説としてはやや中途半端なコンセプトで始まったティーンズハートのカラーを刷新し、八〇年代の少女小説ブームをより一層加速させたのが花井愛子である。オリジナル小説を手掛ける作家としての花井愛子の名前は、レーベル創刊三カ月めの一九八七年四月に初めて登場する。

## 花井愛子のデビューとレーベルカラーの確立

花井愛子のティーンズハートデビュー作『一週間のオリーブ』は、一九八七年四月に発売された。主人公久遠寺由布子は高校三年生。お妃候補の本命として週刊誌にも名前が載った由布子は、お妃になる前に一度でいいから一人で旅に出たいと思う。そんな彼女の気持ちを汲んだ友人たちの協力で一週間だけ青春を体験するために家出をする。この本が出た時は皇太子殿下のお妃候補が話題になっていた時期であり、その世相が小説に反映されている。ハウンドドッグのコンサート、アツキ・オオニシのワンピース、本のタイトルになっているのは雑誌『Olive』と、小説のディテールも現実にあるものを実名で取り入れているところに特徴がある。

元々コピーライターである花井は、「小説」ベースではなく、「商品」としての少女小説という、それまでとは全く異なる視点で自らの本を企画した。花井は「今までマトモに活字の本を読んだことがない漫画好きの15歳中3少女」を読者ターゲットに定め、カバーは『少女フレンド』で人気の漫画家かわちゆかりに依頼し、漫画好きな少女たちが手に取りたくなるポップでかわいいパッケージングの本を作り上げた。[24]

書店に並んだ花井の本は、世間からは「少女小説」というその時ブームになっていた言葉でくくられたが、それまで出版されていたものと包括している背景が全く異なるものであった。コバルト文庫から出版されていた少女小説は、各作家が読者の関心を惹くためにそれぞれ文体やキャラクター造形などに工夫をこらしていたが、その出発点はあくまで「小説」である。それに対して花井は、読書を趣味としない「漫画好きの中学三年生」を読者層に定め、イラスト込みのパッケージという外側を最重要視し、現実にある女の子が好きなものやその時流行っているものを元に作品を作り上げるというマーケティング目線で執筆を手掛けた。極端な改行を多用した文体は「ページの下が真っ白」と揶揄されたが、少女漫画原作の体験からネームのセリフの短さを念頭に置きつつ、本を読まない女の子でも読了できるリズムを作った。なお花井はこの短い文体は官能小説家の宇野鴻一郎（うのこういちろう）の影響であり、それを少女小説に応用したと記している。[25] それまでの少女小説とは異なる発想で手掛けられた花井の作品は、読書好きではない少女たちをも魅了し、そんな彼女たちでも最後まで読み通して楽しめるものとして売り上げを伸ばしていく。

『一週間のオリーブ』の翌月、一九八七年五月に発売された『山田ババアに花束を』は映画化・舞台化された花井の代表作であり、その一方で花井作品としては異色な作風でもある。清花女学院高等学部の教師山田正子こと山田ババアと、一年生の神崎瑠奈が入れ替わるコメディで、瑠奈と山田ババアの一人称が交互に描かれるかたちで物語は進行していく。学園の理想である「高貴かつ聡明なる婦女子の育成」を継承せんとし教鞭をとり続けるお堅い「オールドミス」の山田ババアと、乙女の花園の赤裸々な舞台裏を体現する今どきの女子高生瑠奈のキャラクターと、語り口の対比が秀逸で笑いを誘う。この本は花井の作品としては例外的に長く読み続けられているが[26]、お堅くピュアな山田ババアのキャラクターとストーリーが、年月を経ても読み物として楽しめるものとなっているからであろう。この作品のカバーを『少女フレンド』の漫画家折原みとが手掛けているが、折原はこの仕事が契機となり、のちにティーンズハートで少女小説家デビューを果たしている。

花井は花井愛子名義で一九八八年一二月まで毎月小説を刊行する他、神戸（かんべ）あやかと浦根絵夢（うらねえむ）というペンネームも用い、多い時は月に三冊小説を刊行した。ティーンズハートは新人賞があるコバルト文庫とは異なり、編集部のコネクションによって作家を集めていたので、特に初期は書き手が少なく、花井が一人三役をこなしていた。神戸あやか名義ではやや不良っぽいテイストの小説を手掛け、読み切りではなくシリーズ作品というところに特徴がある。イラストは主に三浦実子（みうらのりこ）が手掛け、大人っぽくクールな雰囲気に仕上がっている。浦根絵夢名義ではティーンズハートには少なかったファンタジー系作品を手掛け、イラストは主にくりた陸（りく）が手掛けた。一九八八年四月に刊行された本のあとがきで花井愛子＝神戸あやか＝浦根絵夢と同一人物であることを明かすまでは、一人三役で執筆を続けていたが、そのなかでも圧倒的に人気なのは花井愛子名義の作品であった。全盛期の花井愛子は毎月新刊を出し、内容もその都度タイムリーな題材を盛り込み、季節のイベントに合わせたストーリーを作るなど、月刊誌感覚で読める小説執筆を行なっていた。

花井愛子の作品は大ヒットし、花井は平均で毎月四〇〇万、ピーク時は月収一〇〇〇万の収入を得る売れっ子作家となった(27)。花井の人気は当時の学校読書調査でも顕著で、一九八八年の学校読書調査は花井色一色に染まっていると言って過言ではない。一九八八年の中学女子では赤川次郎が減少し、入れ替わるように花井愛子が登場するが、特に中学生二年三年における花井の比率が高く、挙げられている本の半分以上を占めている(28)。

こうした状況を受け、学校読書調査のなかで花井愛子の分析が行なわれている。

昨年まで圧倒的ブームだった赤川作品と比べると、どちらもほとんどが若い女の子を主人公としているのだが、赤川作品が殺人事件や吸血鬼など日常生活にはないものをモチーフにしているのに対して、花井作品の背景は日常生活そのものである。しかも今流行の遊び場やブランドが実名でちりばめられ、現実感を高めている。今少女たちは読書に対して、知らない世界や考え方を体験することではなく、自分の生活への答えを求めているようだ。娯楽性が強く男子にもよく読

まれた赤川作品に対し、女の子への指針が随所に感じられる花井作品は男子には1冊も読まれていない。(29)

## 花井愛子と「大ヒット商品」としての旬

しかし、一九八八年には圧倒的な人気だった花井愛子は、翌年一九八九年の学校読書調査では中学生女子の回答に数冊挙がるだけに留まった。この年の中学一年生女子の二位が倉橋燿子（くらはしようこ）『風を道しるべに…』、中学二年生女子の一位は倉橋燿子『風を道しるべに…』、二位は折原みと『桜の下で逢いましょう』、中学三年女子の一位は折原みと『桜の下で逢いましょう』と、他のティーンズハート作家が上位を占めている。(30)「大ヒット商品」としての花井愛子の少女小説の旬は短いものだった。

花井愛子は少女小説を二〇〇〇万部売った作家でありながら、ある時期から読者の支持を失っていく。「月刊花井愛子」とさえ言えるほどハイペースで作品を発表したため、短期間のうちに消費されて、飽きられてしまったことも要因の一つであろう。しかし、それよりも注目すべきは、花井の作品がもつ特徴と思われる。

当時の花井作品は、バブル期の好況を背景とした消費文化のなかで生きる少女たちの姿を多く描いていた。高額なＤＣブランドが頻出し、ボーイフレンドは車を所有しドライブデートに出かけ、おしゃれなレストランでディナーをする。こうした描写は、登場時には新鮮で少女たちの憧れを反映したものではあったが、ティーンズハートの読者年齢が下がっていくにつれ、花井作品に描かれる風俗やバブル的な価値観は少女たちの等身大や興味とは離れていく。成長期の最中にいる少女たちの好みの変化は早く、二、三年でトレンドはあっという間に変わってしまう。小説が日常世界に寄せてあるだけに、八〇年代の感覚のままで描かれている花井作品はディテールからリアリティが失われるのも早くなりがちだった。これは花井に限らずティーンズハート全体が抱えていた課題で、九〇年代以降読者の支持を失う原因の一つとなった。

また恋愛が小説の主要モチーフとはなっているが、花井の小説はヒロインとヒーロー以外の登場人物が極端に少ないという特徴をもつ。主人公とボーイフレンド（もしくは恋をする相手）のみが登場し、花井特有の短いセンテンスで区切られた文体で語られる少女のモノローグは、心の機敏を細やかに伝えるタイプのものにはなりにくく、恋愛小説としての描き込みという点では物足りなくなる。後続の作家として登場した折原みとの書くロマンティックな恋愛小説が少女たちの心をつかむようになると、花井がこのレーベルに引き込んだ、あるいは引き込む入口を切り開いたライトな読者たちは、折原の作品をより支持するようになっていく。

花井作品では基本的にシリーズものはなく、その時書きたいモチーフに合わせてヒロインとヒーローが設定される。そして花井は、それらのヒーローやヒロインが、キャラクターとしていかに立つかを重視して造形にこだわるスタイルの作家ではなかった。例えば、折原みとならば「天使」シリーズの登場人物、小林深雪は「志保・沙保」シリーズ、倉橋燿子なら『風を道しるべに…』の麻央といったように、他の作家にはしばしば、その書き手を代表するキャラクターがいる。またコバルト文庫の藤本ひとみのように、バレンタインデーに段ボール二五箱分のチョコレートがキャラクター宛てに届けられるほど、キャラ人気が高い作家もいる。[31] 少女たちは登場人物に愛着をもち、キャラクターを通じて感情移入をしていくが、花井はそうした作品を発表するタイプではない。花井は表紙のイラストを含めたパッケージングや文体、作品に描くディテールなどは市場動向をふまえたうえで綿密に計算していたため、一時のトレンドをキャッチすることに長けていた。しかし、彼女のマーケティングスタイルからすると、「小説」を読者が読み続けるうえで重要になる、愛着をもち続けることのできるキャラクターを創造するという観点はもちにくかった。「文学なんてしてるつもりはありません。ひたすら売れる商品を作ろうと思ってきました」[32] と言う花井の目線はいわばコピーライターとしての資質であり、小説家としてキャラクターを長く育むということを重視しなかったことが、結果的に「商品としての少女小説」の旬を短いものにしてしまった大きな理由になったと思われる。木村涼子は九〇年代前半に女子大生への自由記述調査を行ない氷室冴子・花井愛子・折原みとの読まれ方を分析しているが、花井作品が往々にして「中身がない」「読んだ後何も残らない」という感想を生みがちであるのに対して、氷室・折原作品については「感動」し「勇気」「生きる力」を得たという読者が多い結果を紹介している。[33] ティーンズハート作家のなかでも、花井はかつての読者たちからの評価が厳しく、その作品世界が愛着をもって語られにくい書き手である。

皮肉なことに、花井に替わりティーンズハートの看板となる折原みとや小林深雪は、花井が重要した、「売れる商品」としてのパッケージング作りを徹底して行なった。折原みとは本業が漫画家であるというアドバンテージを活かして自分でイラストを手掛け、また小林深雪もデビュー作から一貫してカバーを漫画家の牧村久実が手掛けるなど、両者とも作品の表紙や挿絵を統一感のあるヴィジュアルに仕上げている。花井が意識的に行なった「売れる商品」としての少女小説作りのノウハウは、他の作家たちに受け継がれていった。

花井自身の作品は短期間で旬を終えたが、それまでとは異なった商品としての少女小説を生み出し、読者層の裾野を広げた開拓者であった。花井が種を蒔き、それを後継の作家たちがより発展させて花開かせることでティーンズハートは勢いづき、その後もさまざまな作家たちが登場していった。

## 多様なティーンズハートの作家たち

一九八七年二月に創刊されたティーンズハートは、四月に花井愛子が登場して以降、レーベルカラーが固まり、少女たちの間で急速に支持を獲得していく。集英社のコバルト文庫が高校生をメインターゲットにしていたのに対し、後発の講談社はやや読者層を下げることで成功を収めている。また作品を次々と送り出さないと刊行ペースが滞ってしまうため、放送作家、雑誌のライター、漫画家、さらには小説を書いてみたいと言っているタレントなど、可能性のある人には積極的に声をかけて書き手を確保していった[34]。新人賞を開催し、そこから新人を発掘して育てていくのは時間がかかってしまう。それよりも即戦力の作家を集め、数多く本を出版したいというのが編集部の方針だったのであろう。これがのちにレーベルのウィークポイントへと繋がっていくが、初期にはさまざまな作家がティーンズハートに集まり、多様な作風で少女小説ブームを加速させていった。

倉橋燿子はティーンズハートの代表的作家の一人で、学校読書調査にも名前が頻繁に登場している。倉橋は読み切りが多いティーンズハートのなかでは初期からシリーズものを手掛け続け、少女の成長物語を描く一種の教養小説（ビルディングスロマン）的な作風を特徴としていた。一九八八年四月からはじまった「風を道しるべに…」シリーズは、東京のお嬢様として暮らしていた主人公白鳥麻央が飛行機事故で突然両親を亡くし、北海道で牧場を営む叔母夫妻に引き取られてそこで暮らし始める物語である。突然の両親の死に伴う生活の激変だけに留まらず、以後もさまざまな試練が主人公に襲いかかっていく。北海道での新しい生活、生き別れの兄の出現、渡英、恋人の自殺、妊娠と出産など波乱万丈な出来事に巻き込まれつつ、麻央は力強く生きていく。そんな主人公の姿に読者たちは共感し、人生の指針として『風を道しるべに…』を愛読していった。

主人公に多くの試練を与えるという作風は、次のシリーズにも引き継がれている。「さようなら　こんにちは」シリーズは四人姉妹の次女で漫画家志望というごく平凡な境遇だったはずの主人公が、実は四姉妹のなかで自分だけが本当はこの家の子どもではなく、母親が殺人犯であるという出生の秘密を知り、家族関係が一変する物語である。姉妹たちの態度の豹変、自殺未遂、育ての母親の病死、家族との和解などを経て主人公は成長していく。

「風を道しるべに…」と「さようなら　こんにちは」シリーズには恋愛も出てくるが、それ自体はメインモチーフではなく、家族との関係や友情などのヒューマンドラマが主軸となっていた。過酷な運命に翻弄されつつ成長をするヒロインの姿に読者は涙し、またカタルシスを得ていたのだろう。かつて、ジュニア小説はいかに生きるかを追及し、そして七〇年代以降読者の共感を得られずに支持を失っていったことはこれまで繰り返し言及してきた。ジュニア小説の書き手が読者とは絶対的に立場の違う「大人」として振る舞おうとしていたのに対して、倉橋作品はいかに生きるかという同じテーマを内包しつつも、少女たちの感覚に寄り添い共感を得る物語として成功している。こういった重たいクラシカルな作風の作品が人気を博していたのも、ティーンズハートの一つの側面である。

集英社のコバルト文庫には男性作家が数多くいるが、講談社のティーンズハートは「女性作家が執筆する」という方針を掲げていたのか、男性作家たちは女性的なペンネームを使う傾向が見られた。「あたしのエイリアン」シリーズで知られている津原やすみもその一人で、現在は津原泰水名義で幻想文学やホラー小説を手掛けているが、ティーンズハート時代は性別を明かさずに少女小説を執筆していた。

デビュー作の『星からきたボーイフレンド』（一九八九年五月）を執筆するにあたり、津原は人気作品を研究し、当時の主流の逆をやろうと主役の女の子を大柄で強気な性格にし、男の子を小柄にする設定にしたと後年述べている。その一方で会話のウェイトの比重は落とさないなどの技巧をこらし、読者を引き込む工夫を怠らなかった。[35]『星からきたボーイフレンド』は主人公の百武千晶と、彼女の前に突如現れてイトコだと主張するエイリアン星男の同居ラブコメ……と書くといかにもティーンズハート的な作品に思えるが、そのなかにはＳＦやメタフィクション要素などもあり、一筋縄ではいかない。「あたしのエイリアン」シリーズ四冊目にあたる『夢の中のダンス』（一九九〇年一月）の巻末にはそれまで小説に登場した人物のモデルや固有名詞の紹介がされているが、星男がデヴィッド・ボウイの「スターマン」由来であることなど、背景にあるロックや文学の種明かしがされている。少女の口語一人称や改行の多い文体などでティーンズハート的なカラーを纏いつつ、メタ目線でも楽しめるシリーズとなっている。

現在もミステリーファンから高い評価を受けている井上（いのうえ）ほのかは『アイドルは名探偵』（一九八八年四月）でデビューし、以後も「アイドルは名探偵」シリーズや「少年探偵セディ・エロル」シリーズなど、少女小説としては異例の本格ミステリー作品を発表している。島田荘司（しまだそうじ）の推薦を受けたことでレーベル読者外にもその名前が知られるようになり、少女小説の主流であるライトミステリーとは一味違う本格派として根強いファンを獲得している。

ライターでも漫画家でもない出自から登場し、活躍した作家の代表が林葉直子（はやしばなおこ）である。その後、むしろ別の方面でメディアを賑わせることになる林葉直子であるが、当時は女流棋士として活躍する一方で、ティーンズハートを中心に少女小説を手掛けていた。『とんでもポリスは恋泥棒』（一九八七年九月）でデビューした林葉は、以後も一九歳の警察本部長徳川忍が恋人の松前高志刑事とコンビを組み事件を解決する「とんでもポリス」シリーズをはじめとして、作品を矢継ぎ早に発表していく。ジュニア・ミステリーとしてストーリーが堅実な一方で、他のティーンズハート作品がキス止まりが多いのに比べ、セクシャルなネタをポップに織り込んでいるところに特徴が見られる。

ティーンズハートには数学やパズルをテーマにした異色シリーズもある。理系出身の中原涼（なかはらりょう）は『受験の国のアリス』（一九八七年六月）でティーンズハートデビューをしている。数学の参考書のおまけとしてついてきたM1という神様のもと、パズルを解くことでアリスを救出するシリーズで、作中のパズルの面白さでも評判になった。以後もさまざまな国へ出かけてアリスを救う「アリス」シリーズとして三〇冊以上刊行され、一九九八年にはテレビアニメ化し「アリスSOS」として放映されている。

ティーンズハートは他にも超能力やタロットをモチーフにした小説を手掛ける皆川（みなかわ）ゆかの『ティー・パーティー』（一九八七年九月）のシリーズや『運命のタロット』（一九九二年九月）のシリーズ、ティーンズハートでは珍しいファンタジー系の『ヨコハマ指輪物語』（一九八八年四月）のシリーズが人気の神崎（かんざき）あおい、タロットを取り入れた夢乃愛子（ゆめのあいこ）『タロット占い殺人予告』（一九八九年一月）からはじまる「リリカル　タロット占い」シリーズなど、現在でも話題にのぼる作家たちが個性豊かな作品を発表していた。またロングシリーズとしてティーンズハートの終了まで刊行された一〇〇冊を超える秋野（あきの）ひとみ「つかまえて」シリーズ、六〇冊を超える風見潤（かざみじゅん）「幽霊事件」シリーズなどのミステリー作品も刊行されていた。のちにホワイトハートの看板作家となる小野不由美（おのふゆみ）もティーンズハートデビュー組で、『悪霊なんかこわくない』（一九八八年一二月）から始まるホラー作品「悪霊シリーズ」を手掛けている。

ここまで見てきたように、八〇年代のティーンズハートではさまざまな作家が活躍し、毎月一〇点以上の新刊が刊行されるハイペースで次々と小説が出版されていった。バラエティに富んだラインナップのティーンズハートではあるが、より広範な読者を獲得したのは読みやすいラブストーリーである。花井愛子が切り開いた路線を引き継ぎ、それに次ぐ看板作家としてティーンズハートのヒットメーカーとなったのが、先に名前を挙げた折原みとであった。

**折原みとと純愛——少女たちが好きなロマンティシズム**

折原みとは少女小説が成功を収めたため作家のイメージが強いが、先述のように本業は漫画家で、一九八五年から『少女フレンド』やおまじないコミックなどで仕事をしていた。ティーンズハートでデビューする前にポプラ社から小説『ときめき時代——つまさきだちの季節』(一九八七年七月)を上梓しているが、作風としては児童書で、文体や内容もそれを意識したものとなっている。ティーンズハートも初めは漫画家として関わり、花井愛子の『山田ババアに花束を』のイラストを担当している。これがきっかけとなり、折原はティーンズハートでも小説を出版することになった。

ティーンズハートでのデビュー作は『夢みるように、愛したい』(一九八八年二月)、のちに「天使シリーズ」と呼ばれる物語の一作目である。両親の不和という家庭問題を抱えた主人公室山桜子はバス事故に遭い、それがきっかけで天使のリョウと出会う。人間界に戻るまでの一週間を霊で過ごすことになった桜子は、その時間で自分や家族を見つめなおし、そしてリョウと切ない恋をするストーリーとなっている。桜子の一人称で進められる物語は八〇年代の風俗も多少は取り入れられているが、それはあくまでエッセンスであり、主人公の葛藤や悩み、そして恋の模様が丁寧に描かれている。桜子を愛したリョウは彼女の記憶を消して肉体に戻すことで愛を貫き、二人は結ばれることはなかった。リョウを主人公にした『エンジェル・ティアーが聴こえる』（一九九〇年三月）など、以後もシリーズものとしてそれぞれの人生の物語が書き続けられていく。

折原作品の主人公は家庭の不和や受験の失敗などそれぞれ悩みや葛藤を抱えており、そんな少女が恋愛を通じて自分を見つめなおし、成長する姿が描かれている。「いまの子たちにこんなくさい純愛話なんてと思って描いても、すごく受けたりするんです」[36]と折原が語るように、描かれる恋愛は「純愛」で、その甘いロマンティシズムは少女たちが非常に好むモチーフであった。純愛はすべてハッピーエンドに終わるわけではなく、『夢みるように、愛したい』のように記憶が消滅して他の人と結ばれる話もあれば、『時の輝き』のように恋人と死に別れる話もある。しかし運命の人と出会い、恋をする。そしてその恋を通じて自らも成長する。折原みと作品は思春期の少女たちの悩みや葛藤と、ロマンチックな恋愛要素をバランスよく小説のなかに取り込んでいる。悩みや葛藤が強すぎると、ティーンズハートの主たる読者層である本来はあまり活字を読まない子たちには支持されない物語になってしまう。その一方であまりに楽天的に恋愛だけのストーリーを展開しても、中学生くらいの年代の少女たちには物足りない。少女の自意識とロマンスの両方を描き、感動する物語に仕上げた折原の小説は、中学生を中心に圧倒的な支持を受けていく。

折原は本業が漫画家であるため、花井や次に取り上げる小林深雪と比べると、作品の刊行ペースは決して早くない。しかし学校読書調査を見ると、出された一冊一冊が刊行時にだけ登場するのではなく、長く読み続けられている。折原作品が長い期間支持を受けたのも、少女たちのなかにあるロマンスへの憧れと思春期特有の内省というスタンダードな要素を確実に押さえ、なおかつ幅広い層に好まれる物語作りを行なったからであろう。折原の小説のなかでとりわけ人気が高いのは、天使や前世、SFなどの要素を女の子好みに仕上げたシリーズである。前世の記憶や恋が絡む『桜の下で逢いましょう』（一九八九年四月）、タイムトラベルで訪れた過去の世界で殺さなければいけない相手と恋をする『2100年の人魚姫』（一九八九年一〇月）、異世界へトリップし王女となる『アナトゥール星伝』（一九九〇年九月）のシリーズなど、少女漫画的なストーリー作りが小説にもいかされている。

折原の最大のヒット作は一九九一年五月に発売された『時の輝き』である。一〇〇万部を超えるベストセラーとなり、一九九五年には映画化もされた。高校の看護科に通う主人公が、病院で偶然再会した初恋の人と恋をし、骨肉腫に冒された彼の闘病を見守り、そして看取るという純愛物語である。生と死をめぐる泣ける物語は多くの少女たちを感動させ、読まれ続けていった。『時の輝き』に限らず、人間をめぐる生と死の物語は折原作品を貫く通底音となっている。「読者が感情移入しやすいものを心がけています。読者と近い十五、六歳の女の子が主人公で、学校生活が中心。（略）それと、問題提起すること。だれもが感じていること、疑問に思っていることを、主人公が考えながら解決していく形。少女小説は恋愛が基本ですけど、サブテーマとして戦争とか命の大切さとか取り上げ、メッセージをストレートに伝える」[37]と折原自身が語るように、小説には折原のヒューマニズムが反映されている。

折原の作品は読者にとって親しみやすく、その一方で作品に生と死や命についてのサブテーマが潜んでおり、テイストとしては甘口ではあるがそれだけではない読後感をもたらす。また作風的に中学生と高校生の両方を読者層に取り込めたこと、活字好きではない層でも手に取れる間口の広さが、折原の爆発的なブームへと繋がっていった。思春期の少女たちの心に寄り添う切ない物語の書き手として、折原は少女小説ブームを代表する作家の一人と言える。

## 小林深雪の「明るさ」

ティーンズハート作家のなかで、一〇〇〇万部を超える部数を誇るのは花井と折原、そして小林深雪の三人である(38)。小林深雪は一九九〇年一一月に『ガールフレンドになりたい!!』でティーンズハートデビューをしている。小林は元々ライターとして活動をしており、ライターの先輩であった青山(あおやま)えりかがティーンズハートで仕事を始めたのがきっかけで紹介され、少女小説を手掛けるようになった。

小林深雪はポップでライトな作風が特徴であり、読者年齢が低いティーンズハートのなかでもより低い年齢層の支持を受け、小学生にまで広がっていた。小説のメインモチーフは恋愛で、デビュー作から一貫して漫画家の牧村久実とタッグを組み、牧村が表紙と挿絵を担当している。小林の作風とキュートな牧村のイラストは相性がよく、読者へのアピールポイントとなっていた。主人公は高校生の設定だが、モノローグで綴られる少女の内面は設定年齢よりかなり幼く、結果的に低年齢の読者が感動しやすいものとなっている。小林作品にはよくも悪くも深刻さがなく、恋愛が成就する過程でトラブルが起きてもそれはすぐに解消され、スピーディーにハッピーエンドを迎える。小林の代表作は『16才♡子供じゃないの』からはじまるシリーズで、主人公の志保が家庭教師の大学生高野先生に恋をして一六歳で結婚する物語である。その高野先生が英語教師として志保の高校に赴任してくる『17才♡奥様は高校生』から『20才♡ハッピーエンドへようこそ!!』まで書き続けられ、さらには二人の娘を主人公にした『13才♡ママはライバル』と世代を変えてシリーズが刊行されている。(39)

デビュー作『ガールフレンドになりたい!!』から小林作品に一貫して見られるのは、恋愛へ向けられたポジティブなパワーである。そして多少の葛藤や波乱はあるが、その恋は実を結びハッピーエンドで終わる。小林深雪の物語世界は明るくシンプルで、家庭や学校に対する屈折もなく、あっという間にハッピーエンドに流れ込む。その展開は他ジャンルの書籍にも多く触れている人からすれば、ともすれば食い足りなさを覚えるものかもしれない。しかしむしろその屈折のなさや単純さがローティーンには読みやすく、支持を受けたと思われる。折原が恋愛だけではなく、思春期ならではの自意識や葛藤も描いたのに対し、小林作品に登場する悩みはあくまで恋愛に関するものであり、それ自体も重くなることはない。

「はーい。大好きなみっぴー先生。お元気ですか? わたし、先生の書く文章は、とっても「可愛い」と思います。それに、ストーリーも、女のコの憧れる恋の形が、とってもよく表れていて、大好き♡わたしも、こんなロマンチックな恋がしたーいって、いつも、思ってしまいます」というのは『16才

♡子供じゃないの』あとがきに掲載されたファンからのおたよりだが、この感想は小林作品に対する典型的なファンの声であろう。小林深雪はライター出身で、花井同様自分の作品に対しマーケティング意識を明確にもっている。低年齢層の読者を意識し、小学生の女の子でも読める文体や展開で小説を作っていった。

明るくポップな小林の作風の背景にあるのは、一九五〇年代のアメリカの少女小説である。小林自身の言葉に、「日本人が青春ものを書くと、不思議と叙情的になってしまうんですよね。影を落とした作品もすばらしさはあるけど、外国の青春ものは影より明るさが前面に出される。それも明るさが作品を通し均等に配分されているような気がします。私はそういう伸びやかさを大切に文章を書いていきたいと思います[40]」とあるように、青春の陰りのないその作品世界の明るさは、日本と外国の小説を分析的に比較しつつ、計算して作られたものであることがうかがえる。思春期のほの暗さとは無縁の小林の作風は他には見られない強い個性で、明るく可愛いものが好きな読者のニーズを捉えていた。

小林は本のあとがきなどで読者とコミュニケーションを取るのが上手く、読者サービスの上手さもファンを惹き付けていた。デビュー作から巻末には「みっぴーの恋愛お悩み相談室　ガールフレンドになりたい!!」が掲載され、読者からの恋愛相談に小林が答えるコーナーは、以後小林の著作の巻末に必ず掲載されている。あとがきのなかでも随時ファンレターを取り上げ、それにコメントをつけるなど読者との交流を欠かさない。小林は料理好きとしても知られ、身近な材料で簡単に作れる女の子のためのレシピを作品に多数登場させている。のちにお菓子のレシピをまとめた本『キッチンへおいでよ』（一九九三年一〇月）が刊行されるが、フードコーディネーターの福田里香が関わり、おしゃれな本に仕上がっている。小林作品の随所に感じられるポップなセンスに読者は惹かれ、コレクション感覚で集める人も多かった。

小林深雪の作品世界には影がなく、その明るさのなかで女の子は恋をしてハッピーエンドを迎える。家庭や学校に対する屈折のなさ、恋に積極的な女の子たちがいる世界は、自意識の葛藤や思春期の鬱屈とは無縁の明るさであり、そのコンセプトは最後までぶれることはなかった。多作であることも知られた小林深雪は、ティーンズハート終了時には一〇〇冊本を出していた。

## ティーンズハートの特性

ここまでティーンズハートのさまざまな作家を取り上げてきたが、改めて講談社のティーンズハートと集英社のコバルト文庫の違いを考えてみたい。少女小説ブームのなかの二大レーベルは、核となる読者層が異なっていた。コバルト文庫は活字と読書が好きな層が手に取っていたのに対し、ティーンズハートの方は、普段あまり読書をする習慣がない層を取り込むことによって大きく成長を遂げた。作家たちの出自も異なり、自前の新人賞があり、受賞者を作家としてデビューさせるコバルト文庫に対し、ティーンズハートはある時期までは新人賞がなく、作家は内部コネクションで集められていた。そうした編集部の人脈で書き手を探すことにより、ライターや漫画家など、小説家を専業としない人々が作品を手掛けるケースが多く、「小説」ベースのコバルト文庫とは異なる、ティーンズハートならでは女の子の恋愛小説が多数発表されていった。こうしたライトな恋愛ものが爆発的に売れる一方で、個性的な作風と内容のシリーズも刊行されており、バラエティに富んだラインナップでティーンズハートは黄金期を迎えた。今日では、ティーンズハートはコバルト文庫に比べて小説レーベルとして評価されにくい傾向にあるが、全盛期にはさまざまな作家が活躍をし、多様な作品を刊行していたレーベルであったことは改めて強調しておきたい。

小林深雪はティーンズハートのヒットメーカーであり、またその一方で読者年齢の低下を加速させた作家でもあった。一九九三年の時点で講談社X文庫編集部によると「読者層はだんだん下がってきて、中学一年生が主体」と言われるほど低年齢化が激しくなっている[41]。小林は自分のターゲット層を見極めて戦略的に低年齢層に向けた本作りを徹底しており、それ自体は正しいマーケッティングだったといえよう。八〇年代のティーンズハートには、読書の入門者向けのラインナップと、もう少し進んで活字を読む楽しみを覚えた層が手に取れるシリーズの両方が揃っていた。しかし少女小説ブームが過熱するなかで、ティーンズハートは読書の入門者向けのラインナップを増やすことでさらに間口を広ていく。読者層の拡張は、ブームの最中は大きなマーケットとなり、レーベルに成功をもたらす。しかし、ブーム期の方針を維持し、小説レーベルとしてのさらなる奥行きを模索する方向よりも、既存の軽快なラブストーリー作品を作り続けたことが、結果としては少女小説ブームが終了する一九九一年以降のティーンズハートに陰りをもたらしていく。

やや話を先取りしてしまったが、改めて八〇年代に話を戻したい。ティーンズハートの創刊によってさらに勢いづいた少女小説マーケットは、以後も多数の版元が参入をすることで八〇年代末に一大ブームを迎えることになった。

## 3 拡大する少女小説マーケット

### 少女小説創刊ブームと後発出版社の苦戦

集英社のコバルト文庫と講談社のティーンズハートという二大レーベルを中心に、一九八七年以降少女小説マーケットは拡大し、出版界や経済界からも注目されるほど過熱を見せていた。少女小説全体の発行部数は一年で三〇〇〇万部に達し、文庫本の出版総数の一割近くを占めるほどまでに成長している。[42] 一九八八年は第二次ベビーブーム世代が高校生になる年であり、こうした団塊ジュニアは「イチゴ世代」とも称されていた。一九八七年から一九八八年にかけて一五歳になる世代は巨大な消費市場として期待され、彼女たちをターゲットにした商品企画が盛んに行なわれた。「少女」に対する社会的注目も高まり、少女論が盛り上がりを見せた八〇年代後半の出来事である。[43]

コバルト文庫とティーンズハートが火をつけた少女小説ブームを受けて、一九八九年頃は少女小説レーベルの創刊が相次いだ。一九八八年五月、勁文社がコスモティーンズ（〜一九八九年九月）を立ち上げる。翌一九八九年は動きが活発化し、まずは三月に徳間書店から徳間文庫パステルシリーズが創刊され（〜一九九一年四月）、八月にMOE出版からMOE文庫スイートハート（〜一九九一年一月）、一〇月は双葉社のいちご文庫ティーンズメイト（〜一九九〇年一二月）、一二月には学習研究社から学研レモン文庫（〜一九九六年六月）と、多数の出版社が新レーベルを立ち上げている。このなかでは学研レモン文庫が比較的長く続いているが、その他のレーベルは少女小説ブームの終息とともにいずれも短命に終わっている。一九八九年は少女小説レーベルの創刊ラッシュに沸いた一年だったが、後発レーベルの多くは参入したものの苦戦している。「乱戦です、少女小説文庫　作家を確保できず撤退の社も」[44]とあるように、少女小説は巨大なマーケットであると同時に、激戦区にもなっていた。いかに作家を確保するかがポイントとなるが、新人賞を通じて長年新たな書き手を発掘していたコバルト文庫、またライターや少女漫画家などをコネクションで集めてすでにブランドとして確立されているティーンズハート以外のレーベルは、なかなか人を集めることができなかった。ブームを受けて多数の出版社が参入したものの、多くのレーベルは九〇年から九一年にかけて消滅した。

学習研究社の学研レモン文庫は、女子中高生を対象にした雑誌『Lemon』を土台に創刊されたレーベルである。立ち上げラインナップには『Lemon』の常連作家である西崎（にしざき）めぐみ『あたしをサンタに紹介してよ』（一九八九年一二月）などがあり、また『Lemon』で連載され人気を得ていた折原みとの『女の子しようね！』（一九九〇年七月）は五〇万部のヒット作となった[45]。他にも森奈津子（もりなつこ）の『お嬢さまとお呼び！』（一九九一年四月）から始まる「お嬢さま」シリーズは、小学生を対象として執筆されているが、後年の森作品にも通じるジェンダー意識が反映された小説となっている。学研レモン文庫は読者層を小学生と他社よりやや低い年齢層に設定しており、差別化が行なわれていたため、後発レーベルのなかでは比較的長く続いた。

また一九八九年六月、小学館から「キュートな純愛小説マガジン」をコピーにした雑誌『Palette』が創刊されている。[46]『Cobalt』を思わせるデザインと内容で、新人賞「パレットノベル大賞」もコバルトの新人賞同様年に二回発表というペースで募集が行なわれていた。通常、同一出版社内の雑誌と文庫レーベルが連動する場合、両者はほぼ同時に創設されるか、もしくは文庫先行のパターンが多い。しかし小学館は、一九八九年六月に雑誌を立ち上げ、文庫レーベルとしてのパレット文庫は一九九一年七月に創刊と、文庫が二年も後発になっている。一九八九年五月の時点では「秋には文庫の創刊も計画している」と早い段階で文庫の創刊は企画されていたが、結果的にそれが何らかの理由で遅れたものと思われる。[47]

雑誌『Palette』創刊号の巻頭には喜多嶋隆の書き下ろし小説「ダウンタウン・エンジェル」が掲載され、秋の二号も巻頭は片岡義男、さらに横田順彌、のちには花井愛子など、他のレーベルで活躍をしている作家が執筆陣の中心になっていた。新人賞を設置してはいたものの、レーベル独自の作家を雑誌のメインに据える段階までは至ってなかった。

また『Palette』は、小学館系の漫画家が小説を執筆するのも大きな特徴となっていた。創刊号では「超人気まんが家、初挑戦の初小説！」との見出しのもと、篠原千絵が小説を手掛けており、以後赤石路代、田村由美、岡野玲子、室山まゆみなどさまざまな漫画家たちが少女小説を発表している。このなかで特筆すべきは、『なかよし』の人気漫画家あさぎり夕である。のちにボーイズラブ作家としてキャリアを大きく転換するあさぎりが、初めてのボーイズラブ小説「僕たちのはじまり」を発表したのが『Palette』一九九四年冬の号であり、それまでの異性愛学園ラブコメ中心だった同誌に新しいカラーを持ち込んだ。あさぎり夕については第3章のなかで改めて考察していく。

## 『Cobalt』と読者共同体

少女小説市場が拡大し、新たなレーベルが次々に誕生するなか、老舗のコバルト文庫はどのような対応をしていたのだろうか。一つには、『Cobalt』という母体雑誌を通じて、読者とのコミュニケーションを積極的に取り、また作家と読者が交流する場所作りを行なっていったことが挙げられる。

一九八五年春号で「少女小説家ファンクラブ」が立ち上げられて以降、作家と読者が交流するファンパーティーは恒例のイベントとなっていた。一九八五年四月に東京・名古屋・大阪の三都市で開かれた「第1回少女小説家サイン会とファンのつどい」を皮切りに、定期的にイベントが開催されていく。一九八七年四月に東京の西武デパートで行なわれた「コバルト・ハリキリ乙女ゼミナール＆サイン会」には正本ノン、田中雅美、久美沙織、杉本りえ、唯川恵、藤本ひとみが出席し、サイン会の他、一五〇人ほどのファンを対象にした「面白ゼミナール」では小説作法やクイズなどが企画された。[48]

イベントは全国各地で開かれ、一九八七年一〇月にはコバルト文庫一〇〇〇点突破を記念して、

「一〇〇〇点ろまんす乙女の会」が催された。仙台には藤本ひとみ・島村洋子(しまむらようこ)・倉本由布、熊本には久美沙織・杉本りえ・唯川恵、広島には藤本ひとみ・島村洋子・倉本由布が訪れ、サイン会とファンの集いを開催している。[49] こうしたイベントはしばしば企画され、読者が憧れの作家と直接コミュニケーションを取る場となり、また読者同士も交流できるなど、コバルトの読者共同体を強固にするイベントとして機能していた。

また特別な企画として、読者のなかから特派員を選び、作家と一緒に海外へ行くツアーが一九八七年から一八八九年にかけて開催されていた。その第一回である「青春スクールinハワイ」は久美沙織・田中雅美・正本ノンと一緒にハワイへ行くプランで、原稿用紙二枚に「コワ〜イ」話を書いて応募する選考方式が採られた。四八八五編の応募のなかから五名の中高生が選ばれ、ツアーに参加している。第二回は一九八八年の杉本りえ・唯川恵と行くオーストラリア特派員ツアー「ヒーロー・ヒロインへのラブレター大作戦」で倍率が二七四八倍、一九八九年の第三回は山浦弘靖(やまうらひろやす)・倉本由布・島村洋子と行く「初恋ゼミナールinアメリカ西海岸」で、一五九五八作品が集まる三一九一倍と、人気企画となっていた。[50] コバルト文庫の売り上げは一九八八年度の一六〇〇万部がピークで、一九八五年度から一九九一年度までは毎年一〇〇〇万部を超えていた。[51] こうした豪華な読者参加型イベントが可能だったのも、少女小説ブームによる売り上げとバブル経済が背景にあったからこそであろう。

コバルト文庫は新人作家を発掘して育てるという基本方針を徹底し、移りゆく読者の好みに対応しつつ、常に新たな書き手を発掘していた。特に読者から書き手へというルートを推奨し、『Cobalt』

本誌で「あなたもコバルト作家としてデビューしませんか？」[52]と読者に呼びかけ、投稿を募っていた。また作家たちも頻繁に『Cobalt』誌面に登場し、読者から作家へというモデルを提示している。

『Cobalt』読むといつも思うもんね。〝私も小説を書いてみたい！〟って……。自分が出来ないことや〝もうひとり自分が居たら、こんな風に生きてみたい〟っていう夢や希望を書いてみたいなって……。（略）うん、私も自分なりに頑張って書いてみます！［大阪　谷恵美］[53]

とあるように、自分も書き手として参加することを夢見る少女たちがコバルト文庫のファンとなっていた。実際、一九八七年下期（第一〇回）のコバルト・ノベル大賞は応募作が一四三一編、応募者のうち一〇代が五割、二〇代が四割を占め、八割が女性からの投稿で最年少は小学五年生であった。[54]一〇代からの応募が半数を占めており、コバルト文庫を読んでいる世代が作家を目指して投稿する流れが形成されている状況がうかがえる。一九八四年上期（第三回）の倉本由布、一九八五年上期（第五回）の波多野鷹と高校生作家が誕生しており、若い世代でも活躍できる例として読者を刺激していた。

サイン会やファンの集いへ行き、新人賞に応募するような熱心なファンや作家志望の読者がいる一方で、娯楽としてコバルト文庫を読む層も大きく広がっていた。コバルト文庫は八〇年代半ば以降、新たな人気シリーズが多数登場して勢いを増している。山浦弘靖『殺人切符は♥色（ハート）』（一九八五年九月）は、流星子を主人公にしたトラベルミステリーで、以後「星子一人旅」シリーズとして人気を博していく。一九八五年に第六回コバルト短編小説新人賞佳作入選でデビューした日向章一郎（ひゅうがしょういちろう）は、一九八八年開始の「放課後」シリーズ、さらに一九九〇年開始の「星座」シリーズなどを手掛けている。他にも田中雅美の「真夜中のアリス」シリーズや「赤い靴探偵団」シリーズ、団龍彦「こちら幽霊探偵局」シリーズ、赤羽建美「南子探偵クラブ」シリーズなど、コバルトではこの時期主人公が高校生で、恋人的なポジションにいる相手役とコンビを組んで謎を解き明かすユーモア・ミステリーシリーズも人気のジャンルとなっていた。

　学校読書調査を見ると一九八六年は赤川次郎、氷室冴子、新井素子人気が続いているが、久美沙織の「丘の家のミッキー」シリーズが初めて登場している（高校一年生で六位、高校三年生で一〇位）[55]。一九八七年もコバルト文庫は人気が高く、新しい顔ぶれとしては中学二年生女子の五位に団龍彦『こちら幽霊探偵局』、一二位に山浦弘靖『殺人切符は♥色』、高校生女子では一年生の八位に藤本ひとみ『愛からはじまるサスペンス』、三年生の二位に田中雅美『三人目のアリス』、一五位に唯川恵『青春クロスピア』などがランクインしている[56]。

　コバルト文庫、そしてティーンズハートの作品が八〇年代の学校読書調査に多数登場しているように、この時期の少女小説は非常にメジャーな存在、クラス中の女子が読んでいるといっても過言ではない状態であった。一九七〇年代の終わりから作家活動を続けている久美沙織は、一九九一年の時点で少女小説をめぐる変化について以下のように答えている。

> 最初の最初、ジュニアなりコバルトなり始めた時っていうのは、小説を読んでいる子っていうのは、クラスの中で後ろ指さされるような子だったんです。暗いとか、マジメだとか、ガリ勉だ

とか、古いとか、ひじょうに孤立しがちの、だから、本にでも友達を求めないとっていうタイプの子がけっこういたんです。少なくとも私に手紙をくれていた子には、そういう人が多かった。そういう子達に、本読んでいるのはけっして暗いことじゃないんだよ、けっして一人でものを考えるのはつまんないことじゃないんだよっていうメッセージを送っているつもりだった。[57]

少女小説を読む読者が、ここ数年で変わったことを久美は指摘している。少女小説がブームとなり市場として成長をしていくにつれ、読者層が広がり、小説を読むのは少数派ではなくなっていった。かつてのように教室の片隅で一人小説を読むのではなく、多くの少女たちが手に取り、友達同士で貸し借りをし、小説を通じてコミュニケーションを取るようなメジャーカルチャーへと変貌を遂げていた。八〇年代の少女小説はメインストリームであり、多くの少女たちがお小遣いのなかから少女小説を買い求め、巨大な市場が形成されていた。

このように少女小説は中高生の間で大人気となっていたが、少女たちの好みの移り変わりは非常に早かった。八〇年代少女小説ブームの全盛期、コバルト文庫ではそれまでとは異なる作風を手掛ける新人作家たちが出現していく。少女の口語一人称や学園ラブコメが流行していても、その方法論のみに固執せず、多様性を意識して移ろいゆく読者側のニーズや感覚に対応していたコバルト文庫から、新たな少女小説の流れが誕生していった。

## 4　学園ラブコメからファンタジーへ　コバルト文庫の新たな世代の書き手たち

### ファンタジーの新しい風　前田珠子の登場

少女小説ブーム真っ盛りの八〇年代後半、コバルト文庫に新しい風が吹いてくる。九〇年代のコバルトを代表する作家前田珠子（まえだたまこ）、若木未生、桑原水菜（くわばらみずな）らの登場である。この三人がやがて、コバルト文庫の勢力図を変えていく。

三人のなかで最も早くデビューしたのが前田珠子で、第九回（一九八七年度上期）コバルト・ノベル大賞に「眠り姫の目覚める朝」で佳作入選をしている。受賞作はSF作品で、コバルト文庫デビューとなった『宇宙（そら）に吹く風　白い鳥』（一九八七年一二月）もやはりSF小説であった。しかし、コバルト文庫にあるSFの系譜を引き継いでデビューしたかに思われた前田珠子は、二冊目の著作でがらりと作風を変えている。

前田の、そしてコバルト文庫にとって転換点となった『イファンの王女』（一九八八年九月）は、それまでコバルトにはなかったファンタジーというジャンルを持ち込んだ記念碑的な作品である。元々「剣と魔法の世界が好きで、そういう話ばっかり書いてた(58)」前田は、編集者に頼み込み自分が書きたいファンタジーというジャンルで新作を発表した。『イファンの王女』はカル・ランシィ氏族が統べる国カルザ・アルダを舞台に、一六歳の王女アルスリーアをヒロインとする壮大な物語で、三人称小説として発表されている。この時期の少女小説のトレンドとは全く違う作風ではあったが、「私の好きな先生は名前をあげたらきりがありませんが、今一番なのは前田珠子先生です。もともとファンタジー大好きの私は、「イファンの王女」以来前田先生の世界に頭のてっぺんから足の先まで、どっぷりとつかっています。ファンタジーの好きな人は、ぜひ読んでみてくださいね（略）［新潟県　ももた］[59]と読者はこの作品を支持し、ヒット作となった。「編集部が依頼したわけではなく、作家が書きたいと言いだした。彼女たちは読者と年代が近く、感性も近い[60]」とコバルト文庫編集部の阿部裕行が語るように、ここで起きたのはその時売れている小説形式の再生産ではなく、作家自身が主導したそれまでにない新しいジャンルへの挑戦であった。一九八九年一一月には前田の代表作「破妖の剣」シリーズの第一巻『漆黒の魔性』が発売され、少女剣士ラエスリールと彼女の護り手闇主を中心とした物語も人気を集めていく。読者と作家が同時代的な感覚を共有しつつ、新しい流れを生み出し、ここに端を発する少女小説のファンタジーの潮流はやがて八〇年代少女小説ブームを決定的に終わらせていくことになる。

新しい世代の作家は前田以後も登場していく。若木未生は第一三回（一九八九年上期）コバルト・ノベル大賞に「AGE」で佳作入選している。「AGE」はのちに「グラスハート」シリーズへと発展していく物語であるが、男子高校生たちの鬱屈した内面を音楽や楽器とからめて乾いた文体で描いた青春小説である。八〇年代の少女小説は少女主人公の一人称小説が定番の様式だったが、若木は少年を主人公にし、尾崎豊をはじめ現実のモチーフを取り入れつつ青春の焦燥を描き出した。若木は佳作を受賞したものの、「AGE」に対する選考委員たちのコメントは全体的に辛口であった。「『死』を道具として使ってはいけない（北方謙三）」「死のあつかいが、突然すぎていただけない（夢枕獏）」と指摘される一方で、「このひとは最小限の言葉で的確にものを表現する術とセンスを身につけていると感じた（池田理代子）」「個性的な会話運び[61]（高橋三千綱）」と、その文体やセンスが評価されている。読者から支持を受け、また後続の作家にも影響を与えた若木の文体の萌芽は受賞作にも宿っていた。

若木の文庫デビュー作は「ハイスクール・オーラバスター」シリーズの一巻目『天使はうまく踊れない』（一九八九年一二月）で、現代の学園を舞台にした少年主人公のサイキックシリーズとして人気を博していく。若木はコバルト文庫に少年主人公作品の流れを呼び込み、前田同様、少女小説のジャンルを刷新していく。

それまでの少女の口語一人称を主体とした小説や、学園を舞台にした恋愛作品とは一線を画す、新たな感覚の作品を手掛ける前田や若木が存在感を増していくなか、『Cobalt』の新人賞でも新しい試みが行なわれるようになった。この取り組みによって、『Cobalt』はさらなる変貌を遂げていくことになる。

### 読者大賞の設立と桑原水菜のデビュー

一九八九年、『小説ジュニア』を含め長い歴史をもつ『Cobalt』の新人賞に初めて「読者大賞」なるものが設立された。「COBALTでは、隔月刊行化を記念して、コバルト・ノベル大賞の応募作品を読者のかたに審査していただく「読者大賞」を新設いたしました。この賞は、応募されるかたにはより多くのチャンスを、また読者のかたには参加していただく喜びを知っていただきたいという趣旨で新設されたものです[62]」と告知され、読者大賞の審査員には、コバルト作品の感想を書いて応募した読者のなかから三〇名が選ばれた。

コバルト文庫の作家は新人賞を通じてデビューしているが、新人賞の審査員は長らくプロの作家や漫画家が務めていた。「コバルト・ノベル大賞の最終候補作のなかから、あなたが才能ある新人作家を選ぶのです[63]」とあるように、読者大賞が設立されたことにより、プロの審査員が選ぶ基準とは異なる、読者の好みや感性に基づく選択が可能となった。この読者大賞が始められた一九八九年は、八〇年代少女小説ブームのピーク時である。その最中、読者の嗜好を反映する賞を新設することで、新たなニーズや流行りを掬い上げようとコバルト文庫は動き出していたことになる。

初の読者大賞が取り入れられた第一四回（一九八九年下期）コバルト・ノベル大賞の受賞作は以下のような結果となっている。大賞受賞作はなし、佳作受賞が三浦真奈美（みうらまなみ）「行かないで――IF You Go Away」、児波（こなみ）いさき「つまずきゃ、青春」の二作品、そして読者大賞が桑原水菜「風駆ける日」であった。桑原は受賞のことばで「…今は、喜びよりいろんな不安の方が大きいのですが、活字から生命から世界を甦らせてくれる、ひとつの世界を創る、そういう意味で同志のような皆さんに選んでいただけたこと、この上なく光栄に思い、これ以上になく誇らしく思います。未熟すぎて恥ずかしい程ですが、これからも〝あなた〟の傍にいて、友達のように肩を叩き、笑いあえる、そんな小説を書き続けていきたいと思っています[64]」と述べている。初めて設立された読者大賞、「同志のような」読者に選んでもらえた誇らしさと不安を滲ませた初々しい桑原の姿がここにあるが、その言葉通り、桑原は読者から圧倒的な支持を受けるシリーズを発表していくことになる。

桑原水菜の文庫デビュー作『炎の蜃気楼(ミラージュ)』(一九九〇年一一月)は、戦国武将が現代に生まれ変わり戦うサイキック・アクションである。「炎の蜃気楼(ミラージュ)」シリーズは、仰木高耶と直江信綱の戦国時代から続く濃密な愛憎劇が熱狂的なファンを集め、九〇年代のコバルトを代表する作品となっていく。桑原水菜が初めて手にとったコバルト文庫は『さらば宇宙戦艦ヤマト』のノベライズで、「ここでならできる。だってヤマトが出たもん!」と当時の少女小説の枠を打破することが目標となったと記している[65]。また『炎の蜃気楼(ミラージュ)』のあとがきには「――少女小説も変わったなぁ。この話を読み終わった後で、そう思う人がいるかもしれません。実際、書いた本人はこれが少女小説と呼ばれると非常に恐縮してしまいます。(呼べないって、絶対[66])」とあるように、当時の少女小説の流れとは違う作品を書こうという自覚をもった作家であった。

ここまで一九八〇年代の少女小説ブームの状況を概括し、『Cobalt』の内部から従来の流れを変える作家たちが登場した様子を見てきた。後発レーベルのティーンズハートはそれまでとは発想が根本的に異なる商品としての少女小説を作り上げ、本来は活字好きではない層までを取り込み読者層の裾野を大きく広げた。コバルト文庫とティーンズハートの二大レーベルを中心に、中高生たちの生活のなかに少女小説は浸透し、爆発的に部数を伸ばしていく。少女小説ブームは社会的にも注目され、その市場に多くの出版社が参入した。

この時期の少女小説の主流は「恋愛をメインモチーフとした少女の一人称小説」で、このスタイルを用いた作品が数多く発表される。学園を舞台としたラブコメが人気であるという傾向は共通しているが、コバルト文庫はミステリーや歴史ものなどそのモチーフに多様性があり、「物語が好き」な層に支えられていた。それに対してティーンズハートは、より身近なディテールを取り入れた学園ラブコメが当時人気を集めている。それは例えばファッションブランド、原宿をはじめとするおしゃれな街など、現実に存在する要素が取り入れられ、読者の感情移入しやすいストーリーとともに展開されていた。「読者のほとんどが初めて活字を読んだ、こんなに面白いとはという感想なんです(67)」と田中利雄講談社企画部長が言うように、読書をする習慣をもたない少女たちがティーンズハートの主たる読者層となっていた。

八〇年代の消費文化のなかでは、少女小説というジャンルは「女の子の好きなもの」を体現するコンテンツとして受容されていた。しかし、実のところ本読みではない人にとって、「好きなもの」の形態が活字である必然性はない。少女たちの関心や嗜好は移ろいやすく、九〇年代以降、少女小説のトレンドも少女文化の流行も八〇年代とは急激にテイストを変えていく。九〇年代の動向を、次章では取り上げていきたい。

（1）『Cobalt』一九九〇年一〇月号、集英社、一八三ページ
（2）『Cobalt』二〇一六年五月号の「コバルト文庫創刊40周年特集」では一九九〇年に集英社コバルト文庫に改名と記されている。
（3）毎日新聞社東京本社広告局編『学校読書調査』一九八三年版、毎日新聞社東京本社広告局、一三六ページ
（4）毎日新聞社東京本社広告局編『学校読書調査』一九八四年版、毎日新聞社東京本社広告局、一三五ページ、一三七ページ
（5）毎日新聞社東京本社広告局編『学校読書調査』一九八五年版、毎日新聞社東京本社広告局、一六四―一六五ページ
（6）赤川次郎の著作はコバルト文庫だけではなく、他レーベルから刊行されている文庫も入った数である。
（7）毎日新聞社東京本社広告局編『学校読書調査』一九八六年版、毎日新聞社東京本社広告局、一二五ページ
（8）「集英社コバルト文庫　朝日ソノラマ文庫　中高生の心つかむ」『朝日新聞』一九八四年八月二六日朝刊、二六ページ
（9）正本ノンVS田中雅美VS氷室冴子VS久美沙織「少女小説家だけが生き残る!!」『Cobalt』一九八四年冬号、集英社、一六ページ
（10）前掲「少女小説家だけが生き残る!!」一九ページ
（11）『Cobalt』一九八四年秋号、集英社、二七八ページ
（12）『Cobalt』一九八四年秋号、集英社、二七九ページ
（13）『Cobalt』一九八五年春号、集英社、一七九ページ
（14）『Cobalt』一九八五年夏号、集英社、一八〇―一八一ページ

(15) 氷室冴子編集責任『氷室冴子読本』、徳間書店、一九九三、一二三ページ
(16)『Cobalt』一九八三年秋号、集英社、一六ページ
(17)『Cobalt』一九八五年秋号、集英社、三一〇ページ
(18)『Cobalt』一九八五年秋号、集英社、三一〇―三一一ページ
(19)『Cobalt』一九八五年秋号、集英社、一八六ページ
(20) 早見裕司（はやみゆうじ）（現在は早見慎司（しんじ））による「ジュニアの系譜」はティーンズハートをはじめ、多くのジュニア文庫を取り上げて論じたテキストである。（http://lanopa.sakura.ne.jp/hayami/）［最終アクセス二〇一六年一〇月一七日］
(21) 講談社X文庫の作品は早見裕司によってリスト化が行なわれている。（http://hayami.net/zyunia/x1.html）［最終アクセス二〇一六年一〇月一七日］
(22) 花井愛子『ときめきイチゴ時代――ティーンズハートの1987―1997』（講談社文庫）、講談社、二〇〇五、一九ページ
(23) 大森望・三村美衣『ライトノベル☆めった斬り！』、太田出版、二〇〇四、九二―九三ページ
(24) 前掲『ときめきイチゴ時代』五五ページ
(25) 前掲『ときめきイチゴ時代』七七ページ
(26) 花井作品の「学校読書調査」へのランクインは一九八八年に集中しているが、『山田ババアに花束を』は一九八九年中学一年生女子九位、一九九一年中学一年生女子一一位、一九九二年中学二年生女子一五位などと、ブーム終息以降も読み続けられていた。
(27) 花井愛子『「ご破算」で願いましては。――地獄の相続、借金苦、自宅競売からのサバイバル』（小学館文庫）、小学館、二〇〇一、六七ページ

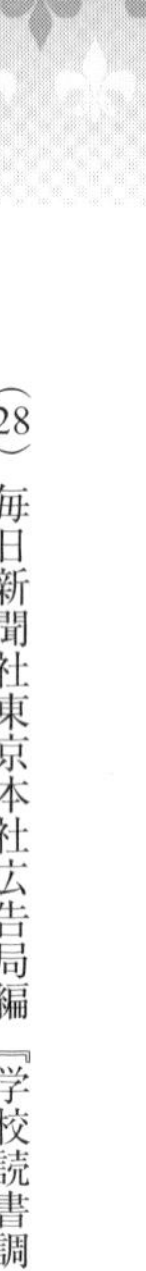

(28) 毎日新聞社東京本社広告局編『学校読書調査』一九八九年版、毎日新聞社東京本社広告局、一三九ページ
(29) 毎日新聞社東京本社広告局編『学校読書調査』一九八九年版、毎日新聞社東京本社広告局、一〇七ページ
(30) 毎日新聞社東京本社広告局編『学校読書調査』一九九〇年版、毎日新聞社東京本社広告局、一四一ページ
(31) 「軽やかに明るくリッチに　少女文化はいま〝元気印〟」『朝日新聞』一九八九年九月一六日夕刊、一一ページ
(32) 「最近文庫本事情　人気作家・花井愛子さん」『週刊ＡＥＲＡ』一九八八年六月二一日、朝日新聞出版社、六四ページ
(33) 木村涼子『学校文化とジェンダー』勁草書房、一九九九、二〇一ページ
(34) 「少女小説〝パワー〟満開　少年漫画には負けません」『日本経済新聞』一九九二年七月二五日朝刊、三二ページ
(35) 『活字倶楽部』一九九九年夏号、雑草社、五四ページ
(36) 「少女漫画と少女小説で活躍折原みと氏　イメージ大切に純愛を描き続ける」『日経流通新聞』一九九一年八月三一日、一三ページ
(37) 「折原みとさん　女子中学生らに人気の少女小説作家」『朝日新聞』一九九三年一月二四日朝刊、一三ページ
(38) 講談社八十年史編集委員会編『講談社の80年：１９０９―１９８９』講談社、一九九〇、六三一ページ
(39) 最終的には志保の娘が沙保、沙保の娘が美保・真保・果保、果保の娘が理保と四世代にわたり描かれた。
(40) 『Palette』一九九二年九月号、小学館、一八ページ
(41) 「少女小説は彼女たちのバイブル」『日本経済新聞』一九九三年二月六日朝刊、二五ページ
(42) 「少女小説いまブーム」『日本経済新聞』一九八九年五月八日夕刊、八ページ

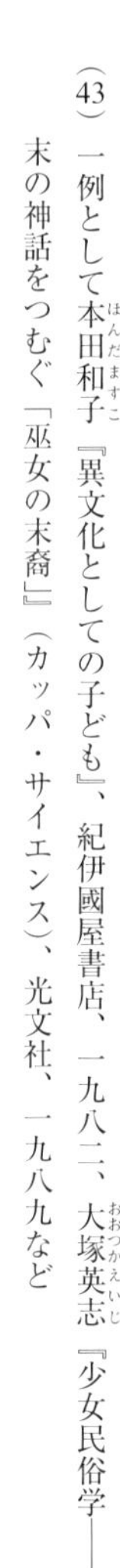

（43）一例として本田和子（ほんだますこ）『異文化としての子ども』、紀伊國屋書店、一九八二、大塚英志（おおつかえいじ）『少女民俗学――世紀末の神話をつむぐ「巫女の末裔」』（カッパ・サイエンス）、光文社、一九八九など

（44）「乱戦です、少女小説文庫　作家を確保できずに撤退の社も」『朝日新聞』一九八九年九月一〇日朝刊、一五ページ

（45）学習研究社50年史編纂委員会『学習研究社50年史』、学習研究社、一九九七、三五六ページ

（46）『Palette』は季刊誌として創刊され、一九九〇年五月号より隔月発行へと変更された。一九九三年冬号より再び季刊発行となり、一九九四年秋号をもって廃刊となるまで季刊誌として刊行されている。

（47）「少女小説いまブーム」『日本経済新聞』一九八九年五月八日夕刊、八ページ

（48）『Cobalt』一九八七年夏号、集英社、三二〇ページ

（49）『Cobalt』一九八七年秋号、集英社、一八二―一八三ページ

（50）『Cobalt』一九九二年八月号、集英社、一九―二〇ページ

（51）「作家育て三〇年、「コバルト文庫」、読者層に厚み」『日本経済新聞』二〇〇六年五月二一日朝刊、二四ページ

（52）『Cobalt』一九八七年夏号、集英社、一五一ページ

（53）『Cobalt』一九八八年冬号、集英社、三一二ページ

（54）「マンガ世代に青春小説「読者は10代、人気作家めざせ」」『朝日新聞』一九八七年一一月六日朝刊、二九ページ

（55）毎日新聞社東京本社広告局編『学校読書調査』一九八七年版、毎日新聞社東京本社広告局、一六一ページ

（56）毎日新聞社東京本社広告局編『学校読書調査』一九八八年版、毎日新聞社東京本社広告局、一一九ページ、一二一ページ

(57) 久美沙織・新井素子・花井愛子・上原隆(うえはらたかし)「読者が見えなくなった」『思想の科学』一九九一年一〇月号、思想の科学社、四―五ページ
(58) 前田珠子『宇宙(そら)に吹く風　白い鳥』(コバルト文庫)、集英社、一九八七、二六二ページ
(59) 『Cobalt』一九八九年春号、集英社、一八八ページ
(60) 「OLの娯楽と女子高校生の現実逃避　女達の愛読書」『週刊AERA』一九九二年九月二九日、朝日新聞出版社、五九ページ
(61) 『Cobalt』一九八九年春号、集英社、一五二―一五三ページ
(62) 『Cobalt』一九八九年夏号、集英社、七九ページ
(63) 『Cobalt』一九八九年夏号、集英社、三一八ページ
(64) 『Cobalt』一九八九年一二月号、集英社、一二五ページ
(65) 桑原水菜「九〇年代の秘密結社」『青春と読書』二〇〇六年五月、集英社、一二ページ
(66) 桑原水菜『炎の蜃気楼(ミラージュ)』(コバルト文庫)、集英社、一九九〇、二五三ページ
(67) 「大衆文学の地平14　少女小説　イチゴの心をとらえる」『読売新聞』一九八九年九月二七日夕刊、一三ページ

# 第3章　ファンタジーの隆盛と多様化する九〇年代

## 1 ファンタジー小説の流行

### ファンタジー小説ブームの潮流とその背景

一九八〇年代に一大マーケットとして成長した少女小説の市場は、八〇年代後半にはさらに急激な拡張を見せ、女子中高生たちの娯楽の選択肢としてメジャーなものへと成長した。しかし、ブーム的な勢いの拡張は永続するわけではない。一九九〇年代に入ると、少女小説は曲がり角を迎える。

その兆候は、一九九一年版『出版指標年報』の報告にある「一頃の勢いを失い、ある程度まで到達した感じがある」[1]という記述からもうかがえる。少女小説の拡大そのものは認めた上で、上昇気流に乗っていた八〇年代後半の勢いはすでに削がれているという観測がここではなされている。それから二年を経て、同じく一九九三年版『出版指標年報』では「主人公が読者と同年代のため読みやすさと共感する内容で、八八年~九〇年に大ブームとなった少女文庫はピークを過ぎて九二年は低迷した」[2]と記されている。往時との比較で「低迷」という表現が用いられ、それ以前の時期との落差が語られている。これらの資料が示すように、「少女小説ブーム」と呼べるのは一九九一年頃までで、一九九二年以降ブームは沈静化を見せていった。

少女小説に替わって注目を集め出したのが、ファンタジー小説というジャンルと、それらを発行する新しいレーベルであった。一九九二年版『出版指標年報』のなかでは「先行した少女文庫が一段落した後、ファンタジーに人気が集まり、各社がこのジャンルの強化に動いた[3]」と観測されているように、若年層向けの小説ジャンルとしての勢いは少女小説からファンタジー小説へと移行しつつあった。

ファンタジー小説がジャンルとして成長した背景には、八〇年代のゲーム文化の影響が挙げられる。一九八三年七月に任天堂より初の家庭用ゲーム機「ファミリーコンピュータ」が発売され、一九八六年五月にエニックス（現スクウェア・エニックス）からファミリーコンピュータ用のロールプレイングゲーム「ドラゴンクエスト」が発売された。さらに一九八七年の「ドラゴンクエストII――悪霊の神々」、そして一九八八年に発売された「ドラゴンクエストIII――そして伝説へ…」は社会現象となるほどの大ヒットを記録し、その後も現在に至るまで続く人気シリーズとなる。「ドラゴンクエスト」シリーズはコンピュータゲームの枠を超えてゲームブック、小説、コミック、アンソロジー等の関連書籍も多数発表された。例えば、一九八九年四月にはシリーズ一作目をノベライズした高屋敷英夫『小説ドラゴンクエスト』が刊行、週刊少年ジャンプの一九八九年第四五号からは「ドラゴンクエスト」の世界観を元にオリジナルのストーリーを展開した『DRAGON QUEST―ダイの大冒険―』（監修：堀井雄二、原作：三条陸、作画：稲田浩司）の連載が開始されている。同年一二月からはフジテレビ系列にて、オリジナルストーリーのテレビアニメ『ドラゴンクエスト』の放映が開始された。こうしたメディアミックス的な展開で多大な知名度を獲得した「ドラゴンクエスト」は、剣と魔法のファンタジー世界観を幅広い年齢層へと普及させる大きな原動力となった。

ファンタジー小説がジャンルとして定着し、隆盛していくために不可欠なのが、文庫レーベルの誕生である。一九八七年一〇月、角川文庫青帯（以下青帯と略記）が創刊される。角川文庫は当時、色によってジャンルの区分を行なっており、青帯は若い読者を対象にした作品につけられていた。もっとも、この時点では独立したレーベルではなく、あくまで角川文庫の一つのジャンルという位置付けである。創刊ラインナップには富野由悠季『機動戦士ガンダム1』（一九八七年一〇月）などがあり、後に和製ファンタジー小説の代表作となる水野良『ロードス島戦記1――灰色の魔女』（一九八八年四月）も最初は青帯作品であった。一九八八年三月、青帯は角川スニーカー文庫として独立創刊する。[4]『ロードス島戦記』もスニーカー文庫へと移行し、一九八九年二月には『ロードス島戦記2――炎の魔神』が刊行された。以降も順調に続編が発表され、ファンタジー小説ブームを印象付ける大ヒット作品となった。なお、『ロードス島戦記』とは元々、雑誌『コンプティーク』上でTRPG（テーブルトークロールプレイングゲーム）の元祖『ダンジョンズ&ドラゴンズ』の紹介記事として連載されていた誌上リプレイである。リプレイとは、ゲーム中の会話や進行を戯曲形式で書き起こした文章のことであり、水野良はこのゲームにおける進行役となるゲームマスターも務めていた。オリジナルのTRPGルールを用いてプレイされたリプレイ本の一巻も、小説と同じく角川スニーカー文庫から一九八九年九月に刊行されている。

また、富士見書房は一九八八年三月に月刊誌『ドラゴンマガジン』を創刊し、一一月には富士見ファンタジア文庫を立ち上げている。集英社の『Cobalt』とコバルト文庫でも見たような、母体雑誌と文庫レーベルというセットでの刊行体制が取られた。一九九〇年に富士見ファンタジア文庫から発売された神坂一（かんざかはじめ）『スレイヤーズ！』（一九九〇年一月）は第一回ファンタジア長編小説大賞準入選受賞作で、現在のライトノベルの源流と呼ばれている。

このようなファンタジー小説の勢力拡大の時期に、少女小説はどのようにその潮流に呼応したのだろうか。前章で取り上げたように、コバルト文庫は前田珠子の『イファンの王女』（一九八八年九月）の登場により、レーベル内にファンタジーの流れが生み出されていた。そして『漆黒の魔性』（一九八九年一一月）に始まる「破妖の剣」シリーズがヒットし、その流れは決定的になる。八〇年代の少女小説ブームの最中から、前田をはじめとする若手作家によってコバルト文庫のなかには新しい流れが登場しつつあった。

コバルト文庫では前田珠子、若木未生、桑原水菜の作品が人気となり、九〇年代初頭には小説ジャンルの流行がファンタジー、そして少年を主人公にしたサイキックものへ移行している。八〇年代に多かった学園小説やラブコメ、ミステリー系とは違う系統の作品ではあるが、それまでのコバルト文庫にはない新しいものとして読者は支持をしていく。前田珠子の『イファンの王女』、若木未生の『ハイスクール・オーラバスター』、桑原水菜の『炎の蜃気楼（ミラージュ）』はいずれも一〇万部を軽く超え、[5] コバルト文庫は少女小説ブーム終了以降も新たなヒットシリーズが登場した。

講談社のティーンズハートはこれに対し、ファンタジーへと移行することはなく、八〇年代少女小説ブームを牽引した「少女の一人称による恋愛小説」路線のまま刊行を続けていく。講談社はティーンズハートのレーベルカラーを変更しない代わりに、ファンタジーを中心に刊行する新たなレーベルを創刊することで時代への対応を試みた。

**講談社X文庫ホワイトハートの創刊**

一九九一年四月、講談社X文庫ホワイトハート（以下ホワイトハートと略記する）という新たなサブレーベルが講談社X文庫のなかに立ち上げられた。低年齢化が進むティーンズハートと差別化を図るため、高校生以上の読者層を設定し、またこの時期にブームとなっていたファンタジーの流れを汲むレーベルとして創刊されている。パッケージもピンクを主体としたティーンズハートとは方向性を変え、ホワイトハートでは白い背表紙とシンプルなデザインが採用された。

立ち上げのラインナップは小沢淳『金と銀の旅――ムーン・ファイヤー・ストーン１』、相原真理子『鏡の中のあたしへ…』、菊池早苗『１０００年ロマンス』、夏季まや『せつない恋を抱きしめて―My One And Only Love―』、日野鏡子『デーンの娘――エルスンター物語１』の五冊。創刊時のホワイトハートは異世界を舞台としたハイ・ファンタジー中心の「ファンタジー&伝記小説シリーズ」と、恋愛作品を中心とした「恋愛&青春小説シリーズ」にわかれており、一九九四年下期から始められたホワイトハート新人賞も第四回まではこの二部門で募集が行なわれた。

ホワイトハートは背表紙に入った色で小説ジャンルの区分が行なわれており、創刊時はファンタジー系が「青」、恋愛系が「紫」というカテゴリーになっていた。小沢淳「ムーン・ファーアー・ストーン」シリーズ、日野鏡子「エルンスター」シリーズ、流星香（ながれせいか）「プラハ・ゼータ」シリーズ、岡野（おかの）麻里安（まりあ）「竜の魂」シリーズなど、レーベル初期からハイファンタジーが多数展開されている。間口を広げて読書を趣味としない層を取り込むティーンズハートとは異なり、ホワイトハートはコアな読書好きに向けたラインナップが特徴となっていた。

　レーベルの看板作品であり、のちに少女小説という枠を超えて広く読者を獲得するのが、小野不由美の「十二国記」（一九九二年六月より）シリーズである。元々ティーンズハートからデビューした小野は、ホワイトハートでは重厚な文体を用いた異世界ファンタジーを手掛けていく。「十二国記」シリーズは、高校生の陽子のもとに「ケイキ」と名乗る男が現れ、突如異界へと連れていかれるところから物語が始まる。異世界で陽子は過酷な目に合いつつ戦い続け、十二国の一つ「慶」の王となる。緻密に構成された世界観などが人気を呼び、中華ファンタジー小説として現在も高い評価を得ている。

　小野は一九九三年に「東京異聞」で第五回ファンタジーノベル大賞の最終候補作になり[6]、また一九九八年に発表した『屍鬼』（新潮社）が翌一九九九年に第一二回山本周五郎賞と日本推理作家協会賞の候補作となるなど、少女小説レーベル外でも評価を高めてその名を広く知られていった。こうした状況を受け、「十二国記」シリーズはホワイトハートだけではなく講談社文庫からも刊行されるようになる。少女小説が一般レーベルに移行される早い事例であり、また完結したシリーズの再刊ではなく継続中の作品が別レーベルでも刊行されるのは珍しく、『十二国記』の幅広い人気を示すものと言えよう。一般文芸レーベルから発売された「十二国記」シリーズはさらに多くの読者を獲得し、また二〇〇二年四月にはNHKでアニメ化もされるなど、さまざまな展開を見せていった。

ティーンズハートが長らく新人賞を設けずに編集部の人脈で人を集め、執筆陣もライターや少女漫画家などが多かったのに対し、ホワイトハートは創刊直後から新人賞の募集を行なっている。レーベルが発展し継続するためには、新たな書き手の発掘と育成が重要である。ティーンズハートとは対照的にホワイトハートが初期から新人賞を開催していたことが、二つのレーベルの将来を左右した一因になったと思われる。ホワイトハート新人賞出身者の一例としては、たけうちりうと（第一回恋愛・青春小説部門大賞）、榛名しおり（第三回恋愛・青春小説部門佳作）、椹野道流（第三回エンタテインメント部門佳作）、宮乃崎桜子（第五回ホワイトハート大賞大賞）、駒崎優（第五回ホワイトハート大賞佳作）、とみなが貴和（第五回ホワイトハート大賞佳作）、篠原美季（第八回ホワイトハート大賞優秀賞）などが挙げられる。こうした新人賞出身の作家たちはレーベルのなかで活躍を広げていく。

たけうちりうとの受賞作『INTENSITY』は男性同士の恋愛を描いた作品で、以後たけうちはボーイズラブ作家としてキャリアを重ねていく。榛名しおりは受賞作『マリア――ブランデンブルクの真珠』（一九九六年九月）をはじめ、歴史ファンタジーを得意とし、過酷な運命のなかで激しく生きる女性をハードな筆致で描く作品を発表した。椹野道流は受賞作『人買奇談』（一九九七年七月）が「奇談」シリーズとして書き続けられ、現在も多数のレーベルで執筆する活躍ぶりを見せている。宮乃崎桜子の『斎姫異聞』（一九九八年四月）のシリーズは平安時代を舞台にした陰陽師ファンタジーで、ドラマCD化もされた。宮乃崎は過去に高館薫（たかだてかおる）名義で一九九〇年に第四回ウィングス小説大賞を受賞しており、ホワイトハートはペンネームを変えての再デビューであった。駒崎優の受賞作『闇の降りる庭』（一九九八年四月）は西洋歴史ファンタジーで、他にも『足のない獅子』（一九九八年一〇月）など、中世を舞台にした作品を多く手掛けている。とみなが貴和は近未来ファンタジー『セレーネ・セイレーン』（一九九八年九月）でデビューし、天才プロファイラー大滝錬摩が活躍する『EDGE』（一九九九年一〇月）のシリーズが高い評価を受けた。篠原美季のデビュー作となった『英国妖異譚』（二〇〇一年七月）はパブリックスクールで起こる怪奇現象を美少年霊能者が解決するシリーズで、他にも『欧州妖異譚』などヨーロッパを舞台にしたシリーズなどもある。少し先取りして二〇〇〇年頃までの新人賞出身者を見てきたが、新人賞が機能し、新たな作家とシリーズがレーベルに加わることでバラエティに富んだラインナップが形成されていた。

創刊以降、ホワイトハートはファンタジーという時流を反映しつつ、新人賞を通じて独自の作家を発掘し、足場を固めた。『十二国記』というヒット作も登場するなど、レーベルとしては順調な展開を見せている。その一方で、同社のティーンズハートとは方針や特徴が大きく異なっていたこともあり、姉妹レーベルとして互いに連携しながら発展していくような展開にはならなかった。ホワイトハートの支持層はもともと物語好き、活字好きの読者たちで、ティーンズハートで活字に触れるようになった読者が成長してホワイトハートに行くパターンはそれほど多くはなかった。またホワイトハートの創刊によって、ティーンズハートは八〇年代的な少女小説の様式を引き継ぎ継承していくことになる。それは、ティーンズハートと変わりゆく少女小説の最先端との間に距離を生んでいくことに繋がった。

## コバルト文庫におけるファンタジーの広まりと新世代の作家たち

集英社の『Cobalt』とコバルト文庫に話を戻そう。八〇年代末に新人賞経由でデビューした前田珠子・若木未生・桑原水菜は、九〇年代初頭にはコバルト文庫と『Cobalt』を代表する新たな看板作家となっていた。三人とも大学在学中にデビューしており、女子大生作家トリオとして扱われることも多かった。『Cobalt』一九九一年四月号は「ファンタジー特集」で、「ヒット作を連打する、注目の気鋭前田珠子　学園ファンタジーで人気急上昇！若木未生　「炎の蜃気楼（ミラージュ）」が人気！期待の新鋭桑原水菜」とあるように、特集の中心に据えられている。この号には榎木洋子（えのきようこ）（後述）の「龍と魔法使い」も掲載されており、この時期から『Cobalt』は本格的にファンタジー路線へシフトしていく。『Cobalt』一九九二年四月号では「特集　いまファンタジーがおもしろい！　人気ファンタジー作家3人大特集！　前田珠子＋若木未生＋桑原水菜」と銘打った企画が掲載され、さらには作家ごとの単独特集（一九九三年二月号は若木未生特集、一九九三年四月は桑原水菜特集、一九九四年一二月は前田珠子特集）も組まれるなど、三人はレーベルを代表する作家として『Cobalt』でも頻繁に取り上げられていった。

八〇年代後半にデビューした三人は、少女小説ブームを牽引した作家たちとは異なり、アニメやゲームと親和性の高い世代であった。少女小説ブームを牽引した氷室冴子たちもまた、それ以前のジュニア小説家とは異なり、少女漫画を愛読し、影響を受けて育った世代である。[7]さらに氷室らよりも次世代となる前田・若木・桑原らの場合、少女漫画に加え、アニメやゲームにも親しみ、大きな影響を受けている。桑原は初めて読んだコバルト文庫作品として『さらば宇宙戦艦ヤマト』を挙げ、[8]さらに前田と若木は新人賞の授賞式でガンダムの話で盛り上がったエピソードを披露している。[9]前田は「ミニミニインタビュー　コレが私のイチオシだあ！」のなかで「とりあえずファミコンにハマってます。最近では「ファイナル・ファンタジーⅢ」が面白かった。Ⅱは挫折しましたけど。今は「女神転生Ⅱ」やってます。あとはＯＡＶかな」[10]と答えている。小説や漫画はもちろんのこと、アニメやゲームの影響を受けた世代の作家たちが活躍し、『Cobalt』誌上でもゲームや声優の話題がのぼるようになっている。九〇年代の『Cobalt』における読者共同体はのちに取り上げていくが、九〇年代以降はこうした新たな世代に支持を受けたカルチャーからの影響が、強く反映された誌面作りとなっていた。

少女小説ブームは終息し、かつてのような桁違いの売り上げではなくなったものの、コバルト文庫は読書を趣味とする少女たち、そして自分自身も作家になりたいと夢みる少女たちが手に取るレーベルとして、引き続き人気を博していく。一九九二年一〇月号の『Cobalt』には「おもしろ雑誌宣言コバルト読者共和国」という編集部からの文章が掲載され、改めて読者参加型の『Cobalt』の姿勢が表明されている。

Cobalt は小説を読むための雑誌です。同時に読者のみなさんが参加する雑誌でもあります。たとえば現在活躍している作家の多くは、ノベル大賞や短編小説新人賞への応募がきっかけとなってデビューしました。ショートショートや詩は、みなさんのユニークなアイディアやすぐれた言葉のセンスを紹介しつづけています。次代を担うイラストレーターの発掘に力を入れたり、読者の感覚で新しい作家を世に送り出す試みも好評です。読者ページも、これまで以上にみなさんのカゲキな意見を期待して多くの新企画を用意しました。Cobalt はみなさんの〝表現したい〟という気持ちに、さまざまな形で応える窓口を持っているのです。Cobalt は読者による読者のためのおもしろい雑誌だと、あらためて、そして高らかに、宣言したいと思います。(11)

また一九八九年下期から新設されたコバルト・ノベル大賞の読者大賞は、初の受賞者である桑原水菜を皮切りに、フレッシュな才能を誕生させていった。

私にとって作家とは、とても遠い存在でした。でもあるきっかけによって、それは大きく変わりました。そのきっかけとは、「読者大賞審査員」でした。今回の審査員のひとりに私が選ばれて、候補作の原稿が送られてきたんです。私のこの手でひとりの作家の運命が決まるんだなあって思ったら、なんだか作家がとても身近に思えてきました。今では私自身、作家になろうと執筆

中です。これも私を審査員に選んでくれた編集部のおかげです。（略）［神奈川県　久賀麻子　14歳］[12]

　読者大賞が設立されたことによって新人賞はさらに広がりをもち、九〇年代も新たな作家が次々と登場し、若い才能が煌くコバルト文庫の黄金期を迎えることになる。第一六回（一九九〇下期）コバルト・ノベル大賞の読者大賞は江乃木洋子（えのきようこ）「特別の夏休み」、現在の榎木洋子である。榎木洋子は『リダーロイス・シリーズ　東方の魔女』（一九九一年七月）でデビューし、竜と剣をモチーフにしたファンタジー小説で人気となる。他にも『東方の魔女』と世界観を共通させた「龍と魔法使い」シリーズを手掛けるなど、前田・若木・桑原に次ぐファンタジー作家として活躍を広げていく。

　第二一回（一九九三年上期）コバルト・ノベル大賞入選、さらに読者大賞も受賞した今野緒雪（こんのおゆき）「夢の宮～竜のみた夢～」は、史上初の大賞と読者大賞のダブル受賞作品であった。のちの「マリア様がみてる」シリーズの印象が強いが、今野は元々ファンタジー作家としてデビューしており、「夢の宮」シリーズや「スリピッシュ！」シリーズを手掛けていた。

　一九九四年は後年コバルトで「花の94年組」として取り上げられるほど[13]、新人賞デビュー組の活躍が目立っている。第二三回（一九九四年上期）コバルト・ノベル大賞は金蓮花（きんれんか）「銀葉亭茶話―金剛山綺譚―」、受賞作と同じ世界観の『舞姫打鈴――銀葉亭茶話』（一九九四年一一月）で金はコバルト文庫デビューをしている。仙境にある茶店「銀葉亭」を舞台にしたファンタジー作品で、茶屋の主人で半分人間・半分半仙の李月流が聞き手となりつつさまざまな恋の物語が語られていく。金は他にも「水の都の物語」シリーズ、「月の系譜」シリーズ、「龍の眠る海」シリーズなど、幅広い作風で活躍していく。

第二三回（一九九四年上期）コバルト・ノベル大賞の読者大賞受賞作は須賀しのぶの「惑星童話」。『キル・ゾーン――ジャングル戦線異常あり』（一九九五年六月）から始まる「キル・ゾーン」シリーズは、近未来が舞台の軍隊アクションで、主人公のキャッスルは女性ながら地球政府軍第二分隊隊長を務める曹長という設定になっている。それまでのコバルトにはなかったミリタリー小説という点に特徴があり、以後も代表作「流血女神伝」シリーズをはじめ、少女小説としてはハードな作風で人気を集めている。第二四回（一九九四年下期）のコバルト・ノベル大賞を受賞したのは真堂樹「春王冥府」。真堂の文庫デビュー作は『龍は微睡む』（一九九五年六月）で、四龍島を舞台に美形キャラクターが活躍するカンフーアクションロマン「四龍島」シリーズとして人気を博し、以後も少年主人公作品を得意としていった。

上記で取り上げた作家以外にも、一九九一年下期（第一八回）入選の響野夏菜と同年読者大賞の立原とうや、一九九二年下期（二〇回）佳作の高遠砂夜、九四年上期間（二三回）佳作の橘香いくの、一九九四年下期（第二四回）佳作の本沢みなみと同年読者大賞の藤原眞莉など、さまざまな作家がデビューしている。

読者の興味を喚起し、支持を得るために重要なのは、小説の内容ばかりではない。コバルトでは作家のみならず、レーベルの作品世界に合致するイラストレーターの発掘も行なわれた。一九九〇年にはイラストレーターの新人賞である「コバルト・イラスト大賞」が立ち上げられている。『Cobalt』の一九九一年二月号にて第一回コバルト・イラスト大賞の結果が発表され、大賞は後藤星（ごとうせい）が受賞した。後藤は翌号の一九九一年四月号に掲載された榎木洋子「龍と魔法使い」の挿絵を担当し、その後文庫でも引き続き『龍と魔法使い』のイラストレーターを務めるなど、受賞者には『Cobalt』やコバルト文庫で仕事をするチャンスが与えられた。コバルト・イラスト大賞はイラストレーターの登竜門となり、多くの新人が登場し活躍を広げていった。例えば、第四回佳作を受賞した梶原（かじわら）にきは須賀しのぶの『惑星童話』や「キル・ゾーン」シリーズを担当し、第八回準大賞受賞のひびき玲音（れいね）は今野緒雪『マリア様がみてる』の挿絵を担当して大ヒットシリーズとなるなど、コバルト文庫のヒットを支える賞となっている。

## ファンタジーの定着と少女小説の受容

九〇年代前半はファンタジーというジャンルが定着し、新人賞を通じて新たな才能をもつ作家たちが次々とコバルト文庫に登場していった。新人が活躍する一方で、少女小説のジャンルから去っていく作家も生まれていく。一九九九年に『ぼっけえ、きょうてえ』（角川書店）で第六回日本ホラー小説大賞を受賞した岩井志麻子（いわいしまこ）は、元々竹内志麻子名義で一九八六年にコバルト文庫からデビューしていた。岩井は少女小説の流行が急激にファンタジーへと移り変わった状況を回想し、「それで私はついていけなくなって、脱落しましたね。知識や素養がなくてはどうにもならんですよね」[14]と、自分にはファンタジーの素質がなかったことを指摘している。同じく唯川恵や山本文緒、彩河杏（角田光代）らもこの時期に少女小説を離れて一般文芸に進出し、のちに三人とも直木賞作家となった。その一方で八〇年代少女小説ブームの中心作家の一人であった氷室冴子は、古代転生ファンタジー『銀の海　金の大地』（一九九二年三月）のシリーズを手掛け、ファンタジー作品でも存在感を示していた。

九〇年代前半から半ば頃にかけての少女小説はファンタジー全盛期であったが、この時期の受容状況はどのようなものだったのであろうか。学校読書調査を手掛かりにその様子を探ってみたい。少女小説レーベルに限らず、幅広いファンタジー小説の流行はこの時期の調査にも反映されている。例えば一九九一年では、中学生女子の間で氷室冴子や折原みとなどが引き続きランクインする一方で、高校生女子では少女小説の割合が低下している。高校一年生女子では少女小説レーベル以外の小説が存在感を示し、五位に田中芳樹『創竜伝』（講談社ノベルス）、七位に竹河聖『風の大陸』（富士見ファンタジア文庫）、同七位に田中芳樹『銀河英雄伝説』（トクマ・ノベルズ）、高校三年生女子では八位に田中芳樹『アルスラーン戦記』（角川文庫）、一二位に竹河聖『風の大陸』（富士見ファンタジア文庫）などのランクインが目立つ[15]。この時期、コバルト文庫で人気だった前田珠子・若木未生・桑原水菜は、『ジェスの契約』（前田）が一九九一年高校三年生女子で一七位[16]、『イズミ幻戦記』（若木）が一九九二年中学二年生女子で一八位[17]、『炎の蜃気楼』（桑原）が一九九二年高校一年女子で一七位[18]と、ランクインはするもののいずれも下位となっている。九〇年代のコバルト文庫の作品群は、八〇年代の少女小説のようにクラスの多数が読むジャンルではないながら、学校読書調査の調査範囲に収まる程度には一定数の読者が定着しているというポジションに変化していた。

こうした状況は九〇年代半ば頃まで続く。一九九四年の学校読書調査では中学二年生女子一二位に『天冥の剣』（若木）[19]、高校二年生女子一五位に『炎の蜃気楼（ミラージュ）』（桑原）[20]、一九九五年は中学三年女子の六位に『銀の海　金の大地』（氷室）、一一位に『天冥の剣』（若木）、一六位に『炎の蜃気楼（ミラージュ）』（桑原）[21]、高校一年生女子の一九位に『銀の海　金の大地』（氷室）、高校三年生女子一二位に『炎の蜃気楼（ミラージュ）』（桑原）[22]、また一九九七年高校三年生女子の一二位には『龍と魔法使い』[23]（榎木）など、それほど上位ではないものの作品がコンスタントに登場する状況となっている。

講談社のティーンズハートは、折原みとと小林深雪の作品が引き続き中学生女子の上位に登場していたが、それも一九九六年頃までとなっている。このあたりの時期をもって、八〇年代に花開いた少女小説ブームの流れはある程度の収束をみたといえるだろう。同時に、九〇年代中頃にはこうしたランキング上位に入る書籍の種類が多様化していく。女子中高生の間で人気を博していた吉本（よしもと）ばななの小説や旬の著名人のエッセイ、その時々でのベストセラー作品など、女子中高生の読書傾向をある一つのジャンルや作家を中心に考えることは難しくなっていた。もっとも、それはすぐさま少女小説の退場を意味するものではない。引き続き、読書好き・小説好き、ファンタジーの世界が好きな層に愛読されるジャンルとして、かつてのような爆発的な勢いではないものの、根強く支持を受けていた。

## 集英社スーパーファンタジー文庫の創刊

ここまで、ファンタジー小説の隆盛とコバルト文庫の状況を見てきたが、同じ集英社のなかに、少女小説レーベルではない新たなファンタジー小説のレーベルも立ち上げられている。それが、一九九一年三月に創刊された集英社スーパーファンタジー文庫（以下スーパーファンタジー文庫と略記する）である。少女向けレーベルとして企画されているコバルト文庫に対し、こちらは男女両方の読者を射程に入れたレーベルとして作られた。「内部的にはまず、コバルト文庫のなかで前田珠子さんに代表されるファンタジー小説のジャンルが注目を集め、活況を呈してきていることから、新しいジャンルとして独立させたいと考えた。そしてこの分野なら、男性作家が男性の感性を活かして書きやすいし、読者を女性だけに絞らずに書けるので、内容の広がりも期待できる。外部的には他社、ソノラマ文庫だとか、角川スニーカー文庫など、ファンタジー系の支持者が多い、ということもあった[24]」と述べられているように、他の男性向けファンタジーレーベルを意識し、男性読者を新たに取り込むことが目指されていた。

スーパーファンタジー文庫では、前田珠子『碧眼の少年』や若木未生『イズミ幻戦記』など、コバルト文庫の作家も作品を発表している。また、スーパーファンタジー文庫初期には、いわゆる作家の「拾い上げ」もあり、花衣沙久羅（かいさくら）が『戒—KAI—』（一九九三年四月）でデビューし、コバルトの新人賞では受賞には至らなかった瀬川貴次（せがわたかつぐ）もスカウトされ、『暗夜鬼譚——春宵白梅花』（一九九四年六月）でデビューしている。また朝香祥は『夏嵐～緋の夢が呼ぶもの～』（一九九六年二月）などの歴史小説を手掛け、そののちコバルト文庫でも「旋風は江を駆ける」シリーズなど、三国志作品を発表する。このように、スーパーファンタジー文庫では、新人賞に縛られない柔軟な作家スカウト体制が採られており、ここでデビューした作家たちがのちにコバルトでも活躍するなど、九〇年代のコバルト文庫の多様性に一役買っていた。

スーパーファンタジー文庫にはファンタジーロマン大賞という新人賞があり、コバルト・ノベル大賞と同様、年に二回募集が行なわれていた。この新人賞は、一九九六年にコバルト文庫の新人賞と合併するかたちでリニューアルされる。今までのコバルト・ノベル大賞をノベル大賞、ファンタジーロマン大賞をロマン大賞と改称し、募集回数もそれぞれ年に一度となる。ノベル大賞は年度の前半に募集されて応募枚数は一〇〇枚、また読者が選考委員となる読者大賞も設定されている。年度の後半に募集が行なわれるロマン大賞は三五〇枚で読者大賞はなしと、応募時期と原稿の長さに違いがあった。ロマン大賞受賞者はスーパーファンタジー文庫でデビューすることもあり、一九九七年受賞の谷瑞恵や毛利志生子はスーパーファンタジー文庫デビュー組である。九〇年代のある時期は、コバルト文庫とスーパーファンタジー文庫の両方に作家を配分していた様子がうかがえる。

先述したようにスーパーファンタジー文庫は男性読者を意識したレーベルとして立ち上げられたが、ラインナップには男性向け作品と女性向け作品の両方が含まれていた。結果的に、当初の目的であった男性読者を取り込むという点ではなかなか安定した成功を収めることは叶わなかった。二〇〇〇年一〇月、同じ集英社に少年向けのライトノベルレーベルとしてスーパーダッシュ文庫が創刊され、スーパーファンタジー文庫は翌二〇〇一年四月に廃刊となっている。

## コバルト・ピンキーの創設

他方、ファンタジー小説がジャンルの主流になるにつれて、コバルト文庫の読者年齢がかつてよりも上昇する傾向が顕著になっていった。八〇年代のコバルト文庫は中高生のどちらにも対応できる間口の広さをもっていたが、ファンタジー小説は学園ラブコメほど身近な内容ではないため、中学生のライトな読者が手に取りにくくなっていた。集英社はこうした状況を打破するため、コバルト文庫より低い年齢層を読者に定めたコバルト・ピンキーを一九九二年三月に創刊する。キャッチコピーは「ライトタッチで面白い! ティーンのお友達小説」。コバルト文庫編集部の田村弥生が「コバルト文庫がファンタジー色が強くなったため、読者の年齢層が高くなった。コバルトの読者は小学校高学年から中学で手に取り、高校まで読み続けるケースが多いんですが、ファンタジーだと低年齢の読者が手に取りにくい。そこで人気が高い漫画をノベライズして、低年齢層の読者向けを考えました。コバルト・ピンキーが小説を読む入口になればうれしい」[25]と語るように、低年齢化が進んだティーンズハートとは逆に、コバルト文庫は中学生以下の読者の取り込みが課題となっていた。装丁も低年齢の女の子たちを意識するように、ピンク色を基調とした可愛らしさ重視のデザインが選ばれている。

コバルト・ピンキーからはオリジナル小説も刊行されているが、メインとなったのは田村が述べたように『りぼん』や『別冊マーガレット』に連載されていた少女漫画のノベライズであった。同レーベルでノベライズされた作品としては、『姫ちゃんのリボン』『ときめきトゥナイト』『天使なんかじゃない』『赤ずきんチャチャ』『花より男子（だんご）』『マーマレード・ボーイ』などがある。コバルト文庫では一九七〇年代から『宇宙戦艦ヤマト』や『銀河鉄道999』など、漫画を原作にしたアニメがノベライズされていたが、少女漫画のノベライズが本格化したのはコバルト・ピンキー以降である。コバルト・ピンキーは一九九八年二月にレーベルとしては終了するが、人気漫画のノベライズという流れは以後、コバルト文庫で展開されていくことになる。[26]少女漫画のノベライズは原作の人気やメディアミックスとの関連で安定した売り上げを出す商品として特に近年、レーベルを支える作品となっている。

九〇年代のファンタジー小説ブームは、小説ジャンルのトレンドを変えただけではなく、少女小説が担っていた「読者への入り口」としての役割にも変化をもたらした。講談社は低年齢化したティーンズハートより高い読者層を設定したホワイトハートを立ち上げ、また一方で集英社のように低年齢層向きのコバルト・ピンキーを創刊するなど、各出版社は模索を続けていた。

## 小学館パレット文庫とキャンバス文庫の創刊

小学館にも、九〇年代には新たな動きが生まれている。一九九一年七月、小学館は少女小説レーベルとしてパレット文庫を創刊した。母体誌となる『Palette』はすでに一九八九年に立ち上げられており、二年遅れで雑誌と連動した文庫を創刊したことになる。

パレット文庫は少女漫画の一分野として活字があってもよいのではないかという発想のもとで創刊されたレーベルで、パレット編集部も少女まんが編集部と同じ部署にあった。想定読者年齢は小学校高学年から中学生で、講談社のティーンズハートに対抗するかたちで始められたとあるように、八〇年代少女小説ブームの際の様式やコンセプトのもとで創刊されたレーベルである。[27]しかし一九九一年は少女小説ブームの終息期であり、トレンドはファンタジーへと移り変わっていた。上記のコンセプトで創刊するレーベルとしては、時期を逸した感が強い。そこで、ファンタジー路線に対応するために一九九三年七月、姉妹レーベルとして新たにキャンバス文庫を立ち上げる。小学館の少女小説レーベルは、講談社のティーンズハートとホワイトハートに近い体制が採られていた。

小学館には新しい二つの少女小説レーベルが立ち上げられたが、パレット文庫もキャンバス文庫も、他レーベルでキャリアがある作家が執筆陣のメインを占めていた。元パレット文庫編集部の大橋倫子は「パレットは二十年近く続いたんですが、「パレットではこんな本が読める」というカラーはついになかったですね。新人重視のレーベルではなく既存の売れっ子作家さんにお願いするという作り方だったせいか、カラーを出すのは難しかった」と反省点を述べている。[28]もっとも、『Palette』創刊時の一九八九年からレーベル廃刊の二〇〇六年まで新人作家発掘のための賞は設けられており、年に二回のペースで新人賞「パレットノベル大賞」の募集を行なっていた。とはいえ、上述の言葉にあるように、それらはパレット文庫のカラーを打ち出すような新進作家の育成には至らなかった。新人賞を通じてそのレーベルならではの作家をいかに育てるかは、レーベルの生命線とも言える重要な要素である。パレットノベル大賞出身者としては、第三回（一九九〇年冬）佳作入選の七海花音（ななうみかのん）は少年主人公作品をコンスタントに発表し、また第二九回（二〇〇三年冬）佳作受賞の深山（みやま）くのえはパレット文庫廃止後に新たに創刊されることになるルルル文庫の主力作家の一人となるなど、継続的に活躍する作家は輩出しているものの、その数はそれほど多くない。比較的長期にわたって続けられた新人賞ではあるが、それを有効に機能させるのは簡単なことではなかった。

　キャンバス文庫は、パレット文庫より読者年齢の高い高校生や一般の読者を対象にしたファンタジーレーベルとして創刊されている。キャンバス文庫を代表する作品としては一九九三年八月から始まったひかわ玲子（れいこ）の「クリセニアン年代記」シリーズ、一九九三年一〇月から刊行された霜島（しもじま）ケイ「封殺鬼」シリーズなどがある。キャンバス庫もパレット文庫同様、独自色の確立という課題を抱え、一九九九年九月をもって休刊状態となった。以後は「封殺鬼」シリーズが完結するまでキャンバス文庫の名前で発行され、最終巻『終の神話・人祇の章』（二〇〇五年四月）の発行をもってレーベルは廃止となっている。

　小学館発の少女小説レーベルはこうした歴史を辿ったが、その途上である特色の萌芽も見てとることができる。キャンバス文庫が実質的に休止となる二〇〇〇年頃からパレット文庫におけるボーイズラブカラーの強まりが明確になり、刊行作品の傾向も大きくシフトする。こうしたパレット文庫の変容についてはのちに改めて考察していく。

## ウィングス文庫の創刊

やや時代が下り一九九九年三月、新書館もファンタジー系少女小説レーベルのウィングス文庫を創刊する。創刊ラインナップはくりこ姫(ひめ)『Cotton 1』、鷹守諌也(たかもりいさや)『Tears Roll Down』、結城惺(ゆうきせい)『MIND SCREEN 1』、真瀬(まなせ)もと『エキセントリック・ゲーム』の四冊。ウィングス文庫は創刊時から、新刊の刊行ペースが多くの出版社で標準になっている月一回ではないなど、他の少女小説レーベルとは異なる独自のスタンスを有していた。

新書館は元々漫画雑誌『ウィングス』を発行しており、一九八八年一二月に『ウィングス』の別冊として『小説ウィングス』を創刊した。さらに『小説ウィングス』に掲載された作品が収録されるノベルスレーベルとしてウィングス・ノヴェルスが一九九〇年一二月に立ち上げられている。初期は母体雑誌とノベルス、のちには母体雑誌と文庫という体制に移り変わりつつ、雑誌とレーベルの連携が図られていた。『小説ウィングス』は一九九二年七月の五号から誌名が『小説 Wings』表記に変わり、一九九六年夏号(一二号)から季刊誌として定期発行されるようになった。また創刊二〇周年となる二〇〇九年冬号(六二号)から独立新創刊し、「本好き女子のための、ドラマティック・ライトノベル!!」として季刊発行が続けられている。集英社の『Cobalt』が二〇一六年五月号を最後に休刊した現在、少女小説レーベルでは唯一母体雑誌を刊行している。

ウィングス文庫の作品はコバルト文庫とは違い書き下ろしメインではなく、基本的に一度まず母体雑誌に発表されたものが収録されるという特徴をもつ。また新人賞としてウィングス新人大賞が開催されており、第一回ウィングス小説大賞を受賞し、のちにコバルト文庫で活躍する樹川（きかわ）さとみ、第二二回ウィングス小説大賞編集部期待作を受賞して『霧の日にはラノンが視える』（二〇〇三年七月）でデビューした縞田理理（しまだりり）などの作家を輩出している(29)。

ウィングス文庫は二〇〇〇年代半ば以降、少女小説の流行ジャンルが大きく変わりゆくなかで、旬のジャンルや流行の変遷とは距離を置いたラインナップを貫いている。第5章で改めて取り上げていくが、二〇〇〇年代のある時期から少女小説のトレンドは男女のラブロマンスに傾斜していく。そのなかでウィングス文庫はSFやミリタリー、ファンタジー作品など、独自路線の作品を刊行しており、コアなファンに支持を受けるレーベルというポジションを獲得している。レーベルを代表する作品として、津守時生（つもりときお）『三千世界の鴉を殺し』（一九九九年一一月）のシリーズ、また嬉野君（うれしのきみ）『金星特急』（二〇一〇年一月）のシリーズなどが知られている。二〇一六年現在、ウィングス文庫は不定期刊行、雑誌『小説Wings』は季刊誌で定期刊行となっていて、雑誌中心の発行体制が取られている。

ここまで見てきたように、九〇年代の少女小説を貫く一つの流れとしてファンタジーブームの隆盛があり、これを受けて各出版社が動きを見せている。講談社のホワイトハートのようにハイ・ファンタジーを取り入れた硬派なレーベルを立ち上げる出版社もあり、あるいは集英社のコバルト文庫のように新たなカルチャーを享受しながら育った新人賞出身の作家たちが活躍し、充実期を迎える出版社もある。またウィングス文庫のようなコアファンを対象にした独自路線レーベルも創刊され、その一方で小学館のキャンバス文庫のように、新人育成や独自色に課題を抱え続けたレーベルもある。一つの大きな潮流を受けて、それぞれの出版社の試行錯誤が行なわれていた。

## 2　少女小説レーベルのなかのBL

### 耽美からボーイズラブへ　BL前史

九〇年代の少女小説におけるキーワードの一つは「ファンタジー」であるが、もう一つ見逃せない流れとして「ボーイズラブ（以下略称はBLと略す）」が挙げられる。男性同士の恋愛を描いた読み物のなかでも、今日のBLに直接繋がる作品の源流は七〇年代まで遡り、「耽美」や「やおい」などの名称で呼ばれていた。九〇年代以降は呼称がBLへと移り変わり、名前の変化に伴い作風も変化しつつ、女性を中心に支持される一大マーケットとして成長を遂げている。

男性同士の恋愛を描いたこのジャンルは、漫画と小説という形式があり、さらにオリジナル創作と既存作品を対象にした二次創作、商業出版と同人の流れがある。本書は少女小説というジャンルとの接続から、BLと呼べる作品のなかでも、オリジナルの商業小説作品の流れを汲みつつ、少女小説レーベルのなかのBLの動向を考察していきたい。BLは専門のレーベルや雑誌が多数あり、近年はＢＬを対象とした研究書籍も数多く出版されているが、[30] ＢＬというジャンルを語る時に対象として取り上げられるのはＢＬ専門レーベルの作品であることが多い。そうした考察のなかでは、少女小説レーベルの作品群に登場するＢＬは、やや周縁的な位置付けにあると言えよう。しかしＢＬはある時期の少女小説ジャンルの中で見逃せないテーマとなっており、少女小説の歴史としてこの時期を改めて取り上げて考察を行ないたい。

話の前提として、このジャンルの歴史的な流れを簡単におさえておこう。ＢＬの源流は、七〇年代に発表された「24年組」による少年愛漫画とされている。竹宮恵子の「サンルームにて」を嚆矢に、美少年同士の恋愛を描いた作品が次々に発表されていく。そして一九七八年一〇月、サン出版から『comic JUN』が創刊される。創刊号の表紙は竹宮恵子、また中島梓（栗本薫）が「少年派宣言」と題した文を寄稿するなど、独自の耽美性のある媒体としてこのジャンルを代表する存在となっていく。『comic JUN』は一九七九年二月発行の三号から『JUNE』と改題され、さらに一九八四年一月から中島梓を道場主とする小説講座「小説道場」が開設され、ここから多くの小説家が誕生していくことになる。『JUNE』における男性同士の恋愛は「禁断の愛」というかたちをとり、禁断の愛をめぐる苦悩や背徳感がシリアスに描かれている点に特徴があった。

『JUNE』における男性同士の恋愛は、「耽美」とも呼ばれ、これがジャンルを指す名称の一つとなっていた。また一九七九年一二月に発行された同人誌『RAPPORI　やおい特集号』（発行責任者：波津彬子）に収録された座談会で、「山なし・落ちなし・意味なし」として「やおい」という言葉が使われ、以後「やおい」という呼び方も定着していく。『JUNE』などの媒体で耽美的なオリジナル創作が行なわれる一方、八〇年代半ばには新たな流れも出現している。一九八五年、少年漫画『キャプテン翼』のキャラクターで恋愛パロディを描くやおい同人誌が大ブームとなり、コミックマーケットなどを中心に一大ムーブメントとして盛り上がりを見せた。『キャプテン翼』以降も『聖闘士星矢』や『鎧伝サムライトルーパー』などが人気を集め、これらの作品を中心に膨大な量の二次創作同人誌が発行されていく。八〇年代の半ば以降既存作品のキャラクターの恋愛や性愛を描く同人作家、その物語を楽しむ読者が急増し、さらに八〇年代後半からは同人誌に留まらず、同人誌作品を集めたアンソロジー本が商業出版されるなど、同人誌から商業出版へという流れも生まれていった。

一九九〇年以降、「24年組」や『JUNE』の系譜、そして二次創作同人誌の系譜と、本来は別々な流れであったものが合流し、現在に至るジャンルが形成された。そうした作品群は、それまでの「やおい」や「耽美」という言葉ではなく、「ボーイズラブ」という新たな名称がつけられて普及をしていった。「ボーイズラブ」という言葉を初めて使った雑誌は一九九一年一二月に創刊された漫画雑誌『イマージュ』(白夜書房)で、キャッチコピーに"BOY'S LOVE COMIC"と冠したのが始まりとされている。[31] さらに一九九四年八月に漫画情報誌『ぱふ』が「BOY'S LOVE MAGAZINE 完全攻略マニュアル」という特集を組み、この特集によって「ボーイズラブ」という名称の認知が高まった。[32]

ボーイズラブ(BL)という言葉の登場は、ただ単にジャンルの呼び方が変わるだけではなく、内容における変化も含んでいた。かつての耽美やシリアス路線とは異なり、男性同士の恋愛を明るく描く作風がこの時期に出現し、BLと呼ばれるようになっていく。先述した『JUNE』などで展開されてきたような、「禁断の愛」としての男性同士の恋愛をシリアスに描くのではなく、明るく楽しく男同士のラブを表現する作品が八〇年代半ば以降に増加していった。こうした書き手として存在感を示してきたえみくりは、『キャプテン翼』や『聖闘士星矢』などの同人誌を出す一方、オリジナル作品も手掛け、「男と男のリボン」と自称しつつ少女漫画的なセンスで男性同士の恋愛を明るく描いて人気を博した。[33] えみくりのメンバーであるくりこ姫は一九九一年三月発売の小説『銀の雪降る降る――宝ヶ池の四季』（新書館ウィングス・ノヴェルス）のあとがきで、「なんで男の子同士なんだ、とかめんどうくさいことは言ってこないでね。そんな深い思想なんかないんですよ。私はそれを面白い、と思ってるし、面白いと思える人もけっこういて、それでいいじゃないですか。幸せなんだから、今んところ。それで、ね。需要のあるところに供給があったのだ、しかもそれなりに、ということでよろしいではないですか[34]」と記している。かつての『JUNE』のように男性同士の恋愛を背徳性や悲劇性で彩って描くのではなく、明るく楽しむ物語として登場したこうした作品群は、BLという呼称と結び付き、以後この言葉はジャンルの名称として九〇年代以降に定着を見せる。

一九九二年六月に『小説イマージュ』（白夜書房）が創刊、さらに一二月には角川スニーカー文庫のピンクラインから独立して角川ルビー文庫（以下ルビー文庫と記す）が創刊されるなど、BL小説専門の雑誌やレーベルが立ち上げられ、新たな動きの多い年となった。ルビー文庫は元々スニーカー文庫から刊行されていた栗本薫『終わりのないラブソング』やごとうしのぶ「タクミくん」シリーズを再刊行する一方、少女小説のオリジナル作品もあり、正確に言えば創刊当初はＢＬオンリーのレーベルではなかった。しかしＢＬ小説が人気を博し、やがてＢＬ小説専門レーベルとしてのカラーを確立していく。また一九九二年一二月にはコミックスレーベルBE×BOY COMICSが立ち上げられ、翌年の一九九三年三月には漫画雑誌『MAGAZINE BE×BOY』が創刊、これを皮切りに商業出版のなかでＢＬ専門誌やレーベルの創刊が相次ぐＢＬバブルとも呼べる状態が到来する。

この時期に生じていたＢＬ界隈の活発な動きは、少女小説レーベルにも少なからぬ影響を与えていた。ＢＬ雑誌やレーベルが多数創刊された一九九三年前後から、少女小説レーベルでもＢＬ作品がラインナップに登場するようになっている。少女小説レーベルのなかのＢＬ作品にはどのようなものがあり、またどのようなポジションにあったのか。この時期にＢＬと呼べる作品を刊行していたコバルト文庫、ホワイトハート、パレット文庫の三レーベルを取り上げ、少女小説レーベルにおいてＢＬが出現する過程を中心に、その状況を見ていくことにする。[35]

## コバルトにおけるＢＬの出現

『小説ジュニア』と集英社コバルト・ブックス時代を含め、一九六〇年代まで遡る長い歴史を有するコバルト文庫は、その時々の流れを反映して流行ジャンルも移り変わっている。コバルト文庫のＢＬの系譜を辿る前提として、八〇年代末頃から増加傾向にあった少年を主人公としたシリーズの流れがある。この頃、若木未生の「ハイスクール・オーラバスター」シリーズ、そして桑原水菜の「炎の蜃気楼（ミラージュ）」シリーズなど、男性を主人公にしたサイキックアクション作品がブームとなり、コバルト文庫におけるトレンドの一つとなっていた。

　BL史のなかでも頻繁に言及される『炎の蜃気楼（ミラージュ）』は、開始当初からその方向性だったわけではなく、《闇戦国》をめぐる歴史バトルものとして初期は展開していた。『炎の蜃気楼（ミラージュ）』の路線が変化するのは一九九二年頃であるが、この頃から『Cobalt』やコバルト文庫のなかにも「やおい」に類するもの（ボーイズラブやBLという言葉は使われていない）が少しずつ顔を出し始めている。こうした傾向が出現しつつあった一九九一年、『Cobalt』に「ホモ論争」が生じた。その議論の中心になったのは歌手の谷山浩子（たにやまひろこ）と、谷山が執筆した小説『ボクハ・キミガ・スキ』（一九九一年五月）だった。

　谷山浩子は小説家としても活動をしており、『Cobalt』にはエッセイ「猫の目　魚の目　浩子の目」を連載していた。谷山は『Cobalt』の一九九一年一〇月号掲載のエッセイのなかで、自身の小説『ボクハ・キミガ・スキ』に対する反響を紹介している。コンサートアンケートにファンの女の子から「ところでコバルト文庫の『ボクハ・キミガ・スキ』を読みました。ハッキリいって、ショックです。谷山さんがヤオイに走るなんて。ホモはもうやめてください[36]」と書かれていたこと、またコバルト編集部宛に届いたファンレターのなかでも「同性愛ってあんまりスキになれなくて…」というネガティブな感想をもつ読者が数名いたことがそのエッセイに記され、そうした反響に対する谷山自身の見解が語られている。谷山は、自分はやおいをよく知らず、純粋に誰かを好きになる気持ちを描きたかった、美少年の「ホモ」が好きだから小説を書いたわけではないとし、作品のコンセプトが「やおい」

ではなく「純粋な恋愛」であることを強調している。谷山浩子の『ボクハ・キミガ・スキ』は、同性に恋愛感情を抱く男の子を描いたコバルト作品の先駆けの一つであるが、それと同時にこの議論からうかがえるのは少女小説レーベルにおいて表出した、「やおいを好まない読者層」をめぐる問題である。その意味でも、谷山の『ボクハ・キミガ・スキ』は後年に繋がる問題を提起していたといえる。

コバルト文庫におけるBLの系譜を辿るとき、桑原水菜の『炎の蜃気楼(ミラージュ)』という作品をはずすことはできない。『炎の蜃気楼(ミラージュ)』は、主人公仰木高耶と、戦国時代からの深い因縁をもつ直江信綱の二人を中心とした物語である。戦国サイキックアクションとして始まったシリーズの初期から直江は高耶に強い執着を見せていたが、断章として発表された通称「5・5」巻『最愛のあなたへ』(一九九二年三月)のなかで、「あなたの〝犬〟ですよ」「〝狂犬〟ですよ」と直江は高耶に迫りキスをしている。[37]「高耶と直江の関係が急展開した頃からグオッと勢いがつき、読者も作者もヒートアップ。《闇戦国》より皆の興味は直高のほうへ！」[38]と作者自身が記すように、四百年にわたる愛憎入り乱れた二人の濃密な関係に読者は燃え上がっていった。

さらに桑原もその当時のコバルト文庫では描けなかった高耶と直江の過激な性描写を含む小説を、一九九二年から一九九三年にかけて同人誌というかたちで発表している。最初に発表された「氷結の夜」(一九九二年夏)は、温泉での二人のセックスが赤裸々に描かれ、作者本人によるミラージュ同人として話題を呼んだ。[39]作者自身が煽ったこともあり、『炎の蜃気楼(ミラージュ)』は同人ジャンルとしても人気が高く、「直江×高耶」のカップリングで二次創作も盛んに行なわれた。[40]ちなみに本編のなかで二人の肉体が結ばれたのはシリーズ二〇巻にあたる『十字架を抱いて眠れ』（一九九六年八月）である。当初は同人誌で二人の性描写は発表されたが、一九九三年四月号の『Cobalt』の桑原水菜特集では高耶と直江のキスシーンイラストが載り、また一九九五年八月号では高耶誕生日記念特集として二人のセックスが描かれる小説「Birth」が誌面に掲載されるなど、『Cobalt』でも段階を踏みつつ徐々に「解禁」へと動いていった様子が伺える。

『炎の蜃気楼（ミラージュ）』は高耶と直江の関係性が濃密に描かれ、肉体関係にも至っているが、コバルト文庫内でも、またレーベル外でもBL作品とは位置付けられてはいない。『Cobalt』のBL特集やBL作家のなかに桑原や『炎の蜃気楼（ミラージュ）』は含まれず、また二〇一一年七月に刊行された『犠牲獣』（ビーボーイノベルズ）の帯が「桑原水菜×初BL」であったように、『炎の蜃気楼（ミラージュ）』はBLではないという認識がここからも読み取れる。こうした経緯もあり厳密な意味ではBLとは言えないが、それにも関わらずBL好きの間で人気を博し、このジャンルの歴史を辿る時に言及される機会が多い作品として、『炎の蜃気楼（ミラージュ）』は特異なポジションを築いている。

**コバルト文庫とBLの距離感**

一九九三年以降のコバルト文庫、そして同じ集英社のスーパーファンタジー文庫では、男性同士の恋愛を描いた小説が徐々に増加していった。これらの作品はやおいやBLとは呼ばれず、「美少年」という言葉が作品紹介のキーワードに使われることが多かった(41)。

コバルト文庫より少し早く、スーパーファンタジー文庫では一九九三年からBL作品が刊行されている。花衣沙久羅はデビュー作『戒―KAI―』（一九九三年五月）、次作『恋―REN―』をはじめ、近未来SF小説「ハイパー・ロマン」シリーズを手掛けていった。「ハイパー・ロマン」シリーズでは愛憎入り乱れる人間関係が描かれ、全体的に抽象的ながらセックス描写は多い。近未来を舞台にした独特の華やかさと軽さがある作風も人気となり、BL作家として花衣は存在感を増していく。初期作品はスーパーファンタジー文庫から刊行されているが、『きみがほしい』（一九九七年五月）のシリーズ以降、花衣はコバルト文庫でもBL作品を発表していく。

そして、コバルト文庫でのBL小説の先駆けとしては、さいきなおこによる『禁断のウィスパー』（一九九四年二月）のシリーズが挙げられる。『禁断のウィスパー』は現代の高校を舞台にしたサイキックスファンタジーで、主人公の汀神楽と皇須王の関係が物語の中心になっている。一巻では二人は恋人同士にはなっていないが、須王による強姦というかたちで濡れ場が描かれるなど、コバルト文庫における男性コンビもののなかではBLカラーが明確に出ているシリーズである。

こうしたBL小説（と当時は呼ばれていなかったが）が登場する一方で、BLではない少年主人公シリーズも九〇年代半ばには増加していた。「組織」にスカウトされ暗殺を手掛ける高校生尚也と聖のコンビを描いた本沢みなみ『東京ANGEL』（一九九五年一〇月）のシリーズ、四龍島を舞台に「龍」と呼ばれる四人の王の一人となったマクシミリアンと、歓楽街「花路」の頭を務める飛が運命的に出会う真堂樹の『四龍島』（一九九五年六月）のシリーズなどのヒット作が出ている。なお「四龍島」シリーズは飛とマクシミリアンの関係は「寸止め」で、一線を越えていないがBL的な読み方も可能な作品となっている。明確なBLではないがBLとしても楽しむことが可能な男性同士の強い関係の描写は、この時期のコバルト文庫の特徴の一つとなっていた。

それまで「ボーイズラブ」という言葉自体の使用を避けていたコバルト文庫のなかに、この用語が登場するようになるのは一九九七年以降である。パレット文庫でBL小説を発表していたあさぎり夕が一九九七年からコバルト文庫にも登場し、『ゼウスの恋人』（一九九七年六月）を皮切りに「雪之丞事件簿」シリーズを開始する。『ゼウスの恋人』の紹介には「人気作家によるボーイズ・ラブ・ミステリー」とあり、この頃から徐々にコバルト文庫のなかでもボーイズラブという呼称が使用されていく。

コバルト文庫におけるBL路線が明確になるのは翌一九九八年で、この年には象徴的な出来事が二つ起きている。一つは角川ルビー文庫の『富士見二丁目交響楽団』（一九九四年四月）のシリーズが人気のBL作家秋月こお（あきづき）が、『夢見る眠り男』（一九九八年三月）で初めてコバルト文庫に登場したこと、さらにもう一つは一九九八年一〇月号の『Cobalt』で初めて「特集ボーイズ・ラブ」が組まれたことである。これらのトピックは、コバルトにおける「BL元年」を象徴する動きといえるだろう。このBL特集は翌年一九九九年は行なわれなかったものの、それ以降二〇〇〇年から二〇〇五年まで毎年一〇月に行なわれる定番企画となっている。BL特集号以外でも「ボーイズ・ラブセレクション」として『Cobalt』にBL小説が掲載され、また二〇〇二年一〇月にはBL特集号発売に合わせてコバルト文庫の「ボーイズ・ラブフェア」も行なわれるなど、この時期のコバルト文庫のなかでBL小説は大きな存在感を放っていた。

一九九八年以降、コバルト文庫内におけるBL路線が確立され、ラインナップのなかにBL作品が増加していく。コバルトにおけるBL路線の特徴は、新人賞経由ではない外部の作家を起用していた点にある。BL路線の強化以降にコバルト文庫から作品を出している作家には南原兼、牧原朱里、藤堂夏央、麻生玲子、朝丘戻。、金丸マキ、鹿住槙、愁堂れな、火崎勇、真船るのあ、奈波はるかがいるが、このなかで唯一コバルトデビュー組といえるのは、『Cobalt』二〇〇二年一〇月号に短編小説「手紙」が掲載された朝丘戻。のみである。朝丘以外は元々他のBL専門レーベルでデビュー済みの作家たちが、コバルト文庫からも作品を発表したかたちとなっている。BLの人気や需要の高さゆえにこの時期のコバルト文庫ではラインナップに採り入れているが、コバルトが独自の動きとしてこのジャンルの作家を積極的に育てているわけではない。新人育成を大切にしているコバルトというレーベルの特性を考えると、コバルト文庫とBLというジャンルとの微妙な距離感がうかがえる。

ただし二〇〇〇年前後の一時期、コバルトの新人賞で男性同士の恋愛をテーマにした作品が受賞をしていたことがある。一九九八年度ロマン大賞受賞の久和まり『冬の日の幻想』（一九九八年一〇月）は、帝政ロシア末期を舞台にした歴史ロマン小説で、フェリクスとドミトリーの同性愛を描いた耽美色の強い作品だった。また、二〇〇〇年度のノベル大賞佳作と読者大賞を受賞したユール『ぼくはここにいる』（二〇〇一年七月）は、作家を目指しつつフリーターをしている主人公基晴と、その主人公に恋愛感情を向けている親友の惠の物語である。基晴は同性の惠が自分を好きなことを知っているものの、二人が友人以上の関係になることはなく、恋愛未満の切ない関係が主題となっている。歴史ロマンと同性愛、モラトリアムと友情と死、コバルトの新人賞経由の作家たちは男性同士の関係をテーマにしつつ、単にBLとのみ分類するのは難しい作風が特徴であった。新人賞からこうした書き手が登場しているものの、久和まりは『STAY GOLD』（二〇〇〇年一二月）、ユールも『危険なジョージ』（二〇〇三年一〇月）が最後の作品と、二年ほどの活動でコバルト文庫のラインナップからは消えている。一九九八年以降急増したコバルト文庫のBLは、新人賞出身の独自作家ではなく、外部作家を取り込むかたちで拡張を続けていった。

コバルト文庫に限らず、BLがラインナップに加わることについては、少女小説レーベルに共通する困難がある。BL専門レーベルとは異なり、読者の一部にはBL小説に抵抗を感じる人たちもいた。コバルト文庫は長年、青春小説のレーベルとしての伝統があり、それ以降も八〇年代少女小説ブームやファンタジー路線などで人気を博してきた。そこへ一九九八年頃から急激にBLカラーが流入したため、一部読者から反発が起きていた。

またコバルト文庫の少年主人公作品は大別すると、非BL作品、BL的に読むことも可能な作品、BL作品の三パターンに分けられ、ホワイトハートのような分類がなされていないため、表紙だけでは見分けがつきにくかった。BLは人気のあるジャンルではあるが、すべての読者がそれを好んだわけではなく、拒否感をもつ読者も一部には存在している。二〇〇一年一〇月の『Cobalt』で行なわれたBL企画のアンケートでは、「あなたはBLが好きですか？」という質問に対し、好きが七九％、きらいが一九%、読んだことがないが二%という結果が出ている。[42] この特集にはBLが好きではない人の意見、また現状のBLに対する苦言として、以下のような読者の声が寄せられている。

母とともに最近のコバルトのBL化傾向を憂えていたので、今回のようなアンケートは嬉しかったです。BLに終始し、作品の内容が直接的なものがきらいです。ストーリー性、キャラの心理などに重点を置いている作品が好きなので、BLの枠組みに入るかわかりませんが中には好きなものもあります。[東京都　ちえ　19歳]

最近、エロ本と見まがうばかりの下品な作品が増えているように思います。もっと人間関係、人物描写などの描くべきものや、BLの真の魅力があるはずなのに、安易に売れる方向へ流れて、商品としての価値を疑う作品が多くなってきているような…。商業誌として出版するからには、同人誌とは一線を画する高品質な作品を作っていただきたいです。まずは品質の向上を願っています。[千葉県　額田景子　23歳][43]

こうした性描写への嫌悪が一部のコバルトファンからは投げかけられ、多少の論争的な面をもちながら、コバルト文庫のBL作品は展開していた。もっとも、このBL路線はコバルトにとって普遍的なものにはならなかった。一時期は盛んであったコバルト文庫のBL路線は、二〇〇六年頃を境に縮小傾向に転じた。この時期、ＢＬを含めて、少年主人公の小説が減少する傾向が見られるようになる。その背景となる事象については第4章で詳しく見ていくが、簡潔に先取りしておけば、今野緒雪『マリア様がみてる』、谷瑞恵『伯爵と妖精』をはじめとするヒットシリーズなどがあり、女性主人公ものへの揺り戻しがコバルト文庫のなかで起きていく。また二〇〇一年一〇月に角川ビーンズ文庫、二〇〇六年一〇月のB's-LOG文庫など、ＢＬ路線を入れない少女小説レーベルが創刊されたことで、男女の恋愛をテーマに戻す戦略が取られたのも一因となっていた可能性もある。

二〇〇〇年の時点でコバルト編集部は「ボーイズラブが入ってきたのも時代の流れですからね。（略）コバルトはこうでなければいけない、という規制はないので、その時代に合っていればいいのではないでしょうか」[44]というスタンスを示している。九〇年代はＢＬというジャンルに人気と勢いがあり、コバルト文庫のなかでもＢＬは活況を見せていた。しかし二〇〇六年頃には少女小説を取り巻く状況が変わり、さまざまな要因で少女小説レーベルのラインナップとしては「時代に合わなくなった」ＢＬは、コバルト文庫のラインナップから姿を消していく。一九九八年以降コバルト文庫でＢＬ作品を手掛けた作家たちのなかで、あさぎり夕や真船るのあ、奈波はるかなど、一部の作家のみがそれ以降もコバルト文庫で作品を発表している。

## ホワイトハートとＢＬの定着

講談社のレーベル、ホワイトハートは、立ち上げ初期から男性同士の恋愛を描いた作品がラインナップに登場している。現在のホワイトハートは「紫」がBLカテゴリーになっているが、創刊時は「青」が「ファンタジー&伝記小説シリーズ」、「紫」が「恋愛&青春小説シリーズ」と広く恋愛ものを扱う編成であった。「青」と「紫」、どちらのカテゴリーにも男性同士の恋愛を描いた作品が含まれており、以下具体的に見ていきたい。

「ファンタジー&伝記小説シリーズ」分類の「青」では、ファンタジー小説のなかに男性同士の恋愛要素を含んだ作品が刊行されている。レーベルの創刊ラインナップの一冊であった小沢淳『金と銀の旅──ムーン・ファイアー・ストーン』(一九九一年四月)は、元は主従関係にあったリューとエリアードのコンビが故郷を失い、さまざまな国を旅する物語である。「あやうく、あやしい絆で結ばれる」二人は相思相愛の仲ではあるが、恋人である以上に故郷を失った旅の相棒でもあり、肉体的な接触よりも精神的な絆で結び付いた関係である。ストーリーのなかでも恋愛色は強くなく、二人の冒険譚が中心に描かれている。他にも岡野麻里安の『薫─KAORU─』(一九九五年四月)に始まる「鬼の風水」シリーズは、特殊な力をもつ鬼使いの家に生まれた筒井卓也と、鬼と人間の間に生まれた美貌の半陽鬼篠宮薫がコンビを組むオカルトファンタジー。主人公の卓也は初めは薫に反発するが、徐々に距離を縮めて恋人になり、最終巻では肉体関係を結んでいる。男性同士の恋愛というBL要素はあるが恋愛メインではなく、卓也と薫がコンビを組むファンタジー小説としての比重が高い。九〇年代少女小説のなかのBLの一つの傾向として、恋愛要素が低く、ストーリー重視の男性コンビ作品が多い点が挙げられる。

「紫」の恋愛&青春小説のカテゴリーでは、深沢梨絵(ふかざわりえ)『本気(マジ)で欲しけりゃモノにしろ！』(一九九三年一月)のシリーズや、柏枝真郷(かしわえまさと)『窓　WINDOW――硝子の街にて』(一九九六年四月)のシリーズなどがBL路線の作品である。『本気(マジ)で欲しけりゃモノにしろ！』は広告業界を舞台に、広告代理店に勤める駆け出しのコピーライターの三紀和彦と、高校時代の同級生で新進気鋭のカメラマン高岸晃が仕事を通じて絆と気持ちを深めていく物語となっている。高岸は高校の時から三紀のことが好きだが、鈍感な三紀はそれに気づかない。仕事や事件、二人の周囲の人間関係が主軸となり恋愛要素は高くないが、二人は最後に恋人関係になっている。

柏枝真郷『窓　WINDOW――硝子の街にて』はNYのマンハッタンを舞台に、NY市警刑事シドニーと日本人のノブこと信行の二人を描いたミステリー&ラブストーリー。シドニーはゲイという設定で、友人であるノブと事件を解決しつつ、やがて恋人としても関係を深めていく。ノブとシドニーが恋人になるまで長い時間がかかり、また毎回起きる事件とその推理が物語の中心を占め、恋愛メインのストーリーとはなっていない。

またホワイトハートが開催している新人賞でも、初期から男性同士の恋愛を描いた作品が受賞をしている。一九九四年の第一回恋愛・青春小説部門の大賞受賞作は、たけうちりうと『INTENSITY』(一九九四年七月)で、ゲイの高校生司と年上のカメラマン律のラブストーリーとなっている。また、一九九六年の第三回エンタテイメント部門佳作受賞の樋野道流『人買奇談』は、追儺師の傍らミステリー作家としても活動する天本森と、半精霊の琴平敏生によるオカルトファンタジーである。妖魔退治のストーリーとともに、森と敏生の恋愛関係（ただしキス止まり）が描かれ、BLとしても読めるシリーズとして展開している。

このようにある時期までのホワイトハートは、恋愛がメインではないながらもBL的な要素をもつシリーズを「青」「紫」双方から刊行していた。しかし一九九七年頃から紫のカテゴリー名称が「恋愛&青春小説」から「恋愛&耽美小説」へと変更され、「紫＝ボーイズラブ」という枠組になったと推測される。この頃から一巻で肉体関係に至る作品が増え、BLというカラーが強くなっていく。和泉桂『キスが届かない』（一九九七年八月）、水無月さらら『不透明なリエゾン』（一九九七年九月）、井村仁美『職員室でナイショのロマンス』（一九九八年八月）など、男と男の恋愛がストーリーのメインとなるBL小説の流れが出現し、現在に至るまでBL作品も刊行する少女小説レーベルというポジションを確立する。

ホワイトハートのなかでBLが定着したのは、立ち上げ初期からBL的なカラーを採り入れていたこと、また背表紙でその作品がBLか否かを区別できるようになっている仕様の成功も大きいと思われる。少女小説レーベルには一定数、BLというジャンルを好まない読者もおり、そうした読者がBLか否かを判断できる明確な基準があるのは、本を購入する時の大きな手掛かりとなる。これは本を販売する書店側にとっても大事な要素で、ホワイトハートは背表紙の色でジャンルを区別しているため他のBL文庫と並べられたが、コバルト文庫やパレット文庫は内容を読まないと判断できないという証言もある。[45] 創刊の早い段階からBL要素を取り入れ、また背表紙でBL作品の区別がつけられるホワイトハートは、少女小説レーベルのなかではBLを上手く定着させた事例である。現在も樹生かなめ「龍&Dr.」（二〇〇五年二月より）シリーズをはじめとする人気シリーズがあり、BL作品がレーベルの売り上げを支えている。

## パレット文庫のBL

一九九一年七月に創刊された小学館のパレット文庫は、「遅れてきた」八〇年代風少女小説レーベルとしてスタートをしている。立ち上げのラインナップには花井愛子や喜多嶋隆、赤羽建美などが名を連ねており、そのなかで漫画家篠原千絵によるオリジナル小説『還ってきた娘』が好調な売れ行きを見せた[46]。また文庫に先駆けて創刊されていたレーベルの母体雑誌『Palette』では初期から少女漫画家が小説を執筆しており、篠原千絵、赤石路代、岡野玲子、室山まゆみなどが小説を発表している。このなかで室山まゆみは『おこげっ娘ラブ』（一九九三年七月）という作品を出しているが、同性愛者の幼馴染と「おこげ」（「おかま」にまとわりついている女性）な主人公のコメディ小説として書かれており、同性愛そのものが主題となっているわけではない。室山はやや例外的ではあったが、異性愛中心だった『Palette』とパレット文庫にBLというカラーを持ち込んだのが、あさぎり夕である。

あさぎり夕は一九七六年、第一二回なかよし・少女フレンド新人まんが賞受賞の「光めざして飛んでいけ」で『なかよし』増刊よりデビュー。『ミンミン!』や『コンなパニック』などで知られ、『なな色マジック』で第一一回講談社漫画賞を受賞するなど、人気少女漫画家として活躍していた。そのあさぎりが一九九四年冬号の『Palette』に書き下ろした小説「僕たちのはじまり」は、それまでの作風とは全く異なる男と男の恋愛小説で（イラストもあさぎり自身が手掛けている）、これを元にパレット文庫から『僕達の始まり』（一九九四年六月）が刊行された。以後「泉&由鷹」シリーズとして知られていくこの作品は、五巻までは王道のＢＬ路線であるが、以後リバーシブル（受けと攻めが入れ替わること）や３Ｐ、近親相姦、主人公の泉もさまざまな男と関係をもつなど過激さを増していく。

あさぎり夕の登場以降、パレット文庫にＢＬ作品が増加していった。一九九五年以降、パレットでＢＬ系（少年主人公ものを含む）の作品を手掛けた作家として、七海花音、秋月こお、夏樹碧（なつきみどり）、雨城（あまぎ）まさみ、水星（みなほし）さつき、染井吉乃（そめいよしの）、池戸裕子（いけどゆうこ）、徳田央生（とくだひろを）らが挙げられる。九〇年代後半のパレット文庫のＢＬは、あさぎり夕を除きＢＬ小説としては性描写が少なめで、キス止まりの作品も少なくない。またファンタジー要素が入らない学園を舞台にした小説が多い。

七海花音は一九九〇年第三回パレットノベル大賞佳作でデビューし、パレット文庫で活躍をしたこのレーベルでは珍しい生え抜き作家である。パレット文庫における少年主人公作品の書き手の代表で、一九九六年八月から始まった「秀麗学院高校物語」シリーズは、レーベルが終了する二〇〇六年一二月まで一〇年の間書き続けられた。夜の仕事をしつつ東京屈指の名門校に通う天涯孤独の不破涼を主人公にしたこのシリーズは、ＢＬというよりも青春小説という趣の強い内容で、ある時期までの少女小説レーベルに見られた少年を主人公とする学園小説の特徴を備えている。二〇〇〇年頃までのパレット文庫はＢＬと非ＢＬ男性主人公小説を含め学園ものが多く、ＢＬ作品がファンタジーテイストと融合しているホワイトハートやコバルト文庫とは、方向性が異なっていた。

一九九九年九月にファンタジーレーベルのキャンバス文庫が実質的な休刊状態となり、この頃からパレット文庫のBL作品の傾向に変化が見られるようになる。それまでのソフト路線や耽美小説的な傾向ではなく、明確にBLカラーを有する作品や作家がラインナップの主流となっていった。元パレット文庫編集部の大枝倫子が「休刊前（筆者注：休刊は二〇〇六年）の五年前くらいは、世間的にはボーイズラブレーベルになっていていました」[47]と回想しているように、パレット文庫の新刊は『ふしぎ遊戯』や『快感♥フレーズ』などの小学館少女漫画のノベライズなどがある他は、五百香ノエル、真船るのあ、南原兼らなども執筆陣に加わり、BL作品がメインを占めるようになった。

パレット文庫ではBLの企画作品として、歌舞伎のノベライズも刊行されている。二〇〇六年一〇月に上演された「通し狂言 染模様恩愛御書 細川の男敵討」は衆道がテーマとなった作品で、深山くのえがBL小説『紅蓮のくちづけ』（二〇〇六年一一月）としてノベライズを手掛けた。漫画やゲームのノベライズは少女小説の定番ではあるが、歌舞伎をBL小説としてノベライズするという異色の作品となっている。

二〇〇〇年代のパレット文庫はBLレーベルに近い状態で刊行を続けていたが、二〇〇六年一二月に廃止となった。そののち小学館はルルル文庫という新しい少女小説レーベルを立ち上げるが、ルルル文庫にはBL路線は取り入れられていない。九〇年代から二〇〇〇年代のある時期までは少女小説レーベル内でBLに勢いがあるものの、二〇〇六年前後にその路線が失われていくという時代推移は、集英社コバルト文庫と軌を一にするものであった。

## 3 九〇年代の世相と少女小説の動向

### 失速するティーンズハート

九〇年代以降の少女小説はファンタジーブームへと移行し、BLも一部のレーベルで取り入れられるなど、多様化が進んでいった。こうした状況のなかで、八〇年代に圧倒的な勢いで人気を博したティーンズハートは、九〇年代半ばにはレーベルとしての勢いを失っていた。九〇年代前半は折原みとの『時の輝き』が一〇〇万部を越えるベストセラーとなり、他にも小林深雪など一部の人気作家は好調であったが、レーベルとしては一九九〇年以降、年々出版点数が低下していく。【図1】はティーンズハートと、そして比較としてコバルト文庫の年間刊行点数をグラフにしたものである。ティーンズハートの出版点数は一九九五年の時点で九七点と、全盛期だった一九八八年の一八四点と比べてほぼ半減している。それ以降も一九九六年が八三点、一九九七年が四五点と、九〇年代半ば以降急激な勢いで刊行点数が減っていった。一九九〇年以降毎年刊行点数が減少していくティーンズハートに対し、コバルト文庫は少女小説ブームの終了以降も年間一〇〇冊以上の新刊を刊行しており、一九九七

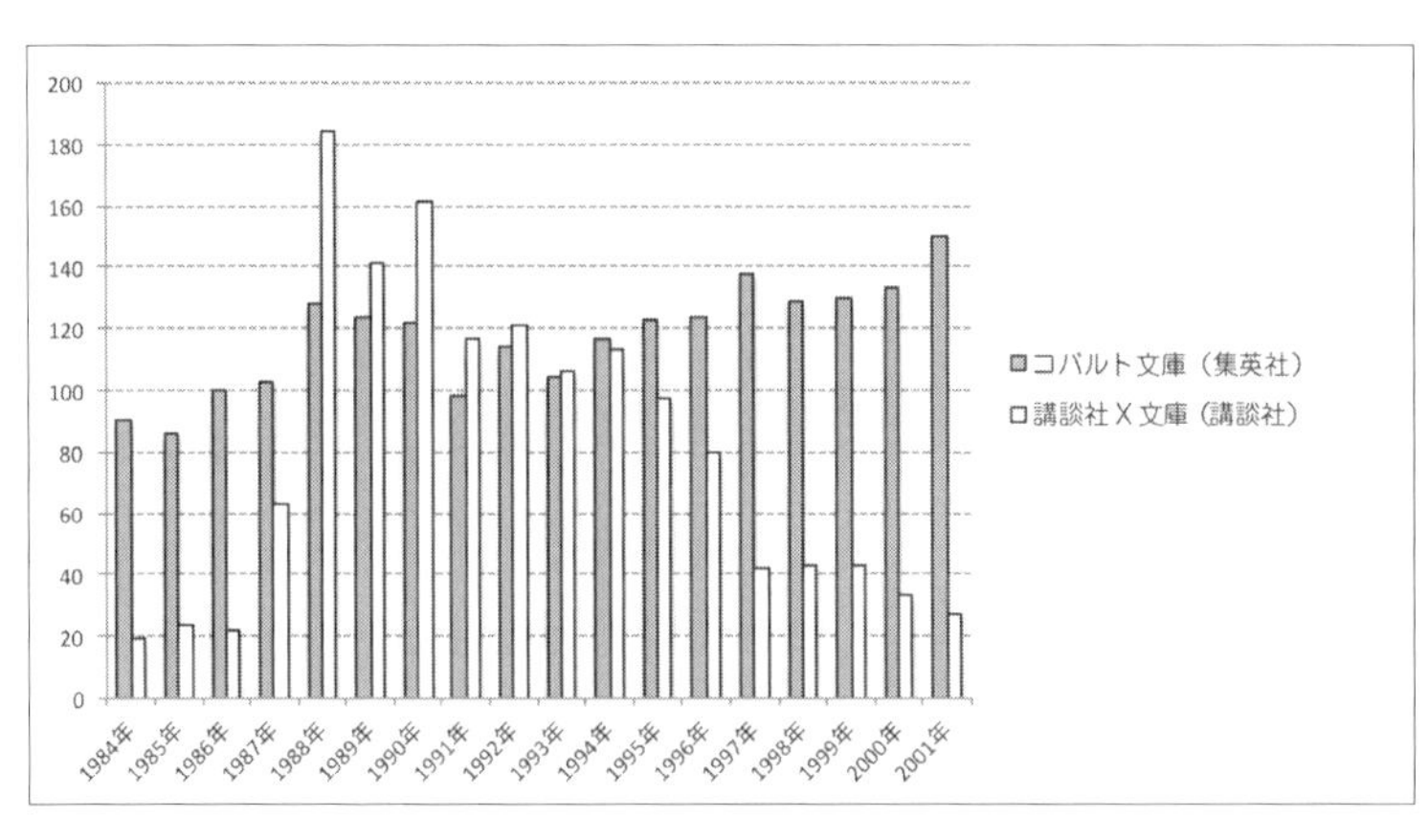


【図1】講談社X文庫とコバルト文庫年間出版点数。講談社X文庫にはティーンズハートも含まれる。（『出版指標年報』を元に作成）

年以降は一三〇冊近く刊行するなど逆に出版点数に伸びが見られる。

少女小説ブームが続いていた一九九一年頃までは、ティーンズハートというレーベル自体にブランド力があり、また少女小説ブームという追い風もあり、本をあまり読まない少女たちにとっての読書の入り口としての役割も果たしていた。しかしブームの終息以降は、活字を好きになった一部だけが読者として残り、それ以外のライト層は少女小説ではない別な流行ジャンルへと移行していくようになる。

一九九二年以降、女子高校生文化は急激な変動を見せていく。一九九三年はコギャルという言葉がメディアで取り上げられるようになった年で、ギャル文化が注目を浴びていく[48]。他にも一九九五年七月から始まった「プリント倶楽部」が人気を集め、同じく一九九五年にはギャル雑誌『egg』やストリート系雑誌『東京ストリートニュース！』が創刊されるなど、少女たちの消費文化は八〇年代とは異なる色合いを帯びていった。一九九二年頃からポケベルが流行し、女子高生たちを中心に、メッセージをやり取りするツールとして使用されていく。一九九七年頃からはPHS（ピッチ）、やがて携帯電話へと移行するなど、少女たちを取り巻くメディア環境も大きな変容を見せている。限られたお金のなかで消費を行なう少女たちは、流行やおしゃれなものに敏感である。ティーンズハートは小説のストーリーで読者を取り込むよりは、パッケージや現実的なディテールで読者にアピールする傾向が強かったが、それは若い読者の享受している文化や現代的感覚にフィットするか否かが鍵になることを意味する。しかしながらティーンズハートは八〇年代少女小説ブームの感覚を残したまま、九〇年代に入っても刊行を続けていた。数年で急激に変わる少女たちの「今」に追いつくには、ティーンズハートのその特徴はウィークポイントになるものだった。

すでにファンを獲得している折原みとや小林深雪たちは引き続き人気が高く、本の売れ行きは好調であったが、レーベルが勢いを保つためには新たな作家がヒットを出していくことが必要となる。この時期のティーンズハートの新人作家たちはどのような作品を発表していたのだろうか。例えば原田（はらだ）やよいは、一九九二年に『ロンリーハートを抱きしめて』（一九九二年一一月）でティーンズハートからデビューしている。一九九三年に発売された二冊目の作品『そしてもっと好きになる』（一九九三年四月）は、高校二年生の主人公が美形の男子に一目惚れをしてアプローチをするストーリーだが、登場人物のディテールは以下のように描写されている。[49] 小説のなかで主人公は「一見ソバージュっぽく見える天パだけが気に入っている」平凡な女の子という設定で、一目惚れをする相手は映画「アナザー・カントリー」のなかから飛び出してきたような「グッドルッキングボーイ」とされている。初めてのデートを取り付けて二人が出かけた映画はルイス・ブニュエルで、デート時に主人公が着ているのは「姉貴から借りたボディコン風の赤いワンピ」だった。それぞれある時期の趣味嗜好をふまえたものであるが、この時期の中高生に向けたものとしては、いくらか「今」の感覚を取り逃がしたものになっていた。

ティーンズハートの小説はコバルト文庫と比較して、現実にある物や場所、トレンドを盛り込んだ作品作りが行なわれていた。そのベースは八〇年代の流行で、ある時代まではそれが少女たちの同時代感覚とマッチしていた。しかし、九〇年代に入り少女たちが関心をもつもの、流行として追いかけるものは急激に変化し、ティーンズハートは変化していく少女たちの文化に即応できなくなっていた。かつては「可愛い」と目を惹き購買意欲をそそったピンク色の文庫本は、九〇年代の少女たちにとっては以前ほどは魅力的な商品とは映らなくなっていた。ティーンズハートを支えたライト層が他のジャンルへ流出し、かつての魅力であった商品としてのパッケージ力も低下し、レーベル全体が失速をしていく。

## ティーンズハート大賞の設立

こうした状況を打破する一つの方策として、ティーンズハートは新人賞を設立する。一九九三年二月、新刊の巻末にティーンズハート大賞という新人賞の告知が掲載され、募集が行なわれた。ティーンズハートは創刊以来、編集部と繋がりをもつライターや漫画家などが少女小説を執筆する状況が続いており、新人賞の立ち上げはこれが初めてだった。ティーンズハートの新人賞は第一回（一九九三年）から第一〇回（二〇〇二年）まで募集され、表はその受賞者と作品をまとめたものである（【表1】）。

結論から言えば、ティーンズハート新人賞は、その後レーベルを牽引する作家やヒット作を生み出していない。ティーンズハート新人賞出身で、その後も作家としての活動を継続しているのは飯田(いいだ)雪子(ゆきこ)や橘(たちばな)もも、萩原麻里(はぎはらまり)など数名である。飯田雪子や萩原麻里の作品はコアな読書ファンの間では話題になったが、レーベル全体として見ると大きなヒット作というわけではなく、新人賞の設立はティーンズハートが盛り返す起爆剤とはならなかった。とはいえ、こうした時期の作品のなかにはそれまでのティーンズハートにはない、九〇年代のある時期の世相と少女たちの世界が反映され、新風を吹き込んだ作品もある。

第一回ティーンズハート大賞を受賞した飯田雪子は受賞作『忘れないで―FORGET ME NOT―』（一九九四年六月）でデビュー。デビュー作や『あの扉を越えて』（一九九四年六月）はティーンズハート的な恋愛要素は控えめで、思春期の少女たちの友情や関係性が瑞々しく描かれた色あせない作品となっている。少女の心理を繊細に描いた思春期ものの小説は、後年ホワイトハートから一部復刊されている。

ティーンズハートは少女の一人称による恋愛小説をメインカラーとしたレーベルだが、九〇年代

●＝未刊行

| | | 作者 | 作品名 |
|---|---|---|---|
| 第1回 | 大賞 | 飯田雪子 | 『忘れないで―FORGET　ME　NOT―』 |
| | 佳作 | 実川朋子 | 『マーマレードの夏』 |
| 第2回 | 大賞 | 佐伯瑞穂 | 『瞳に映る一瞬』 |
| | 佳作 | 森本由紀子 | 『夏服のころ』 |
| 第3回 | 大賞 | | |
| | 佳作 | 森美樹 | 『十六夜の行方』 |
| | 佳作 | 羽鳥あさの | 『ガールフレンド』 |
| | 期待作 | 小坂翔 | Just for you● |
| 第4回 | 大賞 | | |
| | 佳作 | 奈波志緒 | いつか、やさしい風が吹く日● |
| | 期待作 | 草薙みちる | 風の子守歌● |
| | 期待作 | あおい毅士 | 猫毛のニャン● |
| | 期待作 | 日高純 | 危険なジュリエット● |
| 第5回 | 大賞 | 奈月ゆう | 『向日葵の咲いた日』 |
| | 佳作 | | |
| | 期待作 | 網代木冬子 | 体験！男の子、はじめました● |
| | 期待作 | 梁地あさこ | 『人魚の見た夢』<br>（第9回大賞の藍川晶子。藍川としてデビュー後2002年に本作も刊行） |
| 第6回 | 大賞 | | |
| | 佳作 | 如衣まりや | 『ゆうこ－草原を渡る音－』 |
| | 佳作 | 梁地あさこ | 月が見ている● |
| 第7回 | 大賞 | | |
| | 佳作 | 水原沙里衣 | 『青き機械の翼』（受賞時の名義は坂月也美） |
| | 佳作 | 橘もも | 『翼をください』 |
| 第8回 | 大賞 | | |
| | 佳作 | 中田早紀 | 『やりなおしの夏』 |
| | 期待作 | 伊藤澄美 | 君と手をつないで● |
| | 期待作 | こぬまぱきら | 真珠星☆キラッ● |
| | 期待作 | 吉川あい | ALIVE● |
| 第9回 | 大賞 | 藍川晶子 | 『真昼の星』（以前に梁地あさこ名義で第5回期待作、第6回佳作受賞） |
| | 佳作 | | |
| | 優秀賞 | 松岡やよい | 『永遠に続く暗闇のなかで…』 |
| 第10回 | 大賞 | | |
| | 佳作 | 萩原麻里 | 『ましろき花の散る朝に』（受賞時の名義は黒沢玲奈） |
| | 佳作 | なつめ | 『静夜想』（出版時のタイトルは『羽のないボクら』） |

【表1】ティーンズハート大賞受賞者一覧（文庫巻末より作成／第4回のデータは永代屋のティーンズハート大賞データを参照）

末頃の新人賞では、いじめや高校中退、援助交際などをテーマにした小説の受賞が目立つ。第七回ティーンズハート大賞佳作を受賞した橘もも『翼をください』は一五歳の作者によるいじめ自殺をテーマにした作品である。クラスメイトが自殺し、遺書を託された主人公が、クラスの問題や両親の不和に苛立つさまが、切実な筆致で描かれていた。同世代が取り組んだいじめ問題として読者の関心を集め、寄せられた感想をまとめた『わたしたちの「翼」』（二〇〇一年五月）という本ものちに刊行されている。同じく第七回ティーンズハート大賞佳作受賞の水原沙里衣（みずはらさりい）『青き機械の翼』（二〇〇〇年五月）も、いじめがテーマとなっている。いじめの標的となり学校へ行けなくなってしまった主人公が、パソコンの中にいる少年ブルー・ウィングスと交流し、心を癒していくストーリーで、SF的な設定を用いつつ、傷ついた少女の快復を詩的に綴った。橘と水原の作風は、一方は現実的、もう一方はSF的という点で真逆であるが、どちらもいじめという切実な問題や少女たちの孤独感が強く反映された作品に仕上がっており、この時代の空気を反映したものといえるだろう。第九回ティーンズハート大賞を受賞した藍川晶子（あいかわしょうこ）『真昼の星』（二〇〇二年一月）も高校を中退し、夜間高校へ入学した少女の物語である。九〇年代後半は、一〇代の間でのいじめや自殺が問題となっていた。思春期の少女達の生きづらさや不安感が反映された小説、家庭や教室のなかで居場所を失った中高校生たちの姿を描いた作品がティーンズハート、そしてこの後取り上げるコバルト文庫に登場している。

　ただし、レーベルとしてはそこからかつての勢いを取り戻すことはなく、ティーンズハートの黄金期から活動をしていた作家たちも一九九六年頃から姿を消していく。津原やすみは一九九六年に少女小説を引退し、井上ほのかも一九九七年が最後の出版となっている。一九九六年一二月刊行分の新刊から背表紙をリニューアルし、ジャンル分けを試みる動きもあったが、レーベルカラーの刷新には繋がらなかった。[50] レーベルが最終的に廃止されるのは二〇〇六年のことであるが、九〇年代の終わりのティーンズハートにはすでにかつての面影はなく、少女小説レーベルとしての存在感を失っていた。

## 荒れる学校と少女たちの「居場所」

少女小説を一〇年単位で区切ってみたとき、九〇年代に流行していたジャンルは「ファンタジー」と総括できるであろう。しかし、より詳しく見ていくとファンタジーブームと言えるのは九〇年代半ば頃までで、それ以降は引き続き定着を見せたファンタジーに加え、少女小説レーベルのなかのBL、さらに九〇年代後半には一部作品で「学校」を舞台にした学園ものへの揺り戻しが見られるなど、より多様化が進行している。

九〇年代前半はファンタジー全盛であったが、なぜ九〇年代後半に「学校」がテーマとして再浮上してきたのか。一九九五年は一月に阪神・淡路大震災、三月に地下鉄サリン事件と日本社会が激震に揺れた一年だった。一九九六年は女子高生の援助交際をめぐる問題がたびたび取り上げられ、一九九七年五月には神戸児童連続殺傷事件が起きるなど、中高生の行動、振る舞いにまつわる事柄が社会問題として論じられる機会が増え、また学級崩壊や学校現場でのいじめも問題となっていた。

こうした状況が背景にあり、雑誌『Cobalt』には久しぶりに実録記事が登場している。一九九七年一二月から始まった「教室　心の檻から抜け出すために」は、教室で起こるさまざまなできごとを小説と投稿で考える企画で、一九九八年一〇月号まで六回にわたり連載されたコンテンツである。小説は茅野泉が手掛け、読者投稿にはいじめをはじめ、学校や家族のなかの人間関係の悩みが多く寄せられていた。茅野は一九九三年下期（第二二回）コバルト・ノベル大賞で入選を受賞し、『教室』（一九九七年二月）、『視線』（一九九七年七月）、『悲鳴』（一九九七年一二月）など、学校を舞台に生徒同士の軋んだ関係や大人への違和感をリアルに描いた小説を発表している。いじめや悪意などが生々しくむき出しになった小説は、この時期の中高生の息苦しさをかたちにしたものであった。茅野自身高校を中退し、定時制高校を卒業した経歴をもつ[51]。九〇年代後半の少女小説には、学校や社会のなかで居場所を見失った少女たちの姿がさまざまなかたちとなって立ち現れていた。

こうした時代の空気を反映した作品の一つが、一九九八年ノベル大賞に入選した深谷晶子の「サカナナ」である。選考委員橋本治が「現実を憎悪する、そして、その憎悪から抜け出すというところまで書いてある[52]」と激賞した同作は、思春期の少年少女の内面と時代の不安感が投影された青春小説となっていた。

この時期のコバルト文庫の状況を示す証言として、コバルト編集部の田村弥生の言葉を紹介したい。

> 時代によって応募作から社会の変遷が見えてきます。この時期は「学校が荒れているな」とか。ある時期感じたのは、「家族は一回、完璧に崩壊したな」という感覚でした。中学生くらいで、「家

庭や学校から離れた少人数のグループを作って生きる、疑似家族モノ」が多かったです。深谷晶子さんの『サカナナ』は象徴的だったかもしれません。[53]

学校からのドロップアウトやいびつな家族関係などを描き、なおかつ商業的な成功を収めた響野夏菜の「東京S黄尾探偵団」（一九九九年二月より）シリーズはこの時期を代表する作品の一つとなっている。響野は一九九一年下期（第一八回）コバルト・ノベル大賞に入選し、以後「カウス＝ルー大陸史・空の牙」シリーズや「アルーナグクルーンの刻印」シリーズなど、ダークファンタジーの作風で活躍していた作家であった。その響野が一九九九年から始めた「東京S黄尾探偵団」シリーズは一転して学園もので、通信制の黄尾高校が舞台となっている。

主人公の天野天衡はテニスプレイヤーとして将来を嘱望され、中学時代は全国大会で三連覇をするなど、鳴りもの入りで名門スポーツ高校に特待生入学をした有名人であった。しかし試合中のアクシデントで肩を壊してしまい、テニスプレイヤーとしての将来を諦め、学校も退学して通信制のS県立黄尾高校へ入学する。その後、母親の突然の再婚によって家族となった義理の兄天野五月が同居することになり、黄尾高校の保健室に設置された探偵事務所の出張所に足を踏み入れたことで東京S黄尾探偵団に巻き込まれ、天衡の平穏な日常は消えていく。東京S黄尾探偵団のメンバーは通信制高校に通う学生らしく、高校生から老人まで男女幅広い年齢のメンバーで構成されている。東京S黄尾探偵団が事件を解決する痛快コメディとして展開する一方で、メンバーそれぞれが重い過去を背負い、家族関係も複雑であるなどシリアスなテイストもこのシリーズの特徴となっていた。それぞれの事情を抱えて通信制高校に通うメンバーは「自由だというプライドと、普通のカテゴリーから外れた負い目が、いつも背中合わせになっている」[54]。探偵と名乗りつつギャングまがいの活動を続ける東京S黄尾探偵団を描くこのシリーズは、学校からのドロップアウトや家族関係の問題を根底に潜ませつつ、エンターテインメント性の高い学園小説として人気を博した。

他にも九〇年代後半に登場した学園小説として今野緒雪『マリア様がみてる』（一九九八年五月）も挙げられるが、この作品が『Cobalt』のなかで存在感を増すのは二〇〇〇年以降のことなので、本節では取り扱わずに次の第4章で見ていくことにする。ここではある時期のBLの流行に対抗するために女の子ばかりが登場する作品『マリア様がみてる』が誕生したこと、また「学園」というモチーフがこの時期タイムリーであったことの二点を、本章で記述してきた流れに関連する事柄として言及するに留めておく。

野梨原花南（のりはらかなん）『ちょー美女と野獣』（一九九七年五月）は、ファンタジー小説の世界のなかに当時の女子高校生言葉を取り入れたシリーズとして、話題と人気を集めた。「ちょーガッカリー」という口調の王女ダイヤモンドと、魔法によって野獣に変身してしまう王子ジオラルドによる「ちょー」シリーズは、ファンタジー設定と宮城（みやぎ）とおこによる美麗なイラストやファンタジー設定の主人公のギャップが「受けた」異色作である。九〇年代に存在感を増した女子高校生やその文化が小説と結び付き、その口調や文体が取り入れられたのもこの時代ならではの出来事であった。

ここまで見てきたように、九〇年代後半のコバルト文庫では「学校」という場が一つのキーワードとなり、一時期はファンタジー一色だったラインナップに学校を舞台にした小説の流れを呼び戻していた。思春期の少女たちの切実な不安感や孤独、現実への憎悪を反映した作品の登場は、小説が少女たちの「居場所」として求められ、機能していた様子を示すものと言える。またこれを裏返せば、この時期の読者は学校という場に生きる一〇代の少女たちが中心であった状況とも結び付いている。二〇〇〇年以降、コバルト文庫の読者の高齢化が進む状況は第4章以降で取り上げていくが、この時期はメインの読者層は中高生であり、若い世代に読まれる少女小説レーベルという状況が残っていた。

## 4　九〇年代的コバルト読者共同体

それではこの時期、コバルトではどのような読者共同体が形成されていたのだろうか。一九八五年に「少女小説家ファンクラブ」の名称で始められた公式ファンクラブは、一九八八年秋号で名称が「コバルトF・C」に改められ、『Cobalt』一九九〇年一二月号の時点で総会員数三〇〇〇〇人を集めるほどの規模に成長していた。このファンクラブは入会時に運営からの送付物を郵送してもらうための切手をコバルト編集部に送り、ファンクラブから会員証や隔月刊行の「コバルトF・C通信」が届けられるシステムになっていた。一九九一年六月号の会員追加募集を最後に、『Cobalt』誌上での追加募集の告知はされていない。そのため、誌上募集の申し込みによるファンクラブは終了したものと思われる。以前から『Cobalt』に掲載されていた「コバルトF・C」というページは継続され、誌面のなかにこの名称は残り続けている。

入会時に申込をし、独自の発行物を刊行する形式のファンクラブが終了したにせよ、これは『Cobalt』と読者の関係性が薄まったことを意味してはいない。『Cobalt』という雑誌は引き続き、誌面上での作家と読者が同時代的な感覚を共有し続けていくための場として存続していく。八〇年代の少女小説ブームの頃、女子中高生にとって少女小説を読むことは、娯楽としてメジャーな選択肢であった。しかし、九〇年代に入りファンタジーが主流ジャンルとして勢力を増し、若者文化の趨勢が変動していくにつれ、少女小説は皆にとっての娯楽の選択肢ではなく、一定の志向性をもった層に特にフィットするものとしての性格を強めていった。

桑原水菜は『青春と読書』二〇〇六年五月号のコバルト文庫創刊三〇周年特集のなかに、「九〇年代の秘密結社」というエッセイを寄せている。

九〇年代のコバルトで私がみたものは（自分とよく似た）病んで飢えた女子たちでした。『炎の蜃気楼（ミラージュ）』という作品で、私はそんな彼女たちの一番熱い部分に触れたのだと思っています。あとがきを読んで上杉まつりに殺到した女の子たちは、地元の人から来た理由を聞かれてもなかなか口を割らなかったと言います。今思うと、『炎の蜃気楼（ミラージュ）』の読者には秘密結社的な何かがあったのかもしれません。（略）九〇年代を「喪われた十年」などと言ったのは誰だったのか。ライトどころかヘヴィでディープな読み手と書き手のコミュニケーションが確かに『炎の蜃気楼（ミラージュ）』という世界には存在していました。(55)

『炎の蜃気楼（ミラージュ）』は、作品そのものがもつ大きな熱量ばかりでなく、それに引き寄せられたファンたちも「熱い」ことで知られている。熱心なファンは「ミラジェンヌ」とも呼ばれ、また山形県米沢市で開催される上杉まつりをはじめ、作品の舞台に出かける「聖地巡礼」の先駆けともなった。『炎の蜃気楼（ミラージュ）』はとりわけ「ディープ」なファンが集った作品ではあるが、ここで桑原が「病んで飢えた女子たち」と形容した感覚は、九〇年代のコバルトに通底していた雰囲気であった。『Cobalt』はコバルト作品やその登場人物に愛着をもつ熱心な読者たちが集う場であるとともに、読者同士、あるいは作家と読者たちの間で、ある「秘密結社的」な仲間感覚を共有しながら、好きなものや情報を交換するメディアとしての機能も果たしていた。今日のインターネットは、そうした特定の趣味嗜好をもつ人同士が交流するための選択肢を格段に増大させた。そのインターネットが普及する以前、紙媒体を通じたコミュニケーションの場として『Cobalt』は少女たちのための情報共有のメディアであり、また趣味を同じくする者のための「居場所」ともなっていた。

ファンタジー小説がメジャーなジャンルとなって以降、コバルト文庫でもアニメやゲームに影響を受けた世代の作家たちが活躍するようになるが、そうした作家たちはまた、『Cobalt』の誌面で好きなゲームや声優の話題を出すようになっていく。若木未生の『ハイスクール・オーラバスター』や桑原水菜の『炎の蜃気楼（ミラージュ）』はオリジナルOAV化が行なわれた作品だが、その制作にあたってレコーディング風景や、声優との対談が誌上に掲載されている。また一九九八年二月号からは、作家がヴィジュアル系バンドにインタビューする「コバルトファンファンミュージック」というコーナーが設けられ、二年ほど連載された。(56) こうした音楽ジャンルのアーティストが誌面に登場する機会が多いことにも象徴されるように、コバルト作家たちの小説作品だけに留まらず、作家の趣味や『Cobalt』読者の趣味と相性のいいカルチャーも『Cobalt』誌上で共有されていた。ファンタジー要素の強いアニメやゲーム、ヴィジュアル系をはじめとする音楽、さらに読者投稿欄には小説やキャラクターにぴったりの曲を紹介する「Just Fit Song」というコーナーもあり（のちにコーナー名は「ぴたそん」に改称）、小説作品とそれらのカルチャーとが架橋されながら、『Cobalt』は彼女たちの居場所となる共同体を構築していった。

作家たちも誌上エッセイなどで自分の好きなものに言及し、例えば「ライターズスクエア」のなかで須賀しのぶは「ミーハー・ミリタリー入門」として自衛隊見学体験や軍隊映画を紹介している。他にもコバルト派生のサービスとして、作家のメッセージやミニドラマなどのオリジナルコンテンツが聴ける「ときめきテレフォン」、作家直筆のメッセージや情報が得られる「コバルトくるりんFAX」などがあり、人気を集めていた。九〇年代のコバルトは小説や漫画、アニメや音楽などの趣味をもつ作家と読者の感覚が『Cobalt』誌面で共有されていた時代で、それは八〇年代のような広範な読者層ではなくなったものの、熱心な読者が集う場として機能していた。

誌面内における共同体についてここまで見てきたが、サイン会は、八〇年代から始められた作家とコバルト読者の対面型イベントであるファンパーティーとサイン会は、九〇年代も引き続き人気のイベントだった。一九九一年五月二六日に第一ホテル東京ベイで開かれたコバルトファンのつどい「恋きらめきティータイム東京スペシャル」は、四〇〇人のファンが参加した大規模な催しで、一九九一年八月号の『Cobalt』にそのレポートが掲載されている。[57] この頃は不定期に開催されていたが、やがて夏休み期間に行なわれるイベントとして定着し、読者が集まりやすい七月や八月に開催され、一〇月号の『Cobalt』にレポートが掲載されるという一連の様式が定まった。イベントにはその時期の人気作家たちが登場しており、一九九八年の「サイン会&おちゃべりパーティー」は静岡で金蓮花・真堂樹・須賀しのぶ、京都で秋月こお・花衣沙久羅・野梨原花南、熊本で榎木洋子・前田珠子・若木未生が参加をしている。誌上にも趣味を共有しあえる豊かな共同体が形成され、同時に対面型のイベントによる直接的な作家とファンの関わり合いも維持されるなかで、『Cobalt』は趣味嗜好を同じくする少女たちの居場所となっていた。

＊＊＊

今一度、小説の内容について振り返っておけば、九〇年代の少女小説はファンタジー小説がジャンルを席巻し、さらにはBL、そして後半には学校を舞台にした作品が浮上するなど、一つの人気モチーフやトピックで語ることのできない、テーマの多様化が大きな特徴となっていた。そうした潮流のなかでコバルト文庫は「九〇年代のコバルト文庫は、おそらく少女小説という皮を被せてあればなんでもいいという風潮があったと思うんです[58]」と編集者に回想されるほど、さまざまな作品が登場している。九〇年代は少女小説の多様化のピークであり、また黄金期とも呼べる時代であった。

（1）『出版指標年報』（一九九一年版）全国出版協会出版科学研究所、一九九一、一四一ページ
（2）『出版指標年報』（一九九三年版）全国出版協会出版科学研究所、一九九三、一一二ページ
（3）『出版指標年報』（一九九二年版）全国出版協会出版科学研究所、一九九二、一一九ページ
（4）スニーカー文庫創刊の経緯は複雑で創刊年月の表記が複数ある。本書では『出版指標年報』に記されている一九八八年三月表記に従っている。レーベル創刊の経緯は以下に詳しい。山中智省（やまなかともみ）「専門レーベルの誕生――「角川文庫・青帯」から「スニーカー文庫」へ」大橋崇行・山中智省編『ライトノベル・フロントライン2』、二〇一六、青弓社
（5）『週刊ＡＥＲＡ』一九九二年九月二九日、朝日新聞出版、五八ページ
（6）のちに『東京異聞』として一九九四年新潮社から出版。
（7）氷室は『クララ白書』（一九八〇年四月）の「あとがき―私の少女期―」のなかで愛読した数々の少女漫画

について綴っている。
(8)『Cobalt』二〇〇一年六月、集英社、一一四ページ
(9)『Cobalt』一九九一年四月号、集英社、一九ページ
(10)『Cobalt』一九九〇年一二月号、集英社、三〇八ページ
(11)『Cobalt』一九九二年一〇月号、集英社、一一五ページ
(12)『Cobalt』一九九〇年一二月号、集英社、三〇七ページ
(13)『Cobalt』二〇一六年五月号、集英社、二一ページ
(14)岩井志麻子・森奈津子・中村うさぎ「わしらが少年・少女作家だったころ」『ライトノベル完全読本』、日経BP社、二〇〇四、一五〇ページ
(15)毎日新聞社東京本社広告局編『学校読書調査』一九九二年版、毎日新聞社東京本社広告局、一三九ページ
(16)毎日新聞社東京本社広告局編『学校読書調査』一九九二年版、毎日新聞社東京本社広告局、一三九ページ
(17)毎日新聞社東京本社広告局編『学校読書調査』一九九三年版、毎日新聞社東京本社広告局、一四五ページ
(18)毎日新聞社東京本社広告局編『学校読書調査』一九九三年版、毎日新聞社東京本社広告局、一四七ページ
(19)毎日新聞社東京本社広告局編『学校読書調査』一九九五年版、毎日新聞社東京本社広告局、一三七ページ
(20)毎日新聞社東京本社広告局編『学校読書調査』一九九五年版、毎日新聞社東京本社広告局、一三九ページ
(21)毎日新聞社東京本社広告局編『学校読書調査』一九九六年版、毎日新聞社東京本社広告局、一四一ページ
(22)毎日新聞社東京本社広告局編『学校読書調査』一九九六年版、毎日新聞社東京本社広告局、一四三ページ
(23)毎日新聞社東京本社広告局編『学校読書調査』一九九七年版、毎日新聞社東京本社広告局、一一九ページ
(24)小森収（こもりおさむ）「「スーパーファンタジー文庫」創刊」『青春と読書』一九九一年三月号、集英社、一二三ページ
(25)「相次ぐ漫画の小説化、ベストセラー出現も　少年向け登場、歴史古い「少女向け」」『毎日新聞』一九九五

年一一月一七日東京夕刊、一〇ページ

(26) 椎名軽穂『君に届け』(下川香苗)、中原アヤ『ラブ★コン』(ココロ直)などがコバルト文庫から出版されている。

(27)『活字倶楽部』二〇〇〇年春号、雑草社、七四ページ

(28)「新人育成に燃えて「ルルル文庫」をつくっているルルル文庫編集部」浅尾典彦&ライトノベル研究会『ライトノベル作家のつくりかた2――メディアミックスを泳ぎぬけ!』、青心社、二〇〇九、一六三ページ

(29) ウィングス小説大賞は二〇一六年の第四七回をもって終了となっている。

(30) 近年出版されたBLやおい、腐女子をテーマにした書籍の一例として西村マリ『BLカルチャー論――ボーイズラブがわかる本』青弓社、二〇一五、溝口彰子『BL進化論――ボーイズラブが社会を動かす』太田出版、二〇一五、東園子『宝塚・やおい、愛の読み替え――女性とポピュラーカルチャーの社会学』、新曜社、二〇一五、かつくら編集部編『あの頃のBLの話をしよう――ボーイズラブインタビュー集』、桜雲社、二〇一六、山岡重行『腐女子の心理学――彼女たちはなぜBL(男性同性愛)を好むのか?』、福村出版、二〇一六などがある。

(31) かつくら編集部編『あの頃のBLの話をしよう』、桜雲社、二〇一六、一八四ページ

(32)『ぱふ』一九九四年八月号、雑草社、五二ページ

(33)「えみくり」はえみこ山とくりこ姫の二人による同人サークルで、二次創作をはじめオリジナル作品も手掛けていた。同人誌の世界におけるえみくりのインパクトは福田里香のインタビューに詳しい。桜雲社編『ライトBLへようこそ』、アスペクト、二〇一二、五四ページ

(34) くりこ姫『銀の雪降る降る――宝ヶ池の四季』(ウィングス・ノヴェルス)、新書館、一九九一、二六八ページ

(35) ウィングス文庫の一部にもBLと呼べる傾向の作品があるが、新書館は一九九八年一二月にBL専門レー

ベルディアプラス文庫を創刊しているため今回は分析対象に含めていない。

(36) 谷山浩子「「純粋なスキ」はカエルにだって恋をする」『Cobalt』一九九一年一〇月号、集英社、一八八ページ

(37) 桑原水菜『炎の蜃気楼—断章— 最愛のあなたへ』（コバルト文庫）、集英社、一九九二、一二七ページ

(38) 桑原水菜『炎の蜃気楼メモリアル』（コバルト文庫）、集英社、二〇〇五、六ページ

(39) 桑原が同人誌に発表した作品はのちに『炎の蜃気楼メモリアル』としてまとめられ、コバルト文庫から発売された。

(40) 『炎の蜃気楼』は一九九三年冬のコミケ45で単独ジャンルができている。三崎尚人「ボーイズラブの勃興と同人誌」かつくら編集部編『あの頃のBLの話をしよう』、桜雲社、二〇一六、一六九ページ

(41) 花衣沙久羅が初めて『Cobalt』本誌に登場した一九九六年四月月号では「美少年たちの愛や憎しみに彩られたストーリーを情熱的なタッチで描く」と紹介されている。

(42) 『Cobalt』二〇〇一年一〇月号、集英社、九ページ

(43) 『Cobalt』二〇〇一年一〇月号、集英社、二二〇ページ

(44) 『活字倶楽部』二〇〇〇年春号、雑草社、七三ページ

(45) 高狩高志「書店員が見た当時のBL」かつくら編集部編『あの頃のBLの話をしよう』、桜雲社、二〇一六、二四二—二四三ページ

(46) 『出版指標年報』（一九九二年版）全国出版協会出版科学研究所、一九九二、一二〇ページ

(47) 前掲『ライトノベル作家のつくりかた2』、一六三ページ

(48) 松谷創一郎『ギャルと不思議ちゃん論——女の子たちの三十年戦争』、原書房、二〇一二、一一ページ

(49) 以下の描写は原田やよい『そしてもっと好きになる』（講談社X文庫ティーンズハート）、講談社、

一九九三から。

(50) ピンクは今までどおりティーンのラブストーリーがメイン、グリーンはミステリー・ホラー・ファンタジーなどのエンタテインメント、レッドはピンクのラブストーリーを卒業した女の子のための新シリーズ、オレンジは楽しい実用書となった。

(51) 茅野泉「遠回りしてみよう」『Cobalt』一九九八年一〇月号、集英社、三五五ページ

(52) 『Cobalt』一九九八年一二月号、集英社、一二二ページ

(53) 「コバルト編集部ロングインタビュー」『ライトノベル完全読本 Vol.2』(日経BPムック)、日経BP社、二〇〇五、七六ページ

(54) 響野夏菜『東京S黄尾探偵団――少女たちは十字架を背負う』(コバルト文庫)、集英社、一九九九、一二八ページ

(55) 桑原水菜「九〇年代の秘密結社」『青春と読書』二〇〇六年五月号、集英社、一二ページ

(56) 『Cobalt』一九九八年一二月号に掲載された第一回の対談相手はDir en grey、インタビュアーの作家は花衣沙久羅と真野匡(まのきょう)だった。

(57) ゲストは藤本ひとみ、山浦弘靖、日向正一郎、前田珠子、小山真弓、山本文緒、若木未生、桑原水菜。『Cobalt』一九九一年八月号、集英社、一八八ページ

(58) 「編集部訪問　集英社オレンジ文庫を直撃!」『かつくら』二〇一五年夏号、桜雲社、五五ページ

# 第4章　二〇〇〇年代半ばまでの少女小説

一九九〇年代にはジャンルの多様化が進行した少女小説は、二〇〇〇年代に入ると新たな傾向が見られるようになる。女性主人公作品へのゆるやかな回帰である。そのことと前後してある時期から生じるのは、九〇年代に広がっていた多様性の後退であった。そうした流れを詳細に捉えるため、二〇〇〇年代半ばまでの少女小説の動向を考察していきたい。

## 1 角川ビーンズ文庫の創刊とその躍進

### ティーンズルビーからビーンズ文庫へ

二〇〇一年一〇月、角川書店から新しい少女小説レーベルが創刊された。「この秋、角川書店より新しい文庫レーベルが誕生します！　その名も〝角川ビーンズ文庫〟。ファンタジー&ロマンスの心ときめく世界をお届けします」[1]。創刊の告知とともに、このレーベルとセットになった「第1回角川ビーンズ小説賞」という新人賞への作品募集も行なわれ、角川が少女小説レーベルに本腰を入れたことがアピールされた。

新たに立ち上げられた角川ビーンズ文庫（以下ビーンズ文庫と略記する）は、角川書店における女性向け小説レーベルが細分化する流れのなかで出現している。角川書店にはもともと、BL小説専門のレーベルとして、一九九二年創刊のルビー文庫があった。BLは人気のあるジャンルではあるが、すべての少女がBLを好むわけではない。BL以外の作品も提供できる少女小説レーベルを作る目的で、一九九九年九月にティーンズルビー文庫（以下ティーンズルビーと略記する）が創刊された。

ティーンズルビー時代の編集方針を見ると、「読者が読んで感情移入できるような時代設定を心掛けてもらってます。過去よりは現代、まったくの異世界よりは学校」[2]とある。この時点では現代、そして学園ものがジャンルとして意識されている点に注目したい。実際ティーンズルビーから刊行された作品を見ると、ファンタジー系は割合としては多くはなく、ラインナップには現代を舞台にした学園小説が目立つ。

ティーンズルビーは短命に終わり、新たなレーベルとして立ち上げられたのがビーンズ文庫であった。ティーンズルビーで刊行されていた作品がビーンズ文庫で再刊行されるなど、ティーンズルビーを内容的に引き継いでいる要素も確認できる。しかし、新旧の二つのレーベル間には決定的な違いが見られた。

ビーンズ文庫の創刊から三年余りが経過した頃、『活字倶楽部』二〇〇五年春号にビーンズ文庫編集部のインタビューが掲載され、レーベルのコンセプトが説明されている。時期的には、少女小説のトップレーベルとして順調な展開をしているタイミングといえるだろう。

> 角川書店は元々少年向けのライトノベルに強い会社で、元々、ルビー文庫というボーイズラブの専門文庫はありましたが、それ以外にも女性向けレーベルを立ち上げたいということで創刊しました。活字を読みたがっている読者に焦点を当て、ファンタジーで、ボーイズラブの要素は入れずに、とにかく読者さんが主人公に自分を投影できるようなお話を作っていこう、というのがコンセプトです。また新人賞であるビーンズ小説大賞でもとにかくエンターテインメントであること。異世界であること。異世界でなくても、ファンタジーの基本は押さえていて欲しい。(3)

ここで見てとれるのは、ティーンズルビーの時代に強く意識されていた現代ものや学園ものに対するスタンスの大幅な変化である。ティーンズルビー時代には編集方針として重視されていた現代学園小説はコンセプトには取り入れられず、ビーンズ文庫のカラーは異世界ファンタジーとされた。実際、ティーンズルビーからビーンズ文庫に移行された高殿円『マグダミリア　三つの星――I暁の王の章』(ビーンズ文庫刊行時のタイトルは『王の星を戴冠せよ――バルビザンデの宝冠』)のシリーズ、志麻友紀「ローゼンクロイツ」シリーズ、喬林知「㋮」シリーズ、結城光流「篁破幻草子」シリーズなどはファンタジー作品で、現代ものは再刊行のラインナップに含まれていない。また先述のインタビューでも触れられているように、同じ角川書店にルビー文庫があるため、ビーンズ文庫ではBL小説は展開されていない。

本章の3節で改めて取り上げていくが、少女小説ジャンルでは二〇〇〇年代のある時期から現代ものや学園小説、少年主人公作品が読者に支持されなくなっていく。時期的にはそれに先立つ二〇〇一年一〇月の時点で、これらの要素を採用せず、主人公が少女のファンタジー路線へと舵取りをしたビーンズ文庫の立ち位置は、少女小説ジャンルの変遷史的にも興味深い。

「物語の鍵、異世界への扉」という創刊キャッチフレーズを掲げ、ファンタジーとロマンスを主体にしたレーベルとしてビーンズ文庫は始動する。創刊ラインナップとして榎木洋子『月の人魚姫』、前田栄（まえださかえ）『その気もないのにお宝探し（トレジャーハント）』、霜島（しもじま）ケイ『カーマイン・レッド――セトの神民』、上領彩（かみりょうあや）『フェアリー・ツインズ――プラムと竜の子供たち』、志麻友紀『ローゼンクロイツ――アルビオンの騎士』、高殿円『ジャック・ザ・ルビー――遠征王と双刀の騎士』、高瀬美恵（たかせみえ）『アンジェリークEXTRA』が出版された。

ビーンズ文庫にはさまざまな人気シリーズがあるが、まずはこのレーベルの三大ヒット作品のうちの二つ、喬林知「㋮」シリーズと結城光流「少年陰陽師」シリーズを取り上げていく。

### 喬林知と結城光流　初期ビーンズ文庫の看板作品

喬林知の「㋮」はティーンズルビー時代に始められたシリーズで、一巻目の『今日から㋮のつく自由業！』は二〇〇〇年一二月に発売された。ティーンズルビー終了後は二〇〇一年一〇月にビーンズ文庫から再刊行され、以後このレーベルの看板作品の一つとなる。

野球大好きの熱血少年渋谷有利は不良に絡まれた同級生を助けようとして返り討ちにあい、公衆トイレの洋式便器に顔を突っ込まれたところ、なぜか便器の中に吸い込まれ欧風異世界「眞魔国」に辿りつく。そこで自分が第二七代目魔王であると知らされ、たぐいまれな魔力を発揮する。普通の少年が実は魔王だったというギャップ、独特のノリとギャグセンス、また有利を取り巻く美形だがどこか変な男性キャラクターたちも個性的で、コメディ作品として人気を集めた。ビーンズ文庫の作品としては初めてアニメ化され、「今日から㋮王!」のタイトルで二〇〇五年三月からNHK－BS2で放映された。他にもコミカライズやゲーム化など、多数のメディアミックス展開も行なわれている。

結城光流も喬林同様、ティーンズルビーからデビューしている作家で、平安時代に実在した小野篁を主人公にしたファンタジー小説『篁破幻草子――あだし野に眠るもの』を手掛けていた。ビーンズ文庫から刊行された『少年陰陽師――異邦の影を探しだせ』（二〇〇二年一月）は同じく平安ファンタジーで、偉大な陰陽師安倍晴明の孫で一三歳の少年安倍昌浩を主人公にしたシリーズである。式神十二神将との絆やヒロイン彰子との関係を中心に、昌浩が人間として成長をしていくさまを描いたストーリーとなっている。少女小説のなかで平安陰陽師ものは人気のあるジャンルだが、そのなかでも『少年陰陽師』は和風ファンタジーとしての世界観を確立し、長年にわたって支持を集めている。ドラマCDやコミカライズ、ゲーム化などのメディアミックス、また二〇〇六年一〇月にはアニメ化もされフジテレビ系などで放送された。「少年陰陽師」シリーズは二〇一六年現在までに四〇冊以上刊行され、今もビーンズ文庫の看板作品として継続中である。

「㋮」シリーズや「少年陰陽師」シリーズの好調によりレーベルが軌道に乗り始めた二〇〇二年一二

月、『The Sneaker』増刊号として雑誌『The Beans』が創刊された。『The Beans』はビーンズ文庫のPR誌としての性格が強い媒体で、この雑誌でしか読めない人気シリーズの読み切り短編やコミカライズなどが掲載されていた。発行は不定期で、平均すると年に二冊ほどのペースで刊行されている(4)。同様の少女小説レーベルの母体誌としては、これまでもたびたび触れてきた集英社の『Cobalt』がある。『Cobalt』は隔月ペースの定期刊行で、人気シリーズの読み切り以外にも、単独の読み物や読者投稿の短編小説・ショートショートなどがあり、小説レーベルから比較的独立したコンテンツが多い。これと比較すると『The Beans』の機能は販促に特化しており、ビーンズ文庫の宣伝のために発行する媒体という性格が強かった。『The Beans』は雑誌特典として応募者全員サービスのスペシャルドラマCDを付けるなど、作品ファンの購買意欲を刺激する施策を巧みに取り入れ、レーベルともども部数を伸ばしていく。『The Beans』は新たにデビューする新人の売り出しにも使われ、新人のデビュー作がヒットシリーズになるというビーンズ文庫の基盤作りの役割も担っていた。

### ビーンズ文庫の新人賞とヒット作『彩雲国物語』

「㋮」シリーズと「少年陰陽師」シリーズが看板作品となり、人気レーベルとして順調な滑り出しを切ったビーンズ文庫であるが、新人賞出身の新たな作家がラインナップに加わることで、より一層その勢いを増していった。第一回ビーンズ小説賞の奨励賞・読者賞を受賞した雪乃紗衣(ゆきのさい)「彩雲国綺譚」は、二〇〇三年一一月に『彩雲国物語――はじまりの風は紅く』として発売された。「彩雲国物語」シリーズは近年の少女小説としては異例の売り上げをみせる大ヒット作品となり、ビーンズ文庫は少女小説レーベルのトップランナーとなっていく。

『彩雲国物語』の主人公紅秀麗は、名家紅家の姫ながら貧乏暮らしをしており、日々仕事に追われていた。そんな秀麗は報奨金につられ、彩雲国の国王紫劉輝の教育係として後宮に入る。即位して半年の王は政治に興味をもたず男色家と噂されており、秀麗はその知性を見込まれて王を更生する仕事を任される。一巻では陰謀を暴き、愚物を演じていた劉輝に王としての自覚をもたせて後宮を去るが、二巻以降は秀麗が女性初の官吏を目指す立身出世物語となっていく。「彩雲国物語」シリーズは女性が知性を活かして仕事をしていくストーリー、また若手美形から渋い老人まで多数登場する個性豊かなキャラクターの人気も相まって、幅広い世代を読者に取り込んだ。「彩雲国物語」シリーズも多数メディアミックスが行なわれたが、そのなかでも二〇〇六年四月のNHK－BS2でのアニメ化以降、さらに知名度が高まり、大ヒット作品として部数を伸ばしていく。「彩雲国物語」シリーズは、「㋮」シリーズと「少年陰陽師」シリーズと合わせてビーンズ文庫の三大ヒット作品として、レーベルの看板となっていった。

ある時期までのビーンズ文庫の大きな特徴として、ビーンズ小説賞を受賞した新人の販促に力を入れ、デビュー作を人気シリーズに育て上げてレーベルの基盤としていた点が挙げられる。これはコバルト作家たちの多くがデビュー作よりも、二作目以降にヒットを出すパターンが多いのとは対照的な状態と言える。歴代の角川ビーンズ大賞の受賞者を見ると（【表2】）、代表作が並んでいることがわかる。しかし受賞作より次作がヒットしている作家は、現時点では九月文のみである。九月はデビュー作『佐和山物語』（二〇〇九年二月）のシリーズよりも、次に手掛けた『銀の竜騎士団』（二〇一一年五月）のシリーズの方が高い売上を達成している。新人のデビュー作は『The Beans』で取り上げられ、またレーベルのサイトにも特集コンテンツが作られて大々的に宣伝されるなど、読者の目を惹くような販促が積極的に行なわれていた。新人の作品がヒットすることにより、レーベルはより安定するというサイクルが作られ、ビーンズ文庫はレーベル人気を高めていった。

「彩雲国物語」シリーズ以降も、小説賞受賞作がビーンズ文庫の売り上げに貢献するような新人が次々に誕生している。第四回（二〇〇五年）ビーンズ小説賞読者賞を受賞した清家未森『身代わり伯爵の冒険』（二〇〇七年三月）のシリーズは、三大ヒットに次ぐ人気作品となった。パン屋の娘という庶民育ちの主人公ミレーユが、男装をして双子の兄の身代わりになり王宮に出仕するという、王道な展開とロマンスが読者の支持を集めた。また第七回（二〇〇八年）角川ビーンズ小説賞審査員特別賞受賞の三川みり『シュガーアップル・フェアリーテイル』（二〇一〇年四月）のシリーズは、人間と妖精、さらに銀砂糖師という職業を設定した完成度の高い独自の世界観が評価を受けた人気作品である。

新人育成とともに、ビーンズ文庫が力を入れたのがメディアミックスである。メディアミックスを展開する媒体として、二〇〇五年八月にはコミック雑誌『Beans A』（ビーンズエース）が創刊されている。『Beans A』は『月間少年エース』の増刊として創刊され、角川ビーンズ文庫の作品を中心に、コミカライズ化が連載されていた。創刊号にはあさぎ桜による「少年陰陽師」シリーズのコミカライ

●＝未刊行

| | | 作者 | 作品名 | 刊行時のタイトル |
|---|---|---|---|---|
| 第１回（2002年） | 優秀賞 | 瑞山いつき | 『混ざりものの月』 | 『混ざりものの月――スカーレット・クロス』 |
| | 読者賞・奨励賞 | 雪乃紗衣 | 『彩雲国綺譚』 | 『彩雲国物語――はじまりの風は紅く』 |
| | 奨励賞 | 喜多みどり | 『呪われた七つの町のある祝福された一つの国の物語』 | |
| 第２回（2003年） | 優秀賞 | 深草小夜子 | 『悪魔の皇子』 | 『悪魔の皇子――アストロッド・サーガ』 |
| | 読者賞 | 雨川恵 | 『王国物語』 | 『アダルシャンの花嫁』 |
| | 奨励賞 | 本田緋兎美 | 『八枚の奇跡』● | |
| 第３回（2004年） | 優秀賞 | 栗原ちひろ | 『即興オペラ・世界旅行者』 | 『オペラ・エテルニタ――世界は永遠を歌う』 |
| | 優秀賞 | 月本ナシオ | 『花に降る千の翼』 | |
| | 読者賞・奨励賞 | 村田栞 | 『魂の捜索人（ゼーレ・ズーヒア）』 | 『シェオル・レジーナ――魂の捜索人』 |
| 第４回（2005年） | 優秀賞 | 和泉朱希 | 『二度目の太陽』 | 『少年は、二度太陽を殺す――若き宰相の帝国』 |
| | 読者賞 | 清家未森 | 『身代わり伯爵の冒険』 | |
| | 奨励賞 | 伊藤たつき | 『アラバーナの冒険者達』 | 『アラバーナの海賊たち――幕開けは嵐とともに』 |
| | 奨励賞 | 薙野ゆいら | 『神語りの茶会』 | 『神語りの玉座――星は導の剣をかかげ』 |
| 第５回（2006年） | 優秀賞・読者賞 | 千世明 | 『ディーナザード』● | |
| | 優秀賞 | 西本紘奈 | 『蒼闇深くして金暁を招ぶ』 | 『紅玉の契約――宗主さまの華麗な戴冠』 |
| | 奨励賞 | 葵ゆう | 『蟲使い・ユリウス』 | 『召喚王子ユリウス――任務デビューは華やかに』 |
| 第６回（2007年） | 優秀賞・読者賞 | 九月文 | 『佐和山異聞』 | 『佐和山物語――あやかし屋敷で婚礼を』 |
| | 優秀賞 | 遠沢志希 | 『封印の女王』 | 『封印の女王――忠誠は恋の魔法』 |
| | 奨励賞 | 岐川新 | 『赤き月の廻るころ』 | 『赤き月の廻るころ――紅蓮の王子と囚われの花嫁』 |
| 第７回（2008年） | 優秀賞・読者賞 | 岩城広海 | 『王子はただ今出稼ぎ中』 | 『王子はただいま出稼ぎ中』 |
| | 優秀賞・読者賞 | 宿木麻央 | 『アナベルと魔女の種』 | 『つぼみの魔女＊アナベル――弟子の種の見つけ方』 |
| | 審査員特別賞 | 三川みり | 『シュガーアップル・フェアリーテイル―砂糖林檎妖精譚―』 | 『シュガーアップル・フェアリーテイル――銀砂糖師と黒の妖精』 |

| 回 | 賞 | 作家名 | 応募作タイトル | 刊行タイトル |
|---|---|---|---|---|
| 第8回（2009年） | 大賞 | 望月もらん | 『風水天戯』 | 『風水天戯　巻之一――開け！運命のとびら』 |
| | 読者賞 | 河合ゆうみ | 『花は桜よりも華のごとく』 | |
| | 奨励賞 | 夜野しずく | 『ドラゴンは姫のキスで目覚める』 | |
| 第9回（2010年） | 読者賞 | 隼川いさら | 『リーディング！』 | 『リーディング――司書と魔本が出会うとき』 |
| | 奨励賞 | 睦月けい | 『首の姫と首なし騎士』 | |
| 第10回（2011年） | 読者賞 | 文野あかね | 『女神と棺の手帳』 | |
| | 奨励賞 | 木更木ハル | 『モノ好きな彼女と恋に落ちる99の方法』 | |
| | 奨励賞 | 時田とおる | 『フロムヘル～悪魔の子～』 | 『俺の悪魔は色々たりない！――白の祓魔師と首だけ悪魔』 |
| 第11回（2012年） | 読者賞・奨励賞 | 永瀬さらさ | 『夢見る野菜の精霊歌～My Grandfathers'Clock～』 | 『精霊歌士と夢見る野菜』 |
| | 奨励賞 | 麻木琴加 | 『外面姫と月影の誓約』 | |
| 第12回（2013年） | 優秀賞 | 響咲いつき | 『宮廷恋語りーお妃修行も楽じゃないー』 | 『宮廷恋語り――金の妃と春嵐の出会い』 |
| | 読者賞 | 羽倉せい | 『エターナル・ゲート』 | 『ニーナと精霊の扉――黒衣の公務員と碧の秘密』 |
| | 奨励賞 | あさば深雪 | 『陰冥道士～福山官のカンフー少女とオネエ道士～』 | 『百花の守り主さま――一念発起の弟子入り志願！』 |
| 第13回（2014年） | 優秀賞 | 萩野てまり | 『スノードロップーセリアと恋の調薬師ー』 | 『スノー・ドロップ――セリアと恋の調薬師』 |
| | 読者賞 | 小野はるか | 『ようこそ仙界！――鳥界山白絵巻』 | 『ようこそ仙界！――なりたて舞姫と恋神楽』 |
| | 奨励賞 | 秋月かなで | 『魔術師キリエの始め方』 | 『使い魔王子の主さま――恋と契約は突然に』 |
| | 審査員特別賞 | 天川栄人 | 『ノベルダムと本の虫』 | |
| 第14回（2015年） | 優秀賞・読者賞 | 山崎里佳 | 『フェアリータイムズ～英雄魔術師と囚われの乙女～』 | 『フェアリータイムズ――英雄魔術師と恋知らずの乙女』 |
| | 奨励賞 | 九江桜 | 『灰被り異聞』 | 『いじわる令嬢のゆゆしき事情――灰かぶり姫の初恋』 |

【表2】角川ビーンズ小説大賞リスト（作家名はデビューした時のもの）

2011年版『出版指標年報』「2010年　ライトノベル売れ行きランキング 女性向きトップ10」に、この受賞作のうち『彩雲国物語』(1位)と『身代わり伯爵の冒険』（8位）の2作がランクインしている。

ズ、他にも由羅カイリによる『彩雲国物語』のコミカライズなどがあり、漫画以外では人気シリーズの書き下ろし小説も掲載されている。『Beans A』は二〇〇九年一一月に廃刊となるまで二一号にわたり発行されており、コミックスから小説へという流れを作り出し、新たな読者を獲得するメディアとしての役割を果たしていた。

## ビーンズ文庫とキャンペーン

二〇〇九年一〇月、ビーンズ文庫創刊八周年のキャンペーンとして「マメレージ」が行なわれた[5]。書籍の帯についているポイントを集めて応募すると特典がもらえるキャンペーンで、期間は二〇〇九年一〇月一日から二〇一〇年一〇月三一日消印有効の一年間、「ビーンズ王国マメレージ・キャンペーン」の帯がついた角川ビーンズ文庫全作品、その他関連雑誌や書籍が対象商品となっていた。集めたポイント数に応じた特典は以下のように定められている。

コース1：抽選5ポイント80人サイン色紙　※3か月毎に抽選：各20名様
コース2：全員10ポイントビーンズ王国3王子からのメッセージ・カード（前期：暑中見舞い、後期：クリスマスカード）
コース3：全員20ポイント身代わり伯爵HP「秘密のお部屋」のパスワード
コース4：全員40ポイントビーンズ特製2011年4月始まりカレンダー

コース5：全員60ポイントビーンズ特製サイン入りカラー複製原画セット
コース6：全員80ポイント彩雲国物語＆少年陰陽師書き下ろし特製小冊子限本

原則として一冊一ポイントで、推薦図書は二ポイント、新人二ポイントなど多少差別化は図られていたが、一冊あたりのポイントは決して高くなく、高ポイントのコースに応募するためにはかなりの冊数を購入しなければならなかった。人気シリーズの彩雲国物語＆少年陰陽師書き下ろし特典に必要なポイント数は、八〇ポイントと高く設定されている。これは、ポイントを集めるために通常は手に取らない作品を購入するという購買行動を読者に促すことにもなり、マイレージ期間中ビーンズ文庫の売り上げは非常に好調だった。他のレーベルでもキャンペーンは頻繁に行なわれており、店舗特典のペーパーをつけることなども珍しくはないが、マメレージは読者にとって経済的な負担の大きいキャンペーン方式である。裏を返せばこの時期のビーンズ文庫の勢いとレーベル人気を示すものでもあり、こうしたキャンペーンを行なえるほど人気シリーズが充実していた。

少女小説レーベルのトップを邁進していたビーンズ文庫は、現在も売り上げではトップランナーであることには変わりはない。しかし二〇一一年頃から、ビーンズ文庫はかつてのような圧倒的な勢いを徐々に失っていく。新人賞受賞作が低調に終わるようになり、新人のデビュー作を売り出すビーンズの手腕に陰りが見えてくる。そして二〇一一年七月、近年の少女小説としては異例の売り上げを見せていた「彩雲国物語」シリーズが終了した。三大ヒットの一つ「㋮」シリーズは長らく新刊が刊行されず、定期的に新刊が発売されているのは「少年陰陽師」シリーズのみとなる。「身代わり伯爵の冒険」シリーズや「シュガーアップル・フェアリーテイル」シリーズ、睦月けいの「首の姫と首なし騎士」シリーズなどが人気を集めていたものの、三大ヒットシリーズ全盛期に比べると、レーベルのパワーダウンは否めない。

ビーンズ文庫は二〇一二年からウェブ小説出身の作家がラインナップに加わり、二〇一三年一〇月にはレーベルを大幅に刷新する。このリニューアル以降、ボカロ小説、そして「小説家になろう」(後述)作品の書籍化へと大きく方向転換し、ビーンズ文庫の特徴であった「物語の扉、異世界への鍵」としての少女小説や新人育成が後退していく。この時期のビーンズ文庫の転換については第5章で改めて取り上げていく。

## 2 『マリア様がみてる』と『伯爵と妖精』 ゼロ年代前半のコバルト文庫とヒット作

### 『マリア様がみてる』のヒット

角川ビーンズ文庫が創刊され、多数のヒット作を世に放つなか、老舗の集英社コバルト文庫でも大きな成功を収めた作品が登場する。それが、二〇〇〇年代のコバルト文庫を代表する作品、今野緒雪『マリア様がみてる』（以下『マリみて』と略記する）のシリーズである。

『マリみて』以前のコバルト読者にとって、今野緒雪は長らく「夢の宮」シリーズや「スリピッシュ！」シリーズを手掛ける実力派のファンタジー作家として認識されていた。今野は「夢の宮」で一九九三年上期（第二一回）コバルト・ノベル大賞に入選、さらに読者大賞も受賞と、初の大賞&読者大賞ダブル受賞者として、デビュー時から注目を集めていた。当時のコバルト・ノベル大賞の選考委員を務めた岩館真理子、菊地秀行、高橋源一郎、氷室冴子による全員一致の受賞で、菊地が「雄渾のドラマの迫力に呑みこまれそうになりながら息づく人間群像。そのかがやき――ああ、いい小説を読んだ。良かったよ、今野さん」[6]と激賞するように、四人から絶賛される鮮烈なデビューとなった。受賞作の『夢の宮～竜の見た夢～』（一九九四年三月）のシリーズは、九〇年代のファンタジーブームの空気を反映しつつ、独自の世界観を構築したオリエンタルファンタジーである。いつどことも知れぬ場所にある国「鸞」を舞台に、後宮「夢の宮」にまつわるさまざまな恋人たちの出会いと別れの物語が語られていく。「夢の宮」という共通した背景世界をもつオムニバスシリーズとして『夢の宮』は書き続けられていった。

ファンタジーを中心に執筆をしていた今野が新たに手掛けたシリーズ『マリア様がみてる』（一九九八年五月）は、それまでの作風とはがらりと変わり、現代日本が舞台になっている。今野はインタビューのなかで、元々は作家仲間で集まったお酒の席で生まれたアイディアで、最近の少女小説はボーイズラブが多くて女の子があまり出てこないから寂しい、女の子をたくさん出すために女子高ものを書かなければという雑談が作品誕生の契機になったと語っている[7]。

最初の「マリア様がみてる」は、『Cobalt』の一九九七年二月号に読み切り短編として発表されている[8]。この短編の主人公は二条乃梨子で、物語ものちの「マリみて」シリーズの第一巻より一年後に設定されていた。そして一九九八年五月、主人公を福沢祐巳に変更し、コバルト文庫の書き下ろしとして『マリア様がみてる』が刊行。雑誌掲載時の挿絵はあおい由麻が手掛けているが、文庫化に際しイラストレーターがひびき玲音に替わり、以後すべてひびきが担当している。

『マリみて』が登場した一九九七年から一九九八年は、第3章で見てきたように、コバルト文庫のなかにBL作品が増加していた時期である。一九九七年以降は「ボーイズ・ラブ」という言葉も使用され、レーベル全体のなかでBL色が強くなっていた。こうしたBLの対極として女の子が多数登場する小説のコンセプトが生み出され、また第3章3節で取り上げたように、九〇年代後半に学園小説への揺り戻しが見られたことなどが、『マリみて』が誕生する背景にあった。

『マリみて』は私立リリアン女学園を舞台にした現代学園小説である。リリアン女学園は明治三四年創立の伝統あるカトリック系お嬢様学校、幼稚舎から大学まで一貫教育を受けられる乙女の園と設定されている。物語はこんな書き出しで幕を開ける。

「ごきげんよう」

「ごきげんよう」

さわやかな朝の挨拶が、澄みきった青空にこだまする。

マリア様のお庭に集う乙女たちが、今日も天使のような無垢な笑顔で、背の高い門をくぐり抜けていく。

汚れを知らない心身を包むのは、深い色の制服。

スカートのプリーツは乱さないように、白いセーラーカラーは翻さないように、ゆっくりと歩くのがここでのたしなみ。もちろん、遅刻ギリギリで走り去るなどといった、はしたない生徒など存在していようはずもない。(9)


挨拶は「ごきげんよう」、同級生同士は名前に「さん」を、上級生を呼ぶときは名前に「さま」と、現代学園ものといわれて想像するようなカジュアルさとは少し異なり、浮世離れしたテイストをもつ設定である。さらにリリアン女学園高等部には先輩が後輩を指導する「姉妹（スール）」システムがあり、上級生と下級生は姉妹の契りを結びその証としてロザリオの授受を行なう。生徒会は山百合会、生徒会役員は薔薇さまと呼ばれるなど、リリアン女学園高等部はどこまでも甘美でロマンティックに描かれている。本作の主人公、高校一年生の平凡なお嬢さま福沢祐巳はある朝、憧れの上級生小笠原祥子に呼び止められて制服のタイを直される。これをきっかけに祐巳は祥子の妹選びに巻き込まれ、さらに山百合会のメンバーとも交流を深めていく。

『マリみて』はコバルト史的にみれば、氷室冴子の「クララ白書」や「アグネス白書」シリーズ、久美沙織の「丘の家のミッキー」シリーズなどの系譜を受け継ぐ作品と位置付けられる。女子中高という花園を舞台にした友愛の物語は、たびたびコバルト文庫に登場してはヒットを見せるジャンルである。『マリみて』第一巻刊行時のコピーは、「超お嬢さまたちが繰り広げる、しとやかでちょっと過激な学園コメディ!」となっている。話をやや先取りして言えば、結果的には『マリみて』は「コメディ」としては受容されず、女性同士の恋愛を描いた「百合」作品として読まれ、人気を集めていった。

元祖青春コメディの『クララ白書』と『アグネス白書』は、伝統的な少女小説のモチーフである寄宿舎を舞台にしつつ、その当時の現代的な感覚を取り入れたコメディに仕上げられていた。美化されすぎない寄宿舎や学校生活のなかで描かれているのは、主に同級生たちとの友情や絆である。「丘の家のミッキー」シリーズは、主人公未来がお嬢様学校華雅学園から、湘南の森戸南女学館へ転校するところから物語が始まる。生粋の華雅エンヌしか入れない社交クラブ「ソロリティー」や憧れの上級生麗美なども登場するが、お嬢様学校とは真逆の校風である転校先で未来が居場所を獲得し、またボートを通じて知り合った青年朱海との恋が話の主軸となっている。

『マリみて』は、少女同士のコミュニティを描く作品特有の世界観が魅力の一つとなっていた。第1章で少し触れたように、戦前期の少女小説ではエスと呼ばれる少女同志の友愛の物語が好まれ、このジャンルの作品として吉屋信子の『花物語』や川端康成(中里恒子)『乙女の港』などが知られている。[10]『花物語』や『乙女の港』などの少女小説に息づいていたエスの精神を引き継ぎつつ、現代の乙女の園リリアン女学園を舞台に純粋培養のお嬢様たちの日々が描かれていく。ある読者にとっては女子高特有の懐かしい空気を思い出させる物語であり、またある層には親密な関係性を描く百合小説として人気を集めていく。

『マリみて』では山百合会メンバーを中心に、次々と魅力的なキャラクターが登場し、読者はさまざまなタイプの美少女たちが繰り広げる関係性を楽しむことができる。『夢の宮』ではストーリーありきの書き方が採られていたが、『マリみて』はキャラクターに引きずられていると今野も述べているように[11]、キャラクター人気が高いこともヒットの要因となっていた。

「マリみて」シリーズは、第一巻の刊行直後からブレイクしたわけではない。しかし、ある時期から口コミが広まり、やがて二〇〇〇年代のコバルト文庫を代表するシリーズにまで人気は拡大していく。その広がりは、通常の少女小説読者層を超え、普段はコバルト文庫を読まない男性読者の間でも「マリみて」シリーズは認知されるようになる。男性読者への浸透にはさまざまなルートがあったと考えられるが、ここでは一つの例として、男性顧客を多く抱える漫画専門の特集を取り上げたい。以下は、漫画・ライトノベル専門店まんが王八王子店が二〇〇一年四月に開催した『マリみて』特集の作品紹介文である[12]。

「ごきげんよう」純粋培養の乙女たちが集う、私立リリアン女学院。制服を翻らせないようにゆっくりと歩くことがここのたしなみ。汚れをしらず、温室育ちのお嬢様が箱入りで出荷される今どき珍しい学園。ここには清く正しい学園生活を受け継いでいくため先輩が後輩にロザリオを渡すことで「姉妹（スール）」となるシステムが存在していた。そんなお嬢様学校に通うごく一般の目立たない生徒である福沢祐巳。秋になるのに姉をもたない彼女が偶然か必然か、ある朝遭遇した出来事から一気に運命は変わっていった。紅薔薇さま（ロサ・キネンシス）／白薔薇さま（ロサ・ギガンティア）／黄薔薇さま（ロサ・フェティダ）そしてその妹であるつぼみ（プゥトン）。生徒会である山百合会を巻き込む大騒動。祐巳は憧れのお姉さまと結ばれることができるのか（笑）

グズでノロマなドジっ娘祐巳は気高く美しい薔薇さまのつぼみである祥子さまに見初められ姉妹の契りを結ぶもドジっ娘故に「はわわ〜、お、お姉さま、大変ですぅ」と大変なドジっ娘ぶりを何度となく披露しては祥子さまの白眼を受けてしまうのですがそんな祐巳をそっと影から見守るのは唯一ガチンコ百合を実践し純粋培養の女学生たちを喰い散らかす聖リリアン学院のハンニバルこと白薔薇さまだったのです！　あ、あんたボクのドジっ娘をどうするつもりにゃー！　重度の萌えスランプだったボクも乙女たちの集うコバルト的禁断の園を前に正気を保っておられません！（おられなすぎです）（2001／04／11）[13]

まんが王では、男性読者を想定した文面で『マリみて』のPRが展開され、また「百合」という言葉が用いられているように、百合作品として消費する読み方が示されている。まんが王八王子店は男性顧客を多く抱えるショップであり、こうした店舗で男性向きの販促が行なわれることにより、普段はコバルト文庫を手に取らない層にまで作品が知られ、異例の男性人気を獲得していった。さらにインターネットのなかでも『マリみて』は話題になり、作品の認知度は高まっていった。二〇〇二年四月に刊行されたシリーズ第一〇巻『レイニーブルー』は、祐巳と祥子のすれ違いが解消されないままその巻が終わってしまい、次巻を待ちわびる読者たちのやきもきが「レイニー止め」という用語を生み出すほどとなった。インターネットや口コミを通じて評判が広まっていた『マリみて』は、二〇〇四年一月から放映されたアニメ化を機により一層ブレイクし、『マリみて』ブームが出現した。

## 『Cobalt』のなかの『マリみて』

一方、『Cobalt』側に目を転じると、二〇〇二年頃までは誌上で看板シリーズとして扱われる様子はなく、『マリみて』の存在感はあまり高くない。今野は二〇〇二年の『Cobalt』に短編を二作載せているが、どちらも「マリみて」シリーズではない。二〇〇二年二月号掲載の「ヴァレンタインゲーム」は読み切り、二〇〇二年八月「ちょーヒロイン特集」に掲載の「ロアデルは本日多忙」は「スリピッシュ！」シリーズのエピソードである。二〇〇二年までは「マリみて」シリーズをプッシュする様子はあまりなく、あくまでコバルト内における一シリーズという扱いであった。

『マリみて』が『Cobalt』のなかでようやく存在感を増し始めるのは、二〇〇三年のことである。二月号のヴァレンタイン特集では『マリみて』が初めて表紙を飾り、読み切り短編として「マリア様がみてる――ショコラとポートレート」が掲載された。翌四月号でも「マリア様がみてる――羊が一匹さく越えて」とたて続けに「マリみて」シリーズの読み切りが載り、さらに年末の一二月号ではアニメ化が発表された。このアニメ化以降、『マリみて』はコバルトの看板作品扱いとなり、以後『Cobalt』で頻繁に特集が組まれ、表紙にも登場していく。

アニメ版「マリア様がみてる」は、二〇〇四年一月から三月までテレビ東京系列で放映された。アニメは好評を博し、二期は同じくテレビ東京系列で「マリア様がみてる〜春〜」として二〇〇四年七月から九月まで放映されている。一期は深夜アニメであったが、二期では日曜午前に放送時間帯が移されたこともあり、「マリみて」はさらに多くの人に知られるようになっていく。アニメ版「マリみて」はその後、ＯＶＡとして「マリア様がみてる　３ｒｄシーズン」が二〇〇六年から二〇〇七年にかけてリリースされ、二〇〇九年一月からはＵＨＦ局やアニメシアターＸなどに放送局を移して「マリア様がみてる　４ｔｈシーズン」が放映と、最終的に四期にわたって製作される人気コンテンツとなった。また長沢智(ながさわさとる)作画でコミカライズもされ、マーガレットコミックスとして刊行されている。男性向けライトノベルなどと比較し、アニメ化が行なわれにくい少女小説のなかにあって、『マリみて』は幅広くメディアミックスされてより勢いづき、ブームを後押しした。

『マリみて』は、『ライトノベル完全読本』[14]による「売れ行き好調&話題のライトノベルベスト20」のなかでも存在感を発揮し、二〇〇三年度と二〇〇四年度[15]の二年連続で一位に輝いている。ランキングは売り上げと独自のアンケート調査を合わせたものであるが、この時期の『マリみて』がいかに人気を博していたかがここからも読み取れる。ライトノベルのランキングで『マリみて』が一位を獲得したのも、作品を支持する男性読者たちが大勢いたからであろう。女性読者が主流ではあるが、元々コバルト文庫には一定数男性読者もおり、男性ファンがいること自体は珍しいわけではない。しかし、「「マリア様」のようにサイン会に男の人ばかり並ぶというのはびっくりしましたね[16]」と編集部が言うほどファンの男女比が通常のコバルト作品とは異なっていた。

『マリみて』はコバルト文庫の系譜にある伝統的な要素を受け継いだ作品である一方で、その受容のされ方は極めてイレギュラーなかたちで行なわれている。今後少女小説のヒット作は出ても、『マリみて』のように多数の男性読者を獲得する作品はそうそう生まれないだろう。また、清らかな乙女たちが繰り広げるやや現実離れした高校生活を、「百合」として読む層も多かった。女子高を舞台に女の子ならではの世界を描く作品はこれまでもコバルト文庫にあったが、今野が打ち出したのは学年の違う女の子、姉妹の契りを結んだ「お姉様と妹」という独特な関係性である。上下関係が生み出す緊張感と距離感によって、友愛に留まらず百合としても読み込めるものとなっていた。

今野自身は「あの世界が全部〝百合だ〟というのは違うと思いますが、百合といわれることに抵抗はありません[17]」というスタンスを取り、物語のなかに百合として解釈される要素があることを認めている。『マリみて』が百合作品であるかは人によって解釈が異なるであろうが、百合という文脈でも読み込むことが可能な世界が展開され、百合ブームの流れを作った作品という意味でもこのジャンルへ与えた影響は大きい[18]。二〇〇三年六月には初の百合専門誌『百合姉妹』（マガジン・マガジン）が創刊されているが、創刊号の表紙を手掛けているのは「マリみて」シリーズのイラストレーターひびき玲音である。『百合姉妹』廃刊後は実質的な後継雑誌である『コミック百合姫』(二〇〇五年七月)が発行され、百合市場の定着に貢献している。『マリみて』のブレイク時期はジャンルとしての百合が社会的に注目を浴びはじめた時期と重なっており、そうした意味でも『マリみて』は、コバルト文庫や少女小説といった通常ある程度は限定的なファン層に支えられている作品群とは根本的に違う受容がなされていた。

『マリみて』がブレイクした二〇〇三年から二〇〇四年にかけては、コバルト文庫の看板シリーズの一つである桑原水菜『炎の蜃気楼(ミラージュ)』の終了時期と重なっていた。コバルトを支えた『炎の蜃気楼(ミラージュ)』に替わる新たな看板としての『マリみて』の登場は、レーベルの基盤となるヒット作品という意味でもタイミングがよいものであった。「マリみて」シリーズは『マリア様がみてる――フェアウェルブーケ』(二〇一二年四月)で完結し、さらにスピンオフ作品として祐巳の弟福沢祐麒を主人公にした「お釈迦様もみてる」シリーズも刊行されるなど、二〇〇〇年代のコバルトを代表するヒット作として少女小説史に名前を刻んでいる。

## 『伯爵と妖精』にみるコバルト中堅作家のヒットと長期シリーズ

二〇〇四年のコバルトは、『マリア様がみてる』のアニメ化に沸いた一年だった。しかしまた、二〇〇四年はコバルトの歴史にとってもう一つの重要作品が生まれた年でもあった。それが、谷瑞恵

「伯爵と妖精」シリーズである。二〇〇四年三月に第一巻が発売され、コバルトにおけるヴィクトリア朝ものの先駆けとなった『伯爵と妖精』は、『マリみて』以降のヒットシリーズとして、二〇〇〇年代のコバルト文庫の代表作の一つとなっていく。

谷瑞恵は「パラダイスルネッサンス―楽園再生―」で一九九七年第六回ロマン大賞に佳作入選し、デビューしている。受賞作はスーパーファンタジー文庫から刊行され、他にも『夜想』（一九九八年四月）など、初期はスーパーファンタジー文庫の作家として活動をしていた。『摩天楼ドール』（二〇〇〇年三月）のシリーズからコバルト文庫に執筆の場を移し、『魔女の結婚』（二〇〇一年四月）のシリーズなども手掛け、『伯爵と妖精』開始時はコバルト文庫における中堅作家というポジションにあった。

谷の人気がブレイクした「伯爵と妖精」シリーズの内容を見ていきたい。舞台は一九世紀半ばの英国、主人公のリディアは妖精と会話することができ、その知識で妖精と人間の共存を手掛ける妖精博士（フェアリードクター）の仕事をしている。しかし妖精の存在がほとんど信じられていないこの時代では、リディアは変わりものと見なされていた。そんなリディアはロンドンにいる父に会うためスコットランドから船に乗るが、そのなかで事件に巻き込まれ、事件を通じて出会った美貌の青年エドガーに依頼され、彼が「妖精国伯爵」と呼ばれるアシェンバード伯爵になるのを助けることになる。

エドガーは女好きの口説き魔で、リディアのことも積極的に口説いていく。優雅でかっこいいが素性がわからず大悪党かもしれないエドガーを警戒しつつ、リディアは仕方なく妖精博士として協力をしていく。以後リディアはエドガーに正式に妖精博士として雇われ、甘い言葉で口説かれつつもそれをかわすという関係性のなか、さまざまな事件を解決していくことになる。

『伯爵と妖精』はストーリーの面白さに加え、腹黒で一筋縄ではいかない口説き魔エドガーのキャラクター、そしてリディアとエドガーのなかなか進展しない恋愛模様も人気を集めていた。恋愛がメインテーマになりつつも、複雑なヒーローの設定やストーリー展開でファンを魅了している。『伯爵と妖精』は『Cobalt』二〇〇八年四月号でアニメ化決定の情報が解禁され、以後は『マリみて』と並ぶコバルト文庫の看板作品として扱われていく。アニメ『伯爵と妖精』は二〇〇九年一月から放映され、アニメ自体は『マリみて』のようにシリーズ化されるヒット作とはならなかったものの、少女小説では数少ないアニメ化作品の一つとして知名度を高めていった。

『伯爵と妖精』が始まった二〇〇四年は、谷と同期で同じくスーパーファンタジー文庫でデビューし、『カナリア・ファイル』(一九九七年一〇月)のシリーズなどを手掛けていた毛利志生子が、「風の王国」シリーズを開始した年でもある。『風の王国』は古代チベットの吐蕃国を舞台にした歴史ファンタジーで、史実と少女小説ならではのロマンスを融合させて好評を博した。主人公の翠蘭は唐の皇帝の姪として生まれるが、唐と吐蕃の和平のために吐蕃へ嫁ぎ若き王リジムの妻となる。翠蘭とリジムのロマンス、激動の時代のなかで戦い生きていく強い女性の姿が魅力となり、『風の王国』は毛利の代表作となった。

『伯爵と妖精』や『風の王国』のように、二〇〇四年はコバルト文庫の中堅作家が、九〇年代に比べて男女の恋愛要素が強いシリーズを発表し、ヒット作が生まれた時期である。九〇年代の少女小説は主題やジャンルが多様化していたが、二〇〇四年頃から男女の恋愛というモチーフが人気を集め、少女小説にロマンスを求める傾向が強まってきた。女性を主人公にしたファンタジー小説が人気ジャンルとなり、また八〇年代以降増加した長期シリーズというかたちで展開されていたのもこの時期の特徴である。

『伯爵と妖精』が先鞭をつけたコバルト文庫のヴィクトリアンものは、人気ジャンルとして定着し、以後もヴィクトリア朝を描いたヒット作がコンスタントに登場している。青木祐子（あおきゆうこ）の『ヴィクトリアン・ローズ・テーラー』もヴィクトリア朝を舞台にした物語で、シリーズ第一巻『恋のドレスとつぼみの淑女』は二〇〇六年一月に発売されている。一九世紀のイギリス、ロンドン郊外の町リーフスタウンヒルにある仕立屋「薔薇色（ローズ・カラーズ）」は、店主でお針子のクリスと売り子のパメラの二人が切り盛りしているお店である。クリスが仕立てるドレスは恋をかなえてくれると評判を呼び、そんなドレスをめぐる物語と、内気なクリスと侯爵令息シャーロックのなかなか進展しない恋の行方が見どころになっている。

ここに挙げたヴィクトリアンものには、主人公が「働く女性」であるという共通点がある。『伯爵と妖精』のリディア、『ヴィクトリアン・ローズ・テーラー』のクリスは中流階級の女性として設定されているが、いずれも仕事をもち働いている。これらに限らず、二〇〇〇年以降の少女小説では「お仕事もの」や「職業もの」と呼ばれる、働く女の子をテーマにした小説が増加を見せている。『伯爵と妖精』や『ヴィクトリアン・ローズ・テーラー』はコバルト文庫の作品だが、角川のビーンズ文庫でも初の女性官吏を目指し、国試に受かった後も茶州に赴任し奮闘する『彩雲国物語』、銀砂糖師になり男性中心の工房で職人として働く『シュガーアップル・フェアリーテイル』など、ストーリーに仕事を取り入れたヒット作が生まれている。働く女の子という設定が二〇〇〇年代に好まれるようになったのも、少女小説の読者年齢が高くなり、社会のなかで仕事をする女性がヒロインとして共感を得やすくなったことが背景にあると思われる。少女小説の読者層の変化は、次節で取り上げていく。

また『伯爵と妖精』や『風の王国』のように、この頃までの少女小説は、シリーズ作品が数十巻程度の規模で長期刊行されることがしばしばあった。『伯爵と妖精』は全三三巻、『風の王国』は全二七巻、『ヴィクトリアン・ローズ・テーラー』は全二九巻（短編集を含む）と、それぞれ三〇巻前後で完結している。こうしたロングシリーズでは、作品ごとのストーリーを展開させつつ、シリーズを通してヒーローとヒロインのなかなか進展しない恋愛模様を描くことが可能となっている。この傾向は、おおよそ二〇〇八年頃を境にして変化していく。それ以降は長期シリーズが減少し、長く続くシリーズでもかつてのような三〇巻単位ではなく一〇巻前後になり、近年ではもっと短く終わる作品も増えている。このようにシリーズが全般に短期化していくことは、恋愛の描写の仕方にも変化を及ぼす。長い時間をかけてヒロインとヒーローが愛を育むじれったい関係を描くことは難しくなり、また別のかたちの恋愛が主流となっていく。少女小説のメインモチーフは恋愛であると考えられることが多いが、その描き方は一様ではなく、二〇〇〇年代以降も変化を見せていく。

ある時期までの女子中高生にとって、エンターテインメント小説を読む時に選択するレーベルの数はそれほど多くはなかった。しかし二〇〇〇年前後からその状況に変化が生じ、少女たちの読書生活に関わる新たなジャンルが登場し、女子のための読み物の幅が広がりを見せていく。

## 3　少女小説における学園小説の衰退と読者層の変化

少女たちにとって、新たな読書ジャンルとして身近になったのが、「ライトノベル」と呼ばれる作品群である。ライトノベルというジャンルの成立そのものが一つの議論となっているが[19]、本書ではジャンルの起源は一九七〇年代まで遡るものと捉え、富士見ファンタジア文庫の神坂一「スレイヤーズ！」シリーズが刊行された一九九〇年を、現在に繋がるライトノベルの始まりと見なす立場を取る。

また剣や魔法が人気ジャンルだった時期に発表された上遠野浩平（かどのこうへい）『ブギーポップは笑わない』（電撃文庫、一九九八年二月）は、ライトノベルの歴史を変える記念碑的作品となり、以降の流れに大きな影響を与え、一九九三年六月創刊と後発だった電撃文庫をライトノベルのトップレーベルへと押し上げていった。当時のライトノベルは異世界ファンタジーが中心だったが、『ブギーポップは笑わない』では日常的な学園を舞台にし、学園に潜む人食い化け物をブギーポップが倒すというストーリー構成になっている。その物語を記述するために採られた手法は、「事件」をさまざまな登場人物たちの複数の視点から描き出すというものであった。上遠野は「ブギーポップ」シリーズの複数視点から描写する手法について、氷室冴子が得意としたやり方であり、氷室が八〇年代に行なったことの繰り返しだと述べている。[20]なお複数視点を用いた氷室作品としては「なぎさボーイ」「多恵子ガール」シリーズなどがある。淡々とした文体で学校の日常や高校生の恋愛を描きつつ、裏で進行する「事件」を立体的に浮かび上がらせていく上遠野の手法は、それまでのライトノベルとは異なる新しいものであった。

ブギーポップ以降、ライトノベルのなかで学園を描いた作品が人気を集めていく。ゼロ年代前半のヒット作で学園を舞台にした作品として、秋山瑞人（あきやまみずひと）『イリヤの空、UFOの夏』（電撃文庫、二〇〇一年一〇月）、高橋弥七郎（たかはしやしちろう）『灼眼のシャナ』（電撃文庫、二〇〇二年一一月）、谷川流（たにがわながる）『涼宮ハルヒの憂鬱』（角川スニーカー文庫、二〇〇三年六月）、成田良悟（なりたりょうご）『デュラララ!!』（電撃文庫、二〇〇四年四月）、鎌池和馬（かまちかずま）『とある魔術の禁書目録（インデックス）』（電撃文庫、二〇〇四年四月）などがある。

二〇〇四年の時点で、メディアワークス代表取締役の佐藤辰男は、電撃文庫の対象年齢について「作品によりますが、最近は一〇代の女の子が大量に入ってきている印象はありますね。そうした読者からは、電撃文庫の他の作品も読みたいという声ももらっています」と答えている。[21]ライトノベルのメイン読者層は中高校生男子ではあるが、一〇代の女子もライトノベルというジャンルに親しみ、その本を手に取る機会が増えていった状況がここからも読み取れる。

学校読書調査では、二〇〇〇年前後からすでに女子中学生の回答にライトノベル作品が挙げられるようになっていた。一九九九年の学校読書調査では高校一年女子の五位が高畑京一郎『タイム・リープ』（電撃文庫）、一二位が深沢美潮『フォーチュン・クエスト』（電撃文庫）、同一二位に上遠野浩平『ブギーポップ・リターンズVSイマジネーター』（電撃文庫）[22]、二〇〇〇年は中学一年女子の一〇位に深沢美潮『フォーチュン・クエスト外伝』（電撃文庫）、中学二年女子の七位に安井健太郎『ラグナロク』（角川スニーカー文庫）がランクインしている。[23] なおこの時期、少女小説は学校読書調査のランキングには時折登場するのみとなっている。中高生女子の読書生活のなかで以前ほど少女小説というジャンルが力をもたなくなり、逆にライトノベルが少女たちの読み物として少しずつ身近なものになっていく。

続く二〇〇一年以降の学校読書調査では、世界的な大ヒット作「ハリー・ポッター」シリーズが人気を博し、他にも『ダレン・シャン』などの翻訳ファンタジー小説、またその時々のベストセラーがランキングを独占する時期が続いていく。その影響もあり、ライトノベル作品の受容はこの調査からは読み取りにくい状況になっているが、時雨沢恵一『キノの旅』（電撃文庫、二〇〇〇年七月）のシリーズはコンスタントにランク入りをしている。『キノの旅』は、中性的なルックスの少女キノと、自我をもち喋るバイクのエルメスが世界をめぐる物語で、旅人であるキノは傍観者の視点からさまざまな国をまわっていく。寓意的な世界観は男女を問わず支持を受け、学校読書調査の定番作品として長くランクインをしていた。

またライトノベル以外にも、女子中高生の読書生活に大きな影響を与えるジャンルがこの時期に出現している。「ケータイ小説」と呼ばれるジャンルは、ある時期ティーンのなかで最も支持を集めた読み物で、多くの読者を獲得した。ケータイ小説の先駆けはYoshiの『Deep Love』とされている。二〇〇〇年一〇月から携帯電話で読むことを前提にウェブ上に連載された『Deep Love』は口コミで女子高生の間に広まり、最初は自費出版で書籍化された後、二〇〇二年にスターツ出版から刊行されて大ヒット作品となった。『Deep Love』は援助交際を繰り返す女子高生アユを主人公に、売春・レイプ・自殺・ドラッグ・妊娠・不治の病などが描かれる内容となっている。携帯電話で読むことを前提とした形式や文体、衝撃的な内容がハイスピードで展開される物語は物議を醸す一方で、女子中高生からは「泣けて」「感動できる」読み物として圧倒的な支持を受けた。

ケータイ小説は学校読書調査のなかでもある時期以降、ランキングのメインを占めるようになった。最初に学校読書調査にランクインしたのは二〇〇三年で、『Deep Love』が高校二年生女子の八位、高校三年生女子の八位に登場している。[24] 翌年二〇〇四年は「Deep Love」シリーズの受容が著しく進んだ年で、中学二年生女子は四冊、中学三年女子は三冊、高校一年二年女子はさらに『Dear Friends』を加えてYoshiの著書が五冊、高校三年生女子も二冊ランクインするなど、女子中高生のなかでケータイ小説を読む風潮が完全に定着したことが読み取れる。[25]

ここで取り上げたYoshiの『Deep Love』は、ケータイ小説としては第一世代に当たるもので、そのブームは二〇〇〇年から二〇〇五年頃までの間とされている。[26] Yoshiはこの当時三〇代の男性で、『Deep Love』執筆にあたり女子高生へのインタビューを行ない、それを元に小説を手掛けている。Yoshi以降のケータイ小説ブームでは、携帯サイト「魔法のiランド」に投稿されたアマチュアの手によるケータイ小説、それも自身の実体験であるという触れ込みで執筆された〝リアル系〟と飛ばれるケータイ小説が人気を集め、これが「第二次ケータイ小説ブーム」と言われている。第二次ブームのはしりはChaco『天使がくれたもの』（スターツ出版、二〇〇五年一〇月）で、以後美嘉（みか）『恋空〜切ナイ恋物語〜』（スターツ出版二〇〇六年一〇月、以下『恋空』と略する）、メイ『赤い糸』（ゴマブックス、二〇〇七年一月）などがベストセラーになった。

本書ではケータイ小説に関して内容や形式ではなく受容を概観するに留めるが、[27] 二〇〇三年以降女子中高生の間で「Deep Love」シリーズをはじめYoshi作品が人気を集めるかたちで定着し、二〇〇七年の学校読書調査で中学一年二年女子と高校一年から三年女子のライキングで『恋空』が一位、『赤い糸』が二位とトップを独占し、中学三年女子でも『赤い糸』が一位で『恋空』が三位になるなど、ケータイ小説は女子中高生の間で人気ジャンルとなる。[28] ケータイ小説は、普段活字をあまり読む習慣のない層に広く浸透するという特徴をもち、そうした読者を取り込むことで大ヒットに繋がっていった。

## 「学園」や「少年主人公」の退潮

女子も親しむようになったライトノベル、そして中高生世代に圧倒的に支持されたケータイ小説などが登場したことでティーンの読者状況は九〇年代とは大きく変わっていく。かつては中高生の読み物の定番であった少女小説は、こうしたジャンルに読者が流れることで、読者層が少しずつ「少女」ではなくなっていく。現役の女子中高生が手にするジャンルがライトノベルやケータイ小説に分散していく一方、九〇年代に少女小説を読むようになった層が引き続き読者として残ることで、自然と読者平均年齢が高まった。少女小説における「お仕事もの」ジャンルの人気も、この時期の少女小説のメイン読者が中高生ではなくなっていることを示唆するものだろう。

少女小説以外のジャンルが隆盛していくなかで、少女小説の内部にも変化が生じていく。少女向け読み物の選択肢が少なかった時期のコバルト文庫にはさまざまなタイプの作品があり、その多様性がレーベルの特徴となっていた。少女たちの趣味嗜好を幅広く受け止めるものとして、ファンタジー、SF、ミステリー、学園小説、少年主人公小説、BLなど、さまざまな作品がコバルト文庫や『Cobalt』で展開されていた。しかし二〇〇六年前後を境に、コバルトに連綿と続いていた学園小説、そしてBLを含む少年主人公小説が減少し、男女の恋愛がメインテーマとして求められるようになっていく。

コバルトにおけるこうした変化は、作家側からも指摘がなされている。二〇〇五年に「花ざかりの夜」でノベル大賞に佳作入選した松田志乃ぶ(まつだしのぶ)は、『子猫のための探偵教室』(二〇〇六年一二月)でコバルト文庫デビューをしている。松田はデビュー作について「私の中でのコバルトさんのイメージは、学園もので男の子もいてという感じだったので、それに沿ったわりとオーソドックスな話を書いたつもりでした。でも実際は、その前後から少女小説の流れは異世界ファンタジー全盛に変わっていて、結果的に異色作みたいになっていますね（笑）[29]」と語っているが、この時期のコバルトでは「学園もの」と「少年主人公もの」は後退し、かつてのような「売れ線」ではなくなっていた。

それまで多様だったコバルトのジャンルが狭まったことを、須賀しのぶも二〇〇九年に行なわれたインタビューのなかで指摘している。「私がデビューした頃はね、もっと大らかだったんですよ。だから少女向けでも色々なジャンルが許されてたんですけど、今はもう「恋愛がメインじゃないと駄目」なので、ちょっとなかなかね[30]」と、自身の作風と、今の少女小説のトレンドがかみ合わないことを述べている。また須賀は舞台設定としてシビアで重いものが好まれないことを語り、「今は皆、姫系ですね[31]」と言うように、読者に支持される設定や主人公の属性が固定されつつある状況を指摘している。

二〇〇六年以降に生じた少女小説の変化は、次の第5章のなかで改めて分析を行なっていく。ここではその変化の端緒となった、かつては人気ジャンルであった「学園もの」や「少年主人公もの」が後退していく状況を、具体的な作品を取り上げつつ見ていきたい。

九〇年代のコバルト文庫を代表する若木未生「ハイスクール・オーラバスター」、そして桑原水菜「炎の蜃気楼（ミラージュ）」は、どちらも現代を舞台に男子高校生が主人公として設定されたサイキックシリーズである。他にも異世界ファンタジーの榎木洋子「リダーロイス」シリーズや「龍と魔法使い」シリーズ、中華風カンフーアクションの真堂樹「四龍島」シリーズなどが九〇年代半ば頃に人気を博した男性主人公作品であった。九〇年代後半には、現代の学園を舞台にした少年主人公の青春群像劇を描く響野夏菜「東京S黄尾探偵団」というヒット作も生まれている。

多くのヒットシリーズが生み出されていったように、少年主人公作品はコバルト文庫の人気ジャンルであったが、こうした作品を発表してきた作家たちも、少女主人公ものへと転換していく。真堂樹は二〇〇一年の時点では現代学園を舞台にした少年主人公コメディ「青桃院学園風紀録」シリーズを刊行していたが、二〇〇六年六月に一五巻で完結させると、次にスタートしたのは『姫なのに王子(プリンス)』(二〇〇七年六月)のシリーズという、真堂作品としては初めての女性主人公ものであった。あるいは、スーパーファンタジー文庫でデビューした瀬川貴次は、少年主人公の平安陰陽師ものを得意とし、「暗夜鬼譚」や「聖霊狩り」シリーズなどを手掛けていたが、二〇〇六年一二月から開始した「旋風天戯」シリーズでは、少女を主人公にしている。

さらに、一九九八年以降続いていたBL路線も縮小していく。一九九八年以降、『Cobalt』では毎年一〇月にボーイズラブ特集を行なっていたが(一九九九年を除く)、二〇〇五年一〇月号を最後に、翌二〇〇六年からは開催されなくなった。『まほデミー週番日誌』で知られる南原兼のシリーズ最終巻『魔法学園♥征服ジュエル』は二〇〇五年六月に刊行、コバルトデビューのBL作家朝丘戻。も二〇〇五年九月刊行の『ドラマ』を最後にコバルト文庫からの刊行はなく、二〇〇五年でBL路線が整理されている状況がうかがえる。一時期は非常に多かったBL作家たちは、以後あさぎり夕や真船るのあ、奈波はるかをはじめとする一部作家の作品のみが継続される状態となった。

これら二〇〇〇年代半ばの少年主人公作品、そして学園小説の後退は何を示しているのであろうか。

この背景には、ライトノベルをはじめ少女小説以外のジャンルで学園や少年主人公作品が増加し、そちらの方が一〇代の読者がより共感できるものとして受容された流れがあると思われる。少女小説の読者年齢が高くなり、主要層が二〇代以上になるにつれ、学園という設定と読者との相性がかつてほどではなくなり、需要が低下していく。

例えば、少女小説全般についての考察とは異なるが、近接した時期にＢＬにおいても同様の現象が生じていた。かつて全盛を誇った学園ものが衰退し、その後サラリーマン作品が人気となる変化があったことが指摘されている。ＢＬ作家の松岡なつきは「学園ものブームの終焉は、変化の一つだったと思います。おそらくあれは、書き手も読み手も大人になっていったということなんじゃないでしょうか[32]」とその変化を捉えている。つまり、学園ものは若い読者層に支持されるジャンルとして捉えられ、その退潮が読者層の高年齢化と結び付けられていることになる。同様のことが少女小説のジャンルにも生じていたといえるだろう。少女小説のなかで学園小説が徐々に後退していったのは、この時期から新たに少女小説を手に取る若い読者の参入が減少した結果としての現象であった。

二〇〇六年までにかけて、コバルト文庫では女性を主人公にした恋愛ファンタジーが人気を集め、少年が主人公になった小説や現代の学園を舞台にした作品が「受けなくなる」という状況が生み出されていく。そしてここで起きた変化は、二〇〇八年前後から少女小説のジャンルを巻き込んでいく「姫嫁」ブームの下地ともなっていくのである。

### 『Cobalt』誌上における作家の役割の変化

読者年齢が高くなったことは、雑誌『Cobalt』のなかの読者共同体や作家の誌面露出の仕方にも変化をもたらした。第2章で述べたように、かつての『Cobalt』は、作家と読者とが直接交流する場をコンスタントに設けていた。それは作家個人のパーソナリティーを強く打ち出すことで、読者の愛着を強くする回路を作り出すための方策だった。特に、作家と読者が交流する場として催されていた「サイン会&おちゃべりパーティー」は八〇年代から続く定番イベントで、九〇年代にかけても引き続き行なわれていた。

その「サイン会&おちゃべりパーティー」が、一九九九年を最後に開催されなくなる。それ以後、同イベントのような大規模なファンパーティーは行なわれず、代わりに作家個別のサイン会のみが開催されるようになった。これは一イベントの休止というだけに留まらず、作家のパーソナリティーをいかに見せていくかという方向性の変化をも示唆する。二〇〇〇年頃までは、誌面にも頻繁に作家たちのインタビューなどが掲載され、作家自身がアイコンとなるような特集記事が組まれることも少なからずあった。しかし、このような傾向の記事は二〇〇〇年代以降は減少し、作家の姿は以前ほどは誌面のなかで見かけられなくなっていく。

しかし、作家が誌面に露出し、読者との回路を形成することそのものが全くなくなったわけではない。二〇〇〇年代以降、コバルト作家たちの『Cobalt』誌面への露出が見られる機会は、コバルト文庫の根幹である新人賞に関連した記事や特集が主体となっていく。それは、作家が誌面露出によって果たす役割が、「読者からコバルト作家を誕生させる」というルートを提示することへと収斂していくことを意味する。コバルト作家たちは、自らも投稿を通じてプロとなり、『Cobalt』誌面に名を連ねる、作家志望の読者にとっての先達である。桑原水菜がコバルト・ノベル大賞を投稿先に選んだ理由として、「氷室冴子先生や新井素子先生の作品を中学時代に読んでいたので、それを出している媒体で表現してみたかったからということがあります[33]」と答えているように、読者からその媒体の作家へという道筋は『Cobalt』が培ってきた伝統でもある。

二〇〇〇年代以降のコバルト作家たちは、誌面への露出が主として新人賞関連特集に絞られていくことで、かつてのようにパーソナリティーがタレント的に消費されるというよりは、作家志望者の「先輩」としての役割を強めていった。例えば二〇〇七年一〇月の『Cobalt』では「ノベル大賞・ロマン大賞　あなたも小説家になれる！」という特集が組まれ、人気作家たちが誌面に登場しているが、ここで作家に尋ねられているのは小説を書くための方法であり、求められているのは先輩作家としての体験談なのだ。『Cobalt』ではこのように、作家になるための特集が定期的に組まれ、ロマン大賞やノベル大賞への応募方法なども詳しく解説されていた。

二〇〇〇年代の『Cobalt』とコバルト文庫は、主要読者層が中高生から離れつつあったこともあり、かつてのように若い読者と作者が交流するファンパーティーや、作家のパーソナリティーに触れることを目的にした誌面記事は消滅していく。しかし、「読者から作家へ」というモデルは継承され、作家たちは『Cobalt』に先輩作家として登場することで、読者が書き手となってレーベルを牽引するというコバルト文庫の伝統を繋ぐ役割を果たしていた。

（1）『活字倶楽部』二〇〇一年夏号、雑草社、六三ページ
（2）『活字倶楽部』二〇〇〇年春号、雑草社、七五ページ
（3）『活字倶楽部』二〇〇五年春号、雑草社、六九ページ
（4）『The Beans』は二〇〇二年一二月に『The Sneaker』の増刊として創刊、二〇一一年三月刊行の一六号まで発行される。『The Sneaker』の休刊以降は『The Premium Beans』としてリニューアルし、一号が二〇一一年七月、二号が二〇一二年七月に刊行されたがこれ以降は休刊状態にある。
（5）キャンペーンについては以下のサイトに内容が掲載されている。（http://gihyo.jp/ad/pr/2009/NRR200957168）［最終アクセス：二〇一六年一〇月二四日］
（6）『Cobalt』一九九三年六月号、集英社、六四ページ
（7）『活字倶楽部』二〇〇二年夏号、雑草社、一四ページ
（8）最初の読み切りは再構成され、「マリみて」シリーズの第九巻『チェリーブロッサム』の「銀杏の中の桜」として収録されている。
（9）今野緒雪『マリア様がみてる』（コバルト文庫）、集英社、一九九八、六ページ
（10）今野はインタビューで吉屋信子の『花物語』を初めて読んだのは『マリみて』を書き始めてからであり、また「エス」についても同様で後から知ったと答えている（今野緒雪「『マリア様がみてる』のまなざし――〝姉妹〟たちの息づく場所」『ユリイカ』二〇一四年一二月号、青土社、四〇ページ）。『マリみて』執筆の背景

にあったのは今野自身の女子高体験や他の女子高出身者たちのエピソードであった。

（11）『活字倶楽部』二〇〇二年夏号、雑草社、一五ページ

（12）まんが王八王子店は一九八五年五月に創業。二〇一五年四月三〇日をもって八王子店は閉店し、現在はオンラインショップ「まんが王倶楽部」として運営されている。

（13）まんが王（http://www.mangaoh.co.jp/topic/topic_group.php?i_id=257）［最終アクセス：二〇一六年一〇月二四日］

（14）『ライトノベル完全読本』（日経BPムック）、日経BP社、二〇〇四、一四ページ

（15）『ライトノベル完全読本 Vol.2』（日経BPムック）、日経BP社、二〇〇五、一四ページ

（16）「コバルト編集部ロングインタビュー」『ライトノベル完全読本 Vol.2』（日経BPムック）、日経BP社、二〇〇五、七八ページ

（17）前掲『ユリイカ』二〇一四年一二月号、三九ページ

（18）二〇一六年に刊行された『百合の世界入門』は百合漫画を紹介するムックであるが、缶乃（かんの）や玄鉄絢（くろがねけん）をはじめとする漫画家たちのインタビューのなかでもたびたび『マリみて』が言及されており、百合というジャンルへの強い影響が伺える。『百合の世界入門』（玄光社MOOKムック）、玄光社、二〇一六

（19）ライトノベルというジャンルの問題を取り扱った書籍として、大森望・三村美衣『ライトノベル☆めった斬り！』、太田出版、二〇〇四、新城（しんじょう）カズマ『ライトノベル「超」入門』（ソフトバンク新書）、ソフトバンク クリエイティブ、二〇〇六、山中智省『ライトノベルよ、どこへいく——一九八〇年代からゼロ年代まで』、青弓社、二〇一〇、大橋崇行『ライトノベルから見た少女/少年小説史——現代日本の物語文化を見直すために』笠間書院、二〇一四などがある。

（20）上遠野浩平・西尾維新（にしおいしん）・北山猛邦（きたやまたけくに）「スーパー・トークセッション」『ファウスト Vol.5』講談社、

二〇〇五、一六七ページ
(21) 佐藤辰男「電撃文庫とともに歩んできた年月」『ライトノベル完全読本』(日経BPムック)、日経BP社、二〇〇五、一一五ページ
(22) 毎日新聞社東京本社広告局編『学校読書調査』二〇〇〇年版、毎日新聞社東京本社広告局、一二三ページ
(23) 毎日新聞社東京本社広告局編『学校読書調査』二〇〇一年版、毎日新聞社東京本社広告局、一四一ページ
(24) 毎日新聞社東京本社広告局編『学校読書調査』二〇〇四年版、毎日新聞社東京本社広告局、九九ページ
(25) 毎日新聞社東京本社広告局編『学校読書調査』二〇〇五年版、毎日新聞社東京本社広告局、一〇五ページ、一〇七ページ
(26) ケータイ小説におけるこの分類は本田透(ほんだとおる)『なぜケータイ小説は売れるのか』(ソフトバンク新書)、ソフトバンク　クリエイティブ、二〇〇八に基づいている。
(27) ケータイ小説については以下に詳しい。速水健朗(はやみずけんろう)『ケータイ小説的。——〝再ヤンキー化〟時代の少女たち』、原書房、二〇〇八
(28) 毎日新聞社東京本社広告局編『学校読書調査』二〇〇八年版、毎日新聞社東京本社広告局、九七ページ、九九ページ
(29) 『かつくら』二〇一二年冬号、桜雲社、五九ページ
(30) 「須賀しのぶのつくりかた」浅尾典彦&ライトノベル研究会『ライトノベル作家のつくりかた2』、青心社、二〇〇九、一〇四ページ
(31) 前掲『ライトノベル作家のつくりかた2』、一一五ページ
(32) かつくら編集部編『あの頃のBLの話をしよう』、桜雲社、二〇一六、一四〇—一四一ページ
(33) 『Cobalt』二〇〇一年四月号、集英社、二〇三ページ

# 第5章　二〇〇六年から現在までの少女小説

## 1　二〇〇六年前後の少女小説レーベルの再編成

二〇〇六年、コバルト文庫はレーベル創刊三〇周年を迎えた。これまで本書で記述してきたように、コバルト文庫と『Cobalt』は、時期に応じた特性の変化を見せつつも、少女小説レーベルとして歩みを積み重ねてきた。コバルト文庫が節目を迎えたこの時期の少女小説界は、老舗が安定感を見せる一方で、レーベルの廃止と新レーベルの創刊が相次ぐ、様変わりした季節でもあった。

このジャンルの変動の端緒となったのは二〇〇六年三月、ティーンズハートが終了したことである。一九八七年二月に創刊され、少女小説ブームのなかで爆発的に成長を遂げたこのレーベルは、九〇年代後半から勢いを失っていき、二〇〇一年以降は新刊が隔月刊行となるなど、刊行ペースの縮小が見られた。最後のラインナップは秋野ひとみ『ラストシーンでつかまえて』上・下、折原みと『アナトゥール星伝20――黄金の最終章（エピローグ）』、風見潤『夜叉ヶ池幽霊事件――京都探偵局』、小林深雪『奇跡を起こそう～もう一度』の四冊となっている。その顔ぶれは、ティーンズハート全盛期を支えた折原みとと小林深雪、一〇〇冊以上刊行された秋野ひとみの「つかまえて」シリーズ、同じくこちらも長期シリーズの風見潤「幽霊事件」と、ティーンズハートの歴史を思わせるラインナップだった。ティーンズハートは八〇年代少女小説ブームのトレンドであった「少女の一人称による恋愛小説」という様式を、レーベルのカラーとして保ち続けていた。その一方で、少女小説の流行は時代によって移ろいゆく。ティーンズハートの終了は、レーベルが保ち続けたある時代の特色と、時代の流行との間に距離ができていくさまをあらわす出来事ともいえよう。

八〇年代少女小説ブームの流れを受け、一九九一年八月に創刊された小学館のパレット文庫も、ティーンズハート終了と同じ年、二〇〇六年一二月に終了を迎える。レーベル外部で活躍する作家がラインナップに並ぶ体制を続けてきたが、それはまた、レーベルならではの作家を育成して定着させるという、独自カラーの確立ができないことと表裏一体であり、時にウィークポイントになるものだった。

これら、八〇年代の少女小説ブームに由来するレーベルが終了していく一方で、新たな少女小説レーベルの立ち上げも相次いだ。二〇〇六年一〇月、エンターブレインからビーズログ文庫（創刊時はB's-LOG文庫）が創刊される。(1) 創刊ラインナップは剛しいら『金の王子と金の姫〜神の眠る国の物語〜』、志麻友紀『神父と悪魔――カープト・レーギスの吸血鬼』、流星香『封縛史―あなたのお悩み、封じます―』、日向真幸来『春に来る鬼〜骨董店「蜻蛉」随縁録〜』、オトメキハイスクール制作委員会『オトメキハイスクール―運命の子、ヨミ―』の五冊。

B's-LOGという名前からBLレーベルと勘違いされることもあったが、BL作品は含まれない少女小説レーベルである。もっとも、執筆陣には剛しいらをはじめ、普段はBLのジャンルで活動している作家が男女の恋愛小説を手掛けているのもこのレーベルの特徴だった。同じ版元から乙女のためのゲーム雑誌『B's-LOG』が発行されているが、これはビーズログ文庫の母体雑誌というわけではなく、あくまで別物の雑誌である。しかしながらビーズログ文庫自体にゲームとの親和性はあり、人気乙女ゲーム『緋色の欠片』や『薄桜鬼』などのノベライズされている。

　ビーズログ文庫は、ラブコメに強いところがレーベルの特徴となっている。早い段階でレーベルカラーを確立し、また軽め&甘めが好まれるこの時代に合ったテイストのシリーズを打ち出していくことで軌道に乗った。レーベル立ち上げ期のヒット作としては、少年主人公の金沢有倖（かなざわありこ）「闇の皇太子」や流星香「お庭番望月蒼司朗」シリーズ、ラブコメとしてはかたやま和華（わか）「お狐サマ」シリーズなどがある。

　また新人賞も実施しており、ここからレーベルの顔となる作家も登場している。第九回えんため大賞ガールズ部門奨励賞&第一回B's-LOG文庫新人賞を受賞した小野上明夜（おのがみめいや）の『死神姫の再婚』（二〇〇七年一〇月）のシリーズは、レーベルを代表する作品である。『死神姫の再婚』は次節で取り上げる「姫嫁」作品の先駆けともいえ、ビーズログ文庫のカラーを作り上げた意味においても重要な役割を果たした。また近年の作家では二〇一二年第一三回えんため大賞ガールズノベルズ部門二期優秀賞受賞作石田（いしだ）リンネ「おこぼれ姫と円卓の騎士」シリーズも好評を博している。

　一度少女小説から撤退した小学館は二〇〇七年五月、少年向けのライトノベルレーベルのガガガ文庫とともに、少女向きレーベルのルルル文庫を立ち上げ、再度このジャンルに参入した。「恋と冒険は乙女のたしなみ！」というキャッチコピーを掲げ、ファンタジック・ドラマチック・ロマンチックな正統派の少女小説レーベルというのがルルル文庫の特徴であった。パレット文庫はある時期からBLレーベルに近い刊行状況になっていたが、ルルル文庫ではBL路線は取り入れず、少女主人公のファンタジー小説を展開していく。創刊ラインナップは篠原千絵『天は赤い河のほとり外伝～魔が時代の黎明～』、深山くのえ『舞姫恋風伝』、倉吹ともえ『沙漠の国の物語～楽園の種子～』、高殿円『プリンセスハーツ～麗しの仮面夫婦の巻～』、ひかわ玲子『エル・デオの眠れる王に――クリセニアン夢語り1』、飯坂友佳子『怪盗Jを探せ！クロニクル』、中里融司『空色のリンク』、霜島ケイ『封殺鬼――鵺子ドリ鳴イタ1』、西谷史『黄金の剣は夢を見る』、タニス・リー著・築地誠子訳『パイレーティカ――女海賊アートの冒険（上）』の一〇冊だった。

深山くのえはパレット文庫時代の新人賞出身の作家で、ルルル文庫では「舞姫恋風伝」シリーズや「桜嵐恋絵巻」シリーズなど、和風ファンタジー作品を手掛けている。高殿円の『プリンセスハーツ』は複数レーベルにまたがって展開されているパルメニアシリーズの物語で、高殿ならではのエンタメ性と少女小説らしい華やかさを融合させた作品となっていた。創刊ラインナップで目を引くのは翻訳小説で、ルルル文庫は少女小説レーベルとして珍しく、翻訳を刊行していた。翻訳ものの先例として、集英社が一九八三年に立ち上げたコバルトY・A・シリーズがあるが、表紙には写真が用いられ、アメリカのヤングアダルト文学を紹介するという性格が強いものだった。ルルル文庫の翻訳小説は、「イマドキのイラストで読む海外翻訳小説」として、現在の少女小説やライトノベルのパッケージングで刊行された点に特徴があった。ルルル文庫の翻訳小説は面白い試みではあったが、『エノーラ・ホームズの事件簿～届かなかった暗号～』（二〇〇九年一〇月）を最後に途切れている。

新人育成を怠って衰退したパレット文庫の反省をふまえ、ルルル文庫は小学館ライトノベル大賞ルルル部門を開催し、新人発掘に力を入れていく。第一回（二〇〇六年）ルルル賞受賞の片瀬由良（かたせゆら）「愛玩王子」シリーズ、同じく第一回佳作の宇津田晴（うつたせい）「珠華繚乱」シリーズ、第二回（二〇〇七年）期待賞の鮎川（あゆかわ）はぎの「横柄巫女と宰相陛下」シリーズ、第五回（二〇一一年）ルルル賞&読者賞受賞の宮野美嘉（みやのみか）「幽霊伯爵の花嫁」シリーズなど、新人賞経由の作家たちも誕生した。他にも読者の投票が順位を決定する新人小説賞ルルルカップなど、読者参加型の新人賞も試みられている。ルルルカップは投稿された上位一〇作品をウェブ上に公開し、読者が作品を読み投票をする新人賞で、第六回（二〇一三年）まで継続された。第一回ルルルカップの第一位を獲得した葵木（あおき）あんねの『女王家の華燭』は、加筆されて二〇一〇年五月に刊行されている。

正統派の少女小説レーベルが持ち味だったルルル文庫であるが、二〇一二年から一三年頃にかけてシリーズものを終了させ、以後一巻完結の読み切り作品が増えていく。このような方針となった理由は明かされていないが、作家ではなくシリーズに読者がつくといわれている少女小説で、読み切りメインは難しいところがある。二〇一六年四月、募集中であった第一一回小学館ライトノベル大賞ルルル文庫部門原稿募集の中止が発表され、さらに創刊以降毎月刊行されていた新刊も、二〇一六年八月を最後に、以降は不定期に刊行する体制となっている。

二〇〇八年七月、一迅社文庫アイリスが創刊される。一迅社はもともとコミックなどで知られる出版社であるが、二〇〇八年五月に少年向けの一迅社文庫を立ち上げ、続く七月には少女小説レーベルも始動した。創刊ラインナップは夏居(なつい)あや『LOVELESS――泡沫の絆』(原作・イラスト:高河(こうが)ゆん)、和泉桂『葬月記』、志麻友紀『パステルと空飛ぶキャンディ』、葉山透(はやまとおる)『ルーク&レイリア――金の瞳の女神』、小牧桃子(こまきももこ)『ハートの国のアリス~時計仕掛けの騎士(ナイト)~』(原作:Quin Rose)の五冊。

一迅社は新人育成にはそれほど力を入れておらず、執筆陣は他レーベルデビューの作家が多いのが特徴となっている。レーベルの代表作としては本宮(もとみや)ことは『聖鐘の乙女』(二〇〇八年八月)のシリーズなどがある。一迅社文庫大賞アイリス部門という新人賞もあり、New-Generation銀賞を受賞した伊月十和(いつきとわ)が『壊滅騎士団と捕らわれの乙女』でデビューしている。一迅社文庫アイリスはウェブ小説「小説家になろう」作品(後述)の書籍化にも積極的に取り組んでいる。

こうした新規レーベルに加え、継続中のコバルト文庫、ホワイトハート、新書館ウィングス文庫を加えたものが二〇一六年一一月現在の少女小説レーベル布陣となっている。

レーベルの動向を確認したうえで、二〇〇〇年代半ば以降の少女小説のジャンルがどのような流れとなっていたのかを見ていきたい。

## 2 少女小説ジャンルのなかの「姫嫁」作品の増加

前章では二〇〇〇年から二〇〇五年頃にかけて、少女小説ジャンルのなかで学園小説や、少年主人公作品が後退していった状況を取り上げた。かつては人気だったこれらに替わり、少女小説のなかで増加したのが「姫嫁」と呼ばれるジャンルである。「姫嫁」とは、主人公の属性が「姫」や「嫁」である物語を指す。主人公が「姫」という立場にあること自体は少女小説における王道ともいえ、格別目新しいわけではない。しかし新たに「嫁」という属性が登場し、姫（もしくはそれに類する身分）のヒロインが結婚をするところから始まる物語が増加する傾向が見られた。

ある時期までの少女小説は結婚がゴールとなる場合が多く、結婚のその先、夫婦となったカップルの姿を描くことはそれほどポピュラーではなかった。「姫嫁」小説は、物語の結末として二人が結ばれて結婚をするという展開ではなく、物語のスタートが結婚、その多くは政略結婚というかたちを取るものが多い。こうした物語の先駆けとしては、ホワイトハートの森崎朝香（もりさきあさか）「花嫁」シリーズが挙げられる。シリーズ第一巻に当たる『雄飛の花嫁』は二〇〇四年一一月に発売されており、政略結婚をテーマにした恋愛中華ファンタジー、同一の世界をベースにした一冊完結のオムニバスという形式など、のちの「姫嫁」作品の定番の様式が取られていた。しかし少女小説のなかで「嫁」属性が注目を浴びるのは二〇〇七年前後のことで、また森崎の中華花嫁シリーズは悲恋で終わる作品も少なくないなど、のちに増加していくような「いちゃラブ姫嫁[2]」ものとはカラーが異なっている。森崎のような作家はいたものの、少女小説のなかで「嫁」がジャンルとして浮上してくるのは、二〇〇六年から二〇〇八年にかけて行なわれたレーベルの再編成以降の現象であった。

二〇〇七年一〇月にビーズログ文庫から刊行された小野上明夜の「死神姫の再婚」シリーズは、最初の夫が結婚式を挙げている最中に殺されたため「死神姫」の名前をつけられた没落貴族の少女が、成り上がり貴族で悪名高い公爵と再婚するところから物語が始まる。再婚相手の公爵は金と地位はあるが歴史と名誉に欠け、そのために名門だが貧乏でさらに死神姫と不名誉な称号をつけられているアリシアをかたちばかりの妻として金で買う。最初にその事を告げられたアリシアは「ライセン様、いいえ旦那様お買い上げありがとうございます！」「あなたが成り上がりでお金と地位しかない方で良かったわ。」「傷物で申し訳ありませんけど、どうぞ末永くよろしくお願いしますわ！」と返答する[3]。天然なアリシアと、彼女を金で買ったものの予想外の性格に面食らうライセンを中心とした新婚ラブコメは、独特のキャラクター造形、そして政略結婚から始まった二人が少しずつ距離を縮めて心を通わせていくさまが読者の支持を受け、レーベルを代表する作品となった。「死神姫の再婚」というヒットシリーズが生まれたビーズログ文庫は、これをきっかけにハイテンションラブコメというレーベルカラーをより一層強めていく。さらにこの作品によって「嫁」属性のヒロインが注目を浴びることになり、政略結婚から始まる恋愛小説という様式がレーベルを超えて席巻していった。

## コバルト文庫のなかの「姫嫁」の出現とその背景

二〇〇八年六月、一冊の本がコバルト読者の間で話題になった。『そして花嫁は恋を知る――黄金の都の癒し姫』（二〇〇八年六月）と題されたその小説は、小田菜摘（おだなつみ）という聞きなれない作家の手によるものだった。コバルト文庫がまだ外部作家の「拾い上げ」をそれほど多く採用していないこの時期に、新人賞受賞者ではない書き手として、小田は読者の目を引いた。『そして花嫁は恋を知る――黄金の都の癒し姫』のヒロイン、ブラーナ帝国の皇女エイレーネは、言葉も宗教も違う隣国ファスティマの若き王のもとに嫁ぐ。政略結婚から始まる物語、「そして花嫁は恋を知る」というタイトルのインパクト、さらに椎名咲月（しいなさつき）が手掛けた挿絵も好評を博し、作品は大きな反響を呼んだ。

椎名は元々BLレーベルを中心に活動していたイラストレーターで、それまでは必然的に男性を描く機会が多かった。「でも本当は女の子を描くのが異様に好きで!!（略）その後、ほかの女の子向けレーベルからもお仕事をいただけるようになったので、『嫁恋』の担当さんにはとても感謝していま す」[4]とインタビューで語るように、椎名の描く姫やドレスは評判となり、以後は少女小説レーベルで人気イラストレーターとして活動を広げていく。小田菜摘という未知の書き手、そしてフレッシュなイラストレーター椎名咲月という組み合わせは相乗効果を生み、ブラーナ帝国を舞台にさまざまな時代の嫁入り物語が一巻完結で描かれるシリーズとして続けられていった。

のちに小田菜摘は、二〇〇三年度ノベル大賞読者大賞を受賞した作家沖原朋美（おきはらともみ）の再デビューであることが明かされる。沖原朋美は読者大賞を受賞後、『勿忘草の咲く頃に』（二〇〇四年六月）でコバルト文庫デビューをしている。『勿忘草の咲く頃に』は、両親の離婚で母の故郷に引っ越した高校二年生の少女を主人公に、病弱なクラスメイトの少年との淡い恋や家族に対する鬱屈した感情など、思春期の少女の心象風景が淡々と描かれた作品である。二〇〇五年刊行の『ライトノベル完全読本 Vol.2』の少女小説特集のなかで、沖原は注目作家として取り上げられ、「時代を二〇年は巻き戻したような正統派&少女小説の書き手だ」[5]と言及されている。ノベル大賞の選評でも選考委員の大岡玲（おおおかあきら）が[6]「端正で古風」「いわば少女小説的典型であって読後感はいいのだが」と指摘しているように、ここでも沖原の作品がクラシカルな少女小説の作風を色濃く残したものと認識されていることがうかがえる。コバルトが小説ジュニアと呼ばれていた時代から連綿と受け継がれてきた、内向的な少女小説の系譜を継ぐ作家として沖原は登場した。これはまた、各時代の波を受けてトレンドを変化させていくこの時期のコバルト文庫のラインナップのなかにあって、家庭や学校、教室のなかでその感性や自意識を持て余す少女を主人公にした物語が途絶えたわけではなく、描かれ続けていたことを示している。

沖原朋美は現代日本を舞台にした思春期小説として『待つ宵草がほころぶと』（二〇〇四年八月）、さらに『桜の下の人魚姫』（二〇〇四年一一月）を発表したのち、一転ファンタジーを舞台にした『黄金を奏でる朝に～セレナーデ～』（二〇〇五年九月）を刊行するが、その後、作家としての活動は途切れている。そして、数年間のブランクを経て沖原朋美は小田菜摘へと転身し、「そして花嫁は恋を知る」シリーズの成功で「復活」を遂げ、以後現在に至るまでコバルト文庫をはじめ、他のレーベルでも執筆を手掛けるなど活動を続けている。

ここまで見てきた沖原朋美から小田菜摘への転身は、一人の作家の足跡という個人的な動向には留まらない、この時期のコバルト文庫に生じつつあった小説ジャンルの変動を象徴的に示した出来事であった。氷室冴子の『さようならアルルカン』（一九七九年一二月）をはじめ、学校や教室などを舞台に思春期の自意識や心の痛みを描いた小説は、コバルト文庫のラインナップに定期的に登場していた。学園小説や現代を舞台にした作品が衰退しつつあった二〇〇〇年代以降でも、松井千尋『ダイスは5』（二〇〇一年四月）や『ハーツ』（二〇〇一年八月）、リリカル・ミステリーシリーズの友桐夏『白い花の舞い散る時間』（二〇〇五年九月）や『春待ちの姫君たち』（二〇〇五年一二月）など、思春期の少年少女を主題にした作品を手掛ける新人が登場している。二〇〇八年度ロマン大賞を受賞し、のちに『アオハライド』などのノベライズを手掛ける阿部暁子の文庫デビュー作『屋上ボーイズ』（二〇〇八年一一月）は、現代日本の高校を舞台に設定し、少年といじめを描いた思春期ストーリーである。コバルト文庫における思春期を題材とした小説の系譜は、二〇〇八年頃までは命脈を保っていた。

しかしこうした思春期ものの少女小説は、この時代には「売れない」ジャンルとなっていた。須賀しのぶは二〇〇九年の時点で、今のコバルト文庫で思春期を描くことの難しさを語っている。

私も「アンゲルゼ」（筆者注：二〇〇八年に刊行されたシリーズ）のプロットを考えていた時は、普通の「日本の思春期」の話を書きたいと思っていたんですが、そこでもう完全にアウト。（略）そういう「教室の中での独自の女の子の世界」っていうのが書きたくて、それからどう脱却するか。いわゆるモラトリアムものですね。私が子供の頃のコバルトっていうのは、そういうものもたくさんあって、それで自分が励まされることもあった。でも今はそういう現実寄りのものは需要がない。本当にファンタジー系一色です。明るく華やかな感じで、主人公にも比較的ソフトな世界。(7)

かつてのコバルト文庫では青春小説、ミステリー、SF、ラブコメ、ファンタジー、サイキック、BLなど多岐にわたる舞台設定やモチーフ、テーマが登場し、また主人公も男女を問わずに設定されるなど、自由度の高い多様性がレーベルの特徴となっていた。しかし、少女小説の人気ジャンルはその時代を映す鏡であり、その時々の社会状況、そして読者が求めるテーマと密接に繋がっている。作品の多様性もまたその時代が可能にしたものだとするならば、須賀が述べたように思春期を描く小説が求められなくなっていくのもまた時代の要請である。たとえば、二〇〇〇年代の後半に思春期を描く作品が求められなくなったのは、読者たちが年齢を重ねて思春期から「卒業」してしまったこと、そして不透明さが増していく時代状況のなかで、娯楽である読書に求められる要素が思春期の葛藤などよりも、「慰安」や「現実を忘れられるロマンティックな恋愛ファンタジー」に傾斜していったことが考えられる。そしてまた、多様性が後退していく流れに接続して言うならば、「姫嫁」というジャンルが浮上を見せる時期から、読者が少女小説に求める物語の幅がさらに狭まっていく現象が起きている。

沖原朋美から小田菜摘へとペンネームを変え、再デビューを果たした小田は、この時期に注目が高まりつつあった「姫嫁」というジャンルで成功を収めた。「そして花嫁は恋を知る」シリーズはコバルト文庫における「姫嫁」の先駆けとなり、以後コバルト文庫でも主人公を「嫁」に設定し、政略結婚から始まる恋愛小説が増えていく。

もっとも小田の手掛ける「そして花嫁は恋を知る」シリーズは「姫嫁」の先駆けではあるが、作品のなかの比重を見るとラブシーンは控えめで、パッケージほどその内容は「甘く」はない。恋愛を描くことよりも歴史や文化叙述に力点が置かれた手堅い描写は、のちに増加する「溺愛」系や「いちゃラブ」系の作品とはやや作風が異なっている。

「そして花嫁は恋を知る」シリーズ以降、コバルト文庫に姫嫁属性の物語が増加していくが、新人賞からもこのジャンルを得意とする作家が登場している。二〇一〇年度ロマン大賞を受賞した『三千寵愛在一身』（二〇一〇年一〇月）でコバルト文庫デビューをしたはるおかりのは、「花嫁もの」と「いちゃラブ」という作風でこのジャンルを代表する書き手の一人となる。『三千寵愛在一身』は中華ファンタジーという設定で、政略結婚として冷酷な王に嫁ぐヒロインの姫という王道のパターンで物語の幕が開ける。従来であればヒロインと王が徐々に親密になるストーリーが展開されるが、『三千寵愛在一身』では物語の序盤から二人は相思相愛の仲になる。以後主役カップルの甘いじゃれ合いを主軸としつつ、後宮内で起きる陰謀劇が描かれていく。なぜ二人が惹かれ合ったのかという心理描写が十分に行なわれていないため、相思相愛になるくだりは唐突感が否めない。一方で、カップルの「いちゃラブ」描写には大きな比重が置かれており、際立ったその「甘さ」が作品の大きな個性となっている。

なおルルル文庫の葵木あんねははるおかの別名義といわれており、『女王家の華燭』（二〇一〇年五月）でデビュー後、『天の花嫁』（二〇一一年一〇月）をはじめ、葵木名義でも多数「姫嫁」小説を発表している。

『三千寵愛在一身』は同一の世界を舞台にしたシリーズものとして書き続けられていくが、物語はそれぞれ独立しており、一冊完結の小説として読むことが可能となっている。これは先に取り上げた小田の「そして花嫁は恋を知る」シリーズと同じ形式である。恋愛要素は低めだが、文体を含め全体的に大きな破綻はない小田と、ストーリーにやや強引な展開が目立つが華やかな世界観と「いちゃラブ」描写に定評があるはるおか。二人の作風は真逆であるが、どちらも「この作家ならではの作風からはずれない安心感」を有する点において、共通しているといえよう。かつてのようなドラマティックな物語が求められなくなり、また不況のあおりで読者の財布の紐も固くなっている状況のなか、スタイルを確立しており、手軽に楽しめるラブロマンスを供給する小説は、この時代の読者のニーズに合ったものであった。

この時期に主流となった「姫嫁」ジャンルと読者の関わりは、二〇一二年七月の『Cobalt』読者欄に掲載された投稿、「ハッピーエンドが大好きな私のとっておきです」が象徴的に示している。

はるおかりの先生の新刊『林檎の乙女は王の褥で踊る』を読みました。政略結婚したオリアとラーシュが、お互いを想いあっているのに些細な誤解ですれ違うけど、ついには夫婦として結ばれる…大好きな人に女性として見てもらいたくて頑張る女の子って、すごく応援したくなります。はるおかりの先生が書く小説は、最後にはヒロインが絶対幸せになってくれるから、安心してドキドキできるのがうれしい。今回は短編集だったので、次は長編が読んでみたいです。［広島県プリムローズ[8]］

この読者の声にあるように、ヒロインが幸せになるハッピーエンドが好まれ、また「安心してドキドキできるのがうれしい」という言葉が示すように、読者は起伏にとんだストーリーではなく、ある種の予定調和な「安心感」を求める傾向が強くなっていた。

「姫嫁」というジャンルが支持を集めるようになり、雑誌『Cobalt』でも二〇一〇年三月に「花嫁特集」が行なわれている。また二〇一〇年九月にはルルル文庫から『花嫁アンソロジー』（参加作家は深山くのえ・片瀬由良・葵木あんね）が発売されるなど、出版社側も花嫁という属性が好まれていることを把握し、「姫嫁」路線の小説を前面に押し出す本が多数企画されていく。『Cobalt』の花嫁特集に掲載された短編が契機となってシリーズ化された松田志乃ぶ『悪魔のような花婿（あなた）』（二〇一〇年七月）は、政略結婚から始まる新婚ラブ・ファンタジーというこのジャンルの王道をいくあらすじとなっている。しかし設定には捻りがあり、政略結婚で嫁いだ先の夫には魔女の呪いがかけられており、欲情すると一三歳の少年の姿になってしまうため、初夜には至らず一線を超えないラブラブ夫婦ぶりを描くという仕掛けがなされている。『悪魔のような花婿』は外伝を含めて一〇巻刊行されているが、こうした設定は、必然的に性愛描写が先送りされることで少女小説らしいロマンティックさを保ちながら、夫婦の恋愛を長く描くために効果をあげるものになる。これはのちに取り上げるティーンズラブと少女小説の差異となっている。

## 「姫嫁」小説と溺愛ラブコメはなぜ支持されたのか

ここまでコバルト文庫を中心に「姫嫁」作品を見てきたが、他のレーベルでも「姫嫁」は急増しており、少女小説ジャンル全体を取り巻く現象となっていた。他レーベルでどのような「姫嫁」シリーズが刊行されていたのか、具体的な作品を取り上げつつその状況を見ていきたい。

一迅社文庫アイリスの永野水貴（ながのみずき）『白竜の花嫁』（二〇一一年七月）のシリーズは、生贄として竜に捧げられた花嫁澄白と、白竜シュトラールの種族を越えた切ないラブファンタジーとなっている。ルル文庫の宮野美嘉『幽霊伯爵の花嫁』（二〇一一年六月）のシリーズは、幽霊伯爵と呼ばれる男の一七番目の妻として嫁ぐところから物語は始まり、ビーズログ文庫の夕鷺（ゆうさぎ）かのう『（仮）花嫁のやんごとなき事情～離婚できたら一攫千金！～』（二〇一二年六月）のシリーズは、病弱な姫の代わりとして皇子に嫁がされた庶民の娘が離婚に持ち込もうとする身代わりラブコメである。同じくビーズログ文庫のくりたかのこ『瑠璃龍守護録――花嫁様のおおせのままに!?』（二〇一二年二月）のシリーズは、突然王子妃候補に選ばれた娘と王子の主従逆転言いなりコメディ。ここまで言及した作品は少女小説レーベルのなかのごく一部であり、他にも数えきれないほど「姫嫁」をテーマにした作品が刊行されている。小説の設定はそれぞれ異なるが、大まかな傾向をまとめると、政略結婚というかたちで物語が始まり、愛のない状態からやがて心を通わせ愛し合うようになるという展開が王道のパターンとなっている。

少女小説ジャンルにおけるこの時期の変化は、主人公の属性が姫や花嫁という「姫嫁」小説の増加だけに留まらず、恋愛の形式という点においてもある一定のパターンが好まれ、それが踏襲される傾向が強まったことが挙げられる。二〇〇〇年代以降、少女小説ジャンルのなかで男女の恋愛が好まれるモチーフとなっていたことは、第4章で取り上げた。二〇〇八年以降はそのなかでもさらに恋愛の様式が狭まり、「ヒロインがヒーローに溺愛される」という設定が増加する。相手役となるヒーローが最初から決まっており、一対一の安定した関係のなかでヒロインが愛されるラブコメが人気の形式となる。かつて藤本ひとみが得意としたように、多数の美形キャラクターが登場し、主人公が「逆ハーレム」状態となる物語は少女小説における一つの王道であった。しかし「姫嫁」小説が増加をみせる時期を境に、「逆ハーレム」だけではなく、三角関係も読者には支持されない物語形式となっていく。

こんにちはー。密かに悩んでることがあるのでお便りしました。ヒロイン一人に対して、恋人になりそうな男の子キャラが二人いるという、いわゆる三角関係のお話ってありますよね。もちろん好きだから読んでいるんですが、私は自分が肩入れしている方のキャラが振られると、すごーくつらくなっちゃうんです、思い入れが激しすぎ！って自分でも思いますが…。みなさんはどう

ですか？［千葉県　白藤月雫(9)］

この読者の声が示すように、三角関係の場合は物語の必然として、ヒロインと結ばれない、報われないキャラクターが生まれてしまう。「甘く安心感のある」世界を少女小説に求める読者にとって、三角関係という要素ですら安心感からはずれるものとなっていた。こうした読者の需要が反映され、恋愛を描くヴァリエーションが狭まり、ヒロインとヒーローによる一対一の恋愛関係に特化した小説が少女小説の主流となっていく。この変化は文庫の表紙にも表れている。かつては内容に合わせてバラエティ豊かにデザインされていたカバーイラストが、ヒーローとヒロインのみが登場し、二人が体を寄せ合い表紙におさまるという似通った構図となっていく。

溺愛ラブコメが主流になると、軸となる関係性が限定されたうえでストーリーを作らなければならない。そこで物語のヴァリエーションを求め、それまではあまり描かれなかった正統派ではない性格のヒロインも増えていく。木村千世（きむらちせ）の『双界幻幽伝』（ビーズログ文庫、二〇一一年四月）のシリーズは、死者の霊が見える引きこもり公主とワケあり武人の中華ファンタジーコメディ、また我鳥彩子（わどりさいこ）の『贅沢な身の上』（コバルト文庫、二〇一一年六月）は、男に興味がなく妄想癖のある主人公が結婚から逃れるために後宮に入るが、意に反して皇帝に溺愛されてしまうというラブコメである。主人公の属性に「引きこもり」や「オタク」という設定が出てくるようになるのもこの時期の特徴であった。

コバルト文庫やアニメが大好きな私にとって、妄想を貫きながら華麗な後宮を好き放題に駆け回って、しかも素敵な男性に愛されちゃう花蓮はまさに理想…私もあんな風になれたらなぁと、同じ妄想娘としてつくづく羨ましい限りです。（略）［広島県　娘々[10]］

引用は、『Cobalt』二〇一二年三月号に掲載された『贅沢な身の上』好きな読者からの投稿である。主人公が妄想娘であることに共感し、またそんなヒロインであるにも関わらず素敵な男性（皇帝）に愛されるという、読者にとっての「夢の世界」が描かれた作品として受容されている状況がうかがえる。次に紹介する読者投稿は直接作品に言及した感想ではないが、この時期の読者と少女小説の関係性に繋がるものとして取り上げたい。

誰にも言えない私の切り札。それは「乙女ゲーム」。大人になってハマるとは思いませんでした。仕事が忙しくて疲れた時は、ゲームの中の恋人が語りかける甘い言葉にほっこり癒されている私です…（笑）。なんだか、コバルト文庫のヒロインになった気分かも。［京都府　ヒロインになりたい[11]］

社会人女性からの投稿であるが、コバルト文庫を読む行為が、ヒロインに自己投影をして素敵なヒーローに愛されるという「乙女ゲーム」に類似した消費となっている様子が読み取れる。

　ここまで「姫嫁」作品が少女小説ジャンルにおける主流となる過程、またそれを支持する読者の声を取り上げてきたが、「姫嫁」と溺愛ラブコメが急増したその背景を改めて考えてみたい。こうした状況を生み出した土壌として、ライトノベルやケータイ小説、またその他のエンタメ小説が人気となり、かつての少女小説の特徴であった多様性が後退するという、本書のなかでたびたび言及してきた動向が挙げられるだろう。ある時期までは人気が高かった、現代を舞台にした学園小説、また少年を主人公にした作品は、二〇〇〇年以降から徐々に支持を失っていき、二〇〇六年以降は少女小説における メインジャンルではなくなっていた。入れ替わるように女性を主人公にした恋愛要素の比重が高い作品が人気を集め、「姫嫁」溺愛ラブコメの登場以降は読者が好む物語の幅がさらに狭まっていった。加えて少女小説ジャンルの読者層の変化が、「姫嫁」小説の人気と大きく関係しているものと推測される。二〇〇〇年以降、以前ほどは中高生が少女小説を手に取らなくなり、八〇年代や九〇年代に読み始めた読者がそのまま成長をして年齢を重ねるという、読者の高齢化が進行していた。現在の少女小説の主流である「姫嫁」溺愛ラブコメは、中学生や高校生が関心をもつ学園を舞台にした青春の恋愛とは異なるジャンルであり、ある程度年齢を重ねた読者のニーズに応えるものとなっている。かつての少女小説はティーンが読むジャンルであったが、二〇〇〇年以降の少女たちはライトノベルやケータイ小説など、読書の選択肢が大幅に増え、新たに少女小説ジャンルに入ってくる若い読者は減少していった。

　読者年齢の実態を示す資料はそれほど多くはなく、考察をしにくいトピックとはなっているが、限られた資料を使いつつこの時期のコバルト読者の様子を見ていきたい。第4章で分析をしたように、「学校読書調査」では二〇〇〇年以降、女子中高生の回答に少女小説レーベルの作品はほとんど登場せず、この世代にとって少女小説は読書をするときのメインの選択肢ではなくなった様子が確認できる。また『Cobalt』に掲載された投稿は、コバルト読者の年齢が高まりつつある様子を浮かび上がらせている。以下は『Cobalt』二〇〇一年六月号に掲載された読者投稿とそれに対する編集部の反応で、この時期の読者層を見る一つの手がかりとなっている。

こんにちは、コバルト読者歴はそこそこの私ですが、今回初めて読者コーナーへお手紙させて頂きます。なぜなら…私は今年23歳になる「おばさん（涙）」だからです…。前に何回か「本屋で社会人らしき人がコバルト文庫を買っているのを目撃した！」そういうおハガキがありましたがもーすごく痛い（笑）。社会人でも読みたいんだ！　そっとしといてくれ！　という叫びがね、渦巻いているんだよ本当は。さすがにこのトシになるとレジに持っていくのが恥ずかしいんで、泣きたくなるんですが、でもやめられないんです。最近は投稿も始めたので尚更。そこで質問なんですが、読者の最年長って一体おいくつなんでしょう。（略）［新潟県　ぱぱんだ[12]］

二三歳の読者からの投稿だが、これに対して編集部は「ぱぱんださん！　なんてことを言うんだ。コバルトの平均読者年齢と、君はほとんど変わらないよ！」「そうです～。乙女心を忘れてない人ならいつでもコバルト適齢期です！」というコメントをつけている。この投稿は反響を呼び、次号にも引き続きコバルト読者と年齢をテーマにした投稿が掲載された。

6月号のぱぱんださんより3つ年上の26歳ですが、私は全然「おばさん」だなんて思ってません。早く30歳になりたい程です。「大人の女」に憧れます、それなのに、年齢を気にして好きなことが制限されたり、23歳＝おばさんという考え方を持つ方が悲しいです。私は、今だからこそ・・・・・・コバルトをガンガン買いまくってます。学生だと限りがあったから、反動です。（笑）［新潟県たかのあやこ[13]］

学生時代は使えるお金に限りがあるが、社会人になって働き、自分で稼ぐようになったからこそ好きな少女小説に投資ができる。ここに登場しているのは社会のなかで働きつつ、趣味として少女小説を読む読者たちの姿である。現在の少女小説の読み手は、年齢で区切れば「少女」ではない女性たちが中心となっており、ある程度の歳を重ねた女性が生活の疲れやストレスを忘れるために手に取る小説として消費されている。

現在の日本社会は長引く不況により、人々の先行きも不透明さを増している。二〇一〇年版『出版指標年報』によると、二〇〇九年出版物販売額は四・一%減の一兆九三五六億円で、一九八八年以来、二一年ぶりに二兆円の大台を割り込む状況となった。その背景として、「〇八年のリーマンショック以降、雇用環境が悪化、可処分所得も減少したことが、出版物の販売に強く影響したとみられる」と分析が行なわれている。[14] こうした状況のなかで、出版社も読者も余裕を失い、双方ともに手堅さを求めていくようになる。出版社側にとって「姫嫁」は安定した売上が見込めるジャンルで、日々の生活で疲れた心を潤すために少女小説を手に取る読者は、重い展開や価値観をかき乱すような波乱万丈なストーリーを求めず、楽しく読める軽めのラブコメや愛されるヒロイン気分を満喫できる定まった形式の物語を支持していく。

念のため確認をしておくと、これは「姫嫁」や「溺愛」小説そのものについてネガティブな評価をしているわけではない。「姫嫁」や「溺愛」小説を軸に観察することで、ジャンル全体の多様性が後退し、一つの方向性に傾いている状況をとらえ、現在の少女小説をめぐる課題を考えようとするものである。二〇一二年から二〇一三年にかけて、「姫嫁」小説は飽和状態ともいえる状況に達していたが、読者と出版社双方にとって堅調なジャンルとして、現在の少女小説においても主たる役割を果たしている。

「姫嫁」小説が飽和状態に達しつつあった二〇一三年、次節で取り上げるように、角川ビーンズ文庫はそれまでの「異世界ファンタジー」を中心としたレーベルカラーを刷新し、ボカロ小説と「小説家になろう」作品の書籍化へと路線を切り替えている。少女小説のトップレーベルがオリジナルの少女小説部門を縮小し、大幅な方向転換を行なうほどに、この時期の少女小説のジャンルは閉塞感に包まれていた。

## ティーンズラブと少女小説

二〇〇九年六月、新しい女性向けのレーベルが立ち上げられ、話題を呼んだ。「キスだけじゃ終わらない。新・乙女系ノベル」というコピーを掲げ、フランス書院からティァアラ文庫が創刊される。姫や王子などが登場する西洋風ファンタジー世界を舞台にした作品が多く、表紙には漫画的なイラストが用いられるなど、外観は少女小説レーベルから刊行されている作品に極めて近い。しかしその内容は性描写が特徴の女性を対象にしたポルノ小説で、従来の女性向け官能小説のイメージを刷新したパッケージやイラスト、濃厚なラブロマンス描写が注目を集め、人気を博していく。

この分野の先鞭をつけたティァアラ文庫編集部は、立ち上げの背景として少女小説ジャンルの特徴が念頭にあったことに触れつつ、レーベルのコンセプトについて語っている。

　少女小説では、ファンタジーや架空歴史の中で恋愛が描かれているものが人気です。恋愛がメインの作品ならばキスの先の行為が描かれることによって、もっと物語の幅が広がるのではないかと思っていました。そこからおもしろいものが生まれてくるに違いない、と。それを架空歴史やファンタジー要素のある少女小説の延長戦上にあるものとして作りたいと思ったところから、乙女系ラブロマンスレーベルの立ち上げを企画しました。(15)

ティアラ文庫の成功を受け、後を追うように多くのレーベルが創刊されるなど、「乙女系ラブロマンス」のジャンルは急速に拡大していく。これらの作品は「乙女系」や「TL（ティーンズラブ）」という名称で呼ばれ（本書では以下TLと記す）、書店でもTLコーナーが作られるなど、人気ジャンルとして瞬く間に定着した。

TLレーベルは多数創刊されており、反面レーベルの休止も少なくないなど、変動の多いジャンルとなっている。二〇一六年一〇月の時点で刊行が継続されている文庫レーベルに限定しつつ、主なレーベルの創刊状況を確認していく。二〇一二年五月にシフォン文庫（集英社）、二〇一三年二月にソーニャ文庫（イースト・プレス）、二〇一三年八月にヴァニラ文庫（ハーレクイン）、二〇一三年一一月にロイヤルキス文庫（ジュリアンパブリッシング）、二〇一三年一一月に乙蜜ミルキィ文庫（リブレ出版）、二〇一四年二月に蜜猫文庫（竹書房）、二〇一四年一月にハニー文庫（二見書房）、二〇一四年五月にガブリエラ文庫（メディアソフト）などと、すべてを挙げきることはできないが、それほどに多くの出版社がTLに参入している。TLは西洋風のファンタジー的な設定を取るものが多いが、TLの先鞭をつけたフランス書院が二〇一四年四月、学園やオフィスなど現代日本を舞台にしたTLレーベルオパール文庫を創刊するなど、作品の多様化も進みつつある。

TLは独自のジャンルと捉えられることが多く、本書でもTL専門のレーベルから発行されている作品を少女小説には含めない。しかしティアラ文庫の創刊の背景にもあるように、少女小説とは近い領域にあり、読者層も重なっているものと推測される。さらにTL人気を受け、一部の少女小説レーベルでもＴＬ作品が刊行されるなど、少女小説のなかにＴＬが流入しているケースも見られる。ＴＬと少女小説レーベルの関わりを中心に、少女小説レーベル側からＴＬを捉えていきたい。

ＴＬの波にいち早く反応を示したのは、集英社の『Cobalt』である。ティアラ文庫の創刊から数カ月後、『Cobalt』二〇〇九年一一月号で「コバルト＊官能小説」と題された特集が組まれている。これはコバルト作家が官能小説を手掛ける企画で、作家たちは変名で性描写の多いＴＬ作品を発表した。この号ではしらせはる（倉世春）が「海辺の王」、黒瀬川貴次（瀬川貴次）が「インフェルノ～呪われた夜～」という作品を手掛けている。別名義であるがコバルト作家がＴＬを執筆し、それが『Cobalt』誌上に掲載されたこと、また特集に用いられた「コバルト＊官能小説」という名称を含め、読者の間で物議を醸した特集であった。

従来のコバルト作品のなかでも男女の関係が描かれることはあり、性行為の描写そのものはタブーではない。しかし直接的な描写は避けられ、あくまでソフトにロマンチックに表現することが好まれる。氷室冴子の「なんて素敵にジャパネスク」シリーズにおける瑠璃姫と高彬の初夜は「あたしたちは今までになく、仲良しになった[16]」と記されている。もう少し踏み込んだ書き方がなされた場合でも生々しさは排除され、少女小説のロマンチックなテイストを壊さない言葉や表現が用いられている。

一般的な傾向として、読者が少女小説に求めているものは、現実の男女関係の生々しさを排除したロマンチックな恋愛である。それに対してポルノとして読まれるＴＬは、性描写が小説のメインとなり、刺激的な描写やシチュエーションが好まれる。少女小説とＴＬは一見パッケージングが似通っているが、読者が作品に求めている要素が異なるため、同じ誌面やレーベルにまとめる難しさがある。『Cobalt』誌上における「コバルト＊官能特集」はその後も継続されていくものの、コバルト文庫として刊行された作品はしらせはる「海辺の王」シリーズなど、わずかに留まっている。結果的に集英社はコバルト文庫のなかにＴＬを取り込むのではなく、二〇一二年五月に新しいＴＬレーベルシフォン文庫を創刊し、ＴＬ出版に乗り出した。

「心も身体も恋したい　絶対乙女系ロマンティックレーベル」というコピーで立ち上げられたシフォン文庫は、「みんなの大好きな恋愛小説を、もっと熱く、より深く描く新レーベルの登場です。ちょっと大人の、めくるめくロマンスの世界――ご期待ください！」と説明されている。[17] 創刊ラインナップはゆきの飛鷹（ひだか）『ヴィクトリアン・クロス～女家庭教師（カヴァネス）と解かれた淫魔のコルセット～』、仁賀奈（にかな）『いいなりラプンツェル―プリンセス・ロイヤル・ウェディング―』、水島忍（みずしましのぶ）『古城の侯爵に攫われて』の三冊。以後も毎月新刊が刊行されていくが、二〇一五年八月を最後に紙媒体での出版を終了し、現在は電子書籍オリジナルレーベルeシフォン文庫として配信が行なわれている。

　コバルト文庫はＴＬを別レーベルとして切り離したが、逆に講談社のホワイトハートは二〇一二年一一月からＴＬをラインナップに加えている。[18] 元々ホワイトハートは背表紙の色で作品がジャンル分けされており、そこへ新たにＴＬカテゴリーである「ピンク」を加えても読者は混乱せず、読みたいジャンルの作品を選択することが可能だった。しかし現状のホワイトハートのなかで安定した売上を出しているジャンルはＢＬで、少女小説のトレンドである女性を主人公にした作品はＴＬを含めて好調とは言い難い。レーベルカラーがBLに傾斜している現状に加え、TL作品は専門レーベルから多数刊行されており、競争の激しいジャンルとなっている。こうした環境を含め、少女小説レーベル内の一ジャンルとしてTLを展開する難しさが垣間見える。

TLは一冊で完結する読み切り形式の作品が多く、また西洋風ファンタジーの設定が定番となっている。主人公が姫という属性に設定され、政略結婚で嫁ぐという導入で始まる物語も少なくない。少女小説のジャンルも「姫嫁」という設定が多いことは先の節で取り上げてきたが、TLも合わせると、より一層女性向けの小説のなかに「姫嫁」が溢れ、飽和感が生まれる要因ともなった。二〇一六年現在、TLは一時期のブームは落ち着いたものの、ジャンルとしは安定感を見せており、毎月多数の新刊が刊行されている。少女小説とTLを読む読者層は重なっていると推測されるが、少女小説ではロマンティックなラブを、TLではポルノとしての刺激をと目的による読み分けが行なわれ、また今後も一部の例外を除き、それぞれ固有のレーベルでの発行が続けられていくものと予想される。

## 3　ネット発コンテンツと少女小説　ボカロ小説とウェブ小説の動向

ここまでは少女小説に焦点を当て、ジャンル内における変化を取り上げてきた。二〇一〇年以降は出版ジャンル全体に新たな動向が出現しており、その流れはやがて少女小説にも及んでいく。この時期に登場した新たなジャンルとして、ボカロ小説とウェブ小説の流れが挙げられる。中高生を中心に支持を集め、ジャンルとして定着を見せたボカロ小説と、今一番勢いがあるウェブ小説。どちらもイチゼロ年代における新たな動向であり、特にここ数年はウェブ小説発のヒット作や話題作が多数登場し、注目を集めている。本節では少女小説ジャンルとの関わりという点に着目しつつ、ボカロ小説とウェブ小説について考察をしていきたい。なおここまではある程度の時間が経過した事象を取り上げ、資料を用いつつ分析する記述を行なってきた。ボカロ小説やウェブ小説、そして次節以降で取り扱っていくライト文芸は、歴史化して捉えるほどの時間がまだ経過しておらず、今後もジャンルは変化し続けていくだろう。それゆえ総括的な議論ではなく、現時点までの状況をまとめて紹介するかたちで書き進めていく。

### ボカロ小説の登場

ボカロ小説とは、「ヤマハの歌声合成技術VOCALOIDを使用した楽曲の世界観を小説化したもの」と定義されている。(19) ボカロ小説というジャンルの確立にはVOCALOID、そしてVOLAOIDシステムを使用したソフトウェアの登場が背景にある。ボカロ小説を理解する手がかりとして、前史としてのVOCALOIDをめぐる状況を確認しておきたい。

VOCALOIDはヤマハが開発した歌声合成技術で、二〇〇三年に最初のバージョンが発表されている。二〇〇四年にはライセンス供給を受けたイギリスのZero-G社が「LEON」と「LOLA」、同じく二〇〇四年には日本のクリプトン・フューチャー・メディア社（以下クリプトン社と略記する）が「MEIKO」と「KAITO」を発売するなど、ボーカロイドソフトウェア（以下ボーカロイドと略記する）のリリースが続いた。[20]「MEIKO」は、当時のマーケットとしては成功を収めたものの、VOCALOIDの技術が発展途上という課題もあり、その後のボーカロイド市場は縮小し、低迷が続いていた。

こうした状況を一変させたのが、二〇〇七年にクリプトン社がリリースしたボーカロイド「初音ミク」である。ヤマハは二〇〇七年一月、よりなめらかで自然な歌声を再現できる「VOCALOID 2」を発表し、以前の課題であった発声の課題を改良して技術的な下地を整えた。「VOCALOID 2」を用いて制作された「初音ミク」が二〇〇七年八月にリリースされ、爆発的なヒットとなる。初音ミクは「架空のキャラクターが歌う」というコンセプトで制作されており、声優の藤田咲（ふじたさき）がキャラクター・ボイスを担当、緑色のツインテールが特徴的な少女は「年齢は16歳、身長は１５８㎝、体重は42㎏」というプロフィール設定がなされていた。

初音ミクが登場した二〇〇七年は、コメントが挿入できる動画共有サイト「ニコニコ動画」がβ版として本格始動を始めた年でもある。ニコニコ動画には、初音ミクなどのボーカロイドを用いて制作された楽曲（以下これらの曲をボカロ楽曲と記す）が投稿され、人気コンテンツとなった。さらに初音ミク以外にも「鏡音リン・レン」をはじめさまざまなボーカロイドが登場し、また既存曲のカバーをボーカロイドに歌わせるだけではなく、ボーカロイドを創作ツールとして用いたオリジナル曲も発表されていった。こうしたボカロ楽曲の作り手はボカロP（プロデューサー）と呼ばれ、それは多くの場合視聴者によって命名されるなど、ニコニコ動画を中心にCGM（Consumer Generated Media、ユーザー参加型メディア）が形成されていった。[21]

「ボカロ小説」と呼ばれるものが初めて登場したのは、二〇一〇年のことである。二〇〇八年四月、悪ノP（mothy）はボーカロイド「鏡音リン・レン」を用いて制作した楽曲「悪ノ娘」と「悪ノ召使」をニコニコ動画に投稿し、再生回数一〇〇万回を超える支持を集める。そして二〇一〇年八月、「悪ノ娘」と「悪ノ召使」の世界観を元に悪ノP自らが執筆を手掛けた小説『悪ノ娘――黄のクロアテュール』がPHP研究所から刊行された。この本は四六判のソフトカバーという形態で販売されており、以後ボカロ小説は主にこの判型で刊行され、新しいジャンルとして注目を集めていく。

四六判が定番様式になっていたボカロ小説は、二〇一二年五月に刊行された『カゲロウデイズ』（KCG文庫）で初めて文庫というパッケージが取られる。『カゲロウデイズ』はじん（自然の敵P）が二〇一一年八月にニコニコ動画に投稿したボカロ楽曲「カゲロウデイズ」が元になっており、関連楽曲を含めて一〇〇〇万回を超える再生回数を誇る人気曲であった。じん（自然の敵P）の手によって関連楽曲を繋ぐ物語として執筆された『カゲロウデイズ』は大ヒットし、二〇一四年には「カゲロウプロジェクト」としてアニメ化もされるなど、ボカロ小説というジャンルの躍進を強く印象付ける作品となった。なおここで紹介した『悪ノ娘――黄のクロアテュール』や『カゲロウデイズ』はボカロP自身が小説の執筆を手掛けているが、ライターや作家などがノベル化を手掛ける場合も多い。

ボカロ楽曲の世界観を小説化したボカロ小説の主な読み手は、ボカロ楽曲を好んで視聴している層、主に一〇代の女子中高生であると言われている。二〇一三年版『出版指標年報』ではボカロ小説が取り上げられ、「10代女性に人気のジャンル[22]」と言及がなされている。『学校読書調査』の回答からもボカロ小説の受容状況と人気が読み取れる。二〇一一年は『悪ノ娘――黄のクロアテュール』が中学二年生女子で一一位、高校一年生女子で八位と、初めて学校読書調査にボカロ小説が登場する[23]。さらに二〇一三年はボカロ小説が中高生に浸透したことを印象付ける一年で、中学生男子・女子の両方で『カゲロウデイズ』が高い順位を占めている（中学生男子二年で二位、中学生男子三年で二位、中学生二年女子と三年女子で一位）。中学生ほどではないものの、高校生の間でもボカロ小説は読まれており、高校生男子二年の七位に『カゲロウデイズⅢ』、高校二年生女子でも三位『カゲロウデイズ』をはじめ、「カゲロウ」シリーズが三作品顔を出している[24]。中高生を中心に若い層から支持を集めるボカロ小説の商業的成功は出版界でも注目を集め、人気曲をボカロ小説として出版する動きが加速していった。

## 少女小説レーベルのなかのボカロ小説

少女小説は二〇〇〇年代に入り、かつての多様性が少しずつ後退する傾向が見られ、男女の恋愛を中心としたファンタジー小説が人気のジャンルとなったことを第4章、およびここまでの第5章のなかで取り上げてきた。こうした状況のなか、ビーンズ文庫は二〇一三年一〇月からボカロ小説の出版に乗り出している。ボカロ小説は、内容や読者層が現状の少女小説のトレンドとは異なっており、元々のレーベル読者をターゲットとしたラインナップであるならば、この取り組みはいささか奇異にも感じられる。編集部のインタビューを通じて浮かび上がるのは、ボカロ小説を出版することにより新たな読者、特に若い一〇代の女子を取り込むことを目指すビジネス戦略である。

ビーンズ文庫がボカロ小説を手掛けるようになった経緯として、編集部の越川麗子は『カゲロウデイズ』のヒットとそれを支持した若い読者に注目をしたことが始まりだったと述べている。「最近ではライトノベル全体に読者の年齢が上がっているなか、『カゲロウデイズ』は圧倒的に10代前半から15、6歳の若い層が買っていました。だから、これはやるべきだと。ただ、ボカロ小説はPHP研究所などが先に手掛けていましたので、単に再生数の多い順にかけてもバッティングするし、ラインナップの統一感もなくなる。それは意識しながら詰めていきました」[25]とインタビューにあるように、一〇代の若い読者が購入するジャンルとして注目をした状況がうかがえる。

二〇〇一年の創刊以降、少女小説のトップレーベルへと成長を遂げた角川ビーンズ文庫が、二〇一一年頃からやや勢いを失っていた状況は第4章のビーンズ文庫分析の終盤で言及した。ビーンズ文庫を牽引した「彩雲国物語」シリーズが完結し、また本来得意としていた新人を売り出してヒットシリーズを生み出すレーベルの手腕も陰りを見せていく。結果的にビーンズ文庫は二〇一三年一〇月にレーベルの方向性を転換し、ボカロ小説と「小説家になろう」作品の書籍化に乗り出すなど、オリジナルの少女小説以外のコンテンツに力を入れ始めていく。

一〇代の読者を取り込み、なおかつ他レーベルとバッティングしないボカロ小説のラインナップを確立する。こうしたコンセプトに基づき、ビーンズ文庫が取り上げたのは、HoneyWorksだった。HoneyWorks（以後ハニワと略記する）は作編曲とプロデュースを担当するgomとshito、さらにイラスト担当のヤマコの三人からなる創作ユニットで、二〇一〇年から活動を開始している。ハニワ楽曲の特徴は一貫して思春期の恋愛を描いている点にあり、イラストを手掛けるヤマコの少女漫画的な作風と合わさって、「きゅんきゅんする」と中高生たちの間で人気を博していた。

レーベルリニューアルの第一弾ボカロ小説として刊行された『スキキライ』は、ハニワのボカロ楽曲「スキキライ」「泣キ虫カレシ」「ハジマリノサヨナラ」の三曲をベースに、ライターの藤谷燈子（ふじたにとうこ）が小説化を手掛けている。のちのハニワボカロ小説は、オリジナルのキャラクターが登場するシリーズとして展開していくが、『スキキライ』では楽曲制作に使用されたボーカロイドの鏡音リン・レンと初音ミクをモチーフにしたキャラクターたちが繰り広げる恋愛が描かれていた。

ハニワのボカロ小説第二弾の『告白予行練習』（二〇一四年二月）は、ビーンズ文庫におけるボカロ路線を決定付けた作品となった。『告白予行練習』は架空の学園桜丘高校を舞台に、美術部と映画研究部に所属する高校生男女の恋愛を描いた青春学園小説として発売された。主人公夏樹は幼馴染の優に「ずっと前から好きでした」と思い切って告白するも、素直になれずについ告白の「予行練習」だと誤魔化してしまう。『告白予行練習』で焦点が当てられるのはこの二人だが、シリーズにはさまざまなキャラクターが登場し、以後刊行される続巻では別の登場人物の恋模様が取り上げられるなど、青春群像劇としての展開を見せる。『告白予行練習』では成立するカップルがいる一方で、失恋するキャラクターも描かれるなど、すべての恋が実るわけではない。しかし作品に通底する「恋をすることで自分が変わり行動をする」前向きさは読者を勇気づけ、また甘酸っぱくて苦い恋愛物語は等身大の物語として共感を集めていく。

『告白予行練習』は出版のタイミングも計算されており、HoneyWorksのメジャーデビュー・ボーカロイドベストアルバム「ずっと前から好きでした。」と同時に発売されるなど、他ジャンルとの連携がはかられていた。ハニワのアルバムはオリコンウィークリーチャート初登場四位になるなど好セールスを記録し、アルバムをきっかけとして小説も読むという流れを生み出されていく。ここで用いられたボカロ小説と音源発売のタイミングを合わせる販売手法、小説を単品として展開するのではなく、広くメディアミックスを視野に含んだリリースは、以後も継続して行なわれていった。

「告白予行練習」シリーズは以後もビーンズ文庫から刊行され、また二〇一六年四月には「告白実行委員会~恋愛シリーズ~」としてアニメ映画化もされるなど、さらなるメディアミックスも進められた。音楽ジャーナリストの柴那典(しばとものり)は近年のボカロカルチャーに言及し、ボカロカルチャーと動画サイトが育てた物語音楽の潮流は、ニコニコ動画を通じて広い世代のオタクにも共有しうるものから、一〇代の女の子たちが等身大で楽しむものへと移り変わっていると観察をしている。その象徴がHoneyWorksであり、ハニワは非クリエイター層の中高生女子たちに支持されるグループとして人気を集めていると結論付けている。(26) すでにボカロ小説市場が確立しつつある状況のなか、後発の立場で出版に乗り出したビーンズ文庫は、ハニワというグループ、そして思春期の切ない恋愛に着目することにより独自のボカロ小説路線を確立し、現在も女子中高生たちを中心に多くの読者を獲得している。

ここまではハニワを中心に見てきたが、ビーンズ文庫のボカロ路線はさまざまに展開されており、二〇一三年一一月『カタストロフの夢――卑怯者は夢を乞う』（著：猫口眠@囚人P）、二〇一三年一二月『脳漿炸裂ガール』（原案：れるりり　著：吉田恵里香）、二〇一四年一月『先生と少女騒動』（原案：マイナスP　著：美雨季）など、レーベルのリニューアル直後は毎月のようにボカロ小説が出版されていた。

ハニワのボカロ小説が青春恋愛群像劇なのに対し、全く違ったテイストのヒット作品も登場している。二〇一三年一二月、れるりりの人気曲「脳漿炸裂ガール」を元にしたボカロ小説『脳漿炸裂ガール』が刊行された。「脳漿炸裂ガール」はアップテンポなリズムと極端な早口で歌われるメロディーが人気を呼んだ楽曲で、歌詞は意味の分からない言葉をパズルのようにリズムにあてはめており、[27]それ自体にストーリーがあるわけではない。小説化を手掛けた吉田恵里香は、高見広春の『バトル・ロワイアル』や山田悠介の『リアル鬼ごっこ』、金沢伸明の『王様ゲーム』などに代表される、若い世代の間で人気の高いデスゲームという設定を取り入れ、『脳漿炸裂ガール』を小説化した。

『脳漿炸裂ガール』はボカロ楽曲の、そしてボカロ小説としては初めての実写映画化作品となり、二〇一五年七月から上映された。映画の脚本も小説と同じ、吉田恵里香が手掛けている。映画「脳漿炸裂ガール」のプロデューサー細谷まどかは小説の第一巻発売前に映像化の相談を受けたと述べており、[28]小説『脳漿炸裂ガール』があらかじめメディアミックスを前提とした企画だったことがうかがえる。ビーンズ文庫では以後もれるりり作品の刊行が続いており、二〇〇六年一月に『厨病激発ボーイ』（原案：れるりり　著：藤並みなと）がれるりりのアルバム「厨病激発ボーイ」のリリースに合わせたタイミングで発売されるなど、他メディアとの連携を前提とした展開が行なわれていった。

ここまで取り上げてきたハニワの「告白予行練習」シリーズ、そしてれるりりの『脳漿炸裂ガール』は成功を収めているが、ビーンズ文庫のボカロ小説のすべてが順調というわけではない。同じビーンズ文庫でも、『カタストロフの夢』や『先生と少女騒動』などは低調な売上に終わっている。ボカロブームが終息している現在、以前に比べてボカロ楽曲の再生回数は減少し、再生回数がヒットと連動しやすいこのジャンルにかつてのような爆発的な勢いはない。こうした状況のなかで、どの楽曲を取り上げて小説化するか、どういったメディアミックスと連携させるかなど、より戦略的な展開が求められつつある。

ビーンズ文庫がボカロ小説の出版に乗り出した二〇一三年は、少女小説ジャンルの「姫嫁」化が進行し、少女小説界に閉塞感が立ち込めていた時期だった。また一般的にライトノベルと比較して、少女小説はアニメ化などのメディアミックス展開がされにくい状況にある。一時期のブームは落ち着いたものの、今も一〇代の間で人気の高いボカロ小説はヒットをすれば高い売上が見込めるジャンルであり、メディアミックスのノウハウを蓄積したKADOKAWAならではの手腕を発揮できる作品として、現在のビーンズ文庫の売上を支えている。

その一方で、ボカロ小説を購入する一〇代の女子中高生の関心はあくまでボカロ小説にあり、この商業的な成功が少女小説というジャンル、またレーベルの活性化とは結び付きにくいという課題が残されている。ボカロ小説は書店ではボカロ小説コーナーに並べられることが多く、ハニワ好きの一〇代の女子はビーンズ文庫の小説を購入している意識は薄く、あくまでボカロ小説という認識で買い求めている。またボカロ小説に重点を移したことにより、オリジナル少女小説の刊行が以前よりも減少してしまい、従来のビーンズ文庫ファンにとっては物足りないラインナップと感じられる状況も出現している。ボカロ小説の読者とレーベルファンが重なっていないため、ラインナップを両立させる難しさが課題として残されている。

ビーンズ文庫以外の少女小説レーベルにおけるボカロ小説の状況にも言及しておく。ビーズログ文庫もボカロ小説出版に乗り出し、二〇一五年三月『VOiCE』（原案：ラヴリーP　著：秋月志緒（あきづきしお））を発売するなど、以後も定期的にボカロ作品を刊行している。さらに二〇一五年四月には「アニメ、声優、乙女ゲーム、ボーカロイド、イケメン、同人イベントなどが大好きな少女のために2・5次元などを中心としたラインナップ」をコンセプトにした新レーベル、ビーズログ文庫アリスを立ち上げる。ビーズログ文庫アリスからも、二〇一五年四月『嘘つきウサギと銀の檻』（原案：骨盤P　著：西台（にしだい）もか）、二〇一五年五月『双極性トランキライザー』（原案：nami（親方P）　著：ココロ直）、二〇一五年九月『愛×愛ホイッスル』（原案：PolyphonicBranch　著：石倉（いしくら）リサ）などのボカロ小説が発売されている。ビーズログ文庫アリスを含むビーズログ文庫のボカロ小説は、現状ではヒット作に恵まれておらず、ボカロ小説はオリジナルの少女小説とは違った戦略や展開が求められる難しさがあるジャンルであることが再認識される。

少女小説レーベルにおけるボカロ小説の状況を概括すると、ビーンズ文庫が積極的にボカロ小説を出版しており、またこのジャンルで成功を収めている。ボカロ小説は大きな売り上げを出す一方で、ボカロ小説を購入する層と少女小説の購買層は異なり、一〇代のボカロ小説読者たちがその後少女小説へと向かうかは未知数の状況である（少女小説の読み手にならない可能性も高い）。ボカロ小説のビジネス的な成功は、ビーンズ文庫に象徴されるようにレーベルの急激な方向転換のなかで生み出されており、ボカロ小説が増加することでオリジナルの少女小説が減少するなど、新規読者の開拓と従来のレーベル読者に向けられたラインナップの両立が課題として残されている。

## ウェブ小説の系譜

近年の出版界で最も盛り上がりを見せているのはウェブ小説と呼ばれるジャンルである。ウェブ（ネット）に発表された小説を書籍化する動きは、二〇一五年版『出版指標年報』にて「ラノベ系、小説投稿サイトの存在感増す[29]」とその動向が詳述されるなど、ヒット作品が多数生み出されている状況と合わせて注目を集めている。

ウェブ小説のネットでの発表の仕方は、黎明期は個人サイトでの連載というかたちが多かったが、二〇一〇年以降はウェブ小説の投稿・閲覧プラットフォームを利用するかたちが主流となっている。投稿小説プラットフォームの代表としてアルファポリス（二〇〇〇年〜）、小説家になろう（二〇〇四年〜）、E★エブリスタ（二〇一〇年〜）などが知られており、以下この三つのサイトを取り上げつつウェブ小説の動向をまとめていく。[30]

二〇〇〇年八月に開設されたアルファポリスは、早い時期からウェブ小説の書籍化を行なっており、このジャンルにおける先駆者となっている。アルファポリスはウェブ上にポータルサイト「アルファポリス　電網浮遊都市」を運営しており、ここに登録された作品の書籍化を手掛けていた。アルファポリスは同サイトへの投稿だけではなく、自身のホームページや他の投稿サイトに掲載している作品も登録・紹介することができるポータルサイトとして運営されており、これが他の投稿サイトでは見られない特徴となっている。アルファポリスから刊行された市川拓司『Separation』（二〇〇二年一月）は、早い段階におけるウェブ小説の書籍化例であり、また二〇〇三年にドラマ化されたことが契機となり（ドラマ時のタイトルは『14ヶ月〜妻が子供に還っていく〜』）、アルファポリスの名前が広く知られるようになった。

初期のウェブ小説は、小説投稿プラットフォームが今のように普及していなかったため、個人サイトで作品を発表する形式が多かった。個人サイトに連載されていたウェブ小説の大ヒット作品として、川原礫の『ソードアート・オンライン』（二〇〇九年四月、電撃文庫）のシリーズが知られている。二〇〇八年に川原礫は『アクセル・ワールド』で第一五回電撃小説大賞を受賞し、同作は電撃文庫から刊行されるが、それに加えて川原が個人サイトで連載していたウェブ小説「ソードアート・オンライン」シリーズも電撃文庫から刊行された。『ソードアート・オンライン』の書籍化はライトノベルにおけるウェブ小説発のヒット作品の先駆けであり、またその一方で初出が個人サイトであること、新人賞を受賞するという従来型のデビュープロセスを経たうえで書籍化されている点などは、端境期の状態を示すものとなっている。

現在最も勢いのある小説投稿プラットフォーム「小説家になろう」は二〇〇四年四月、梅崎祐輔(うめざきゆうすけ)によって開設された。梅崎は特別な知識がなくても簡単に小説を発表したいと思う書き手側、またまって小説が読める場所が欲しいという読者側の両方の視点を取り入れ、小説に特化した投稿閲覧プラットフォーム「小説家になろう」を開設した(31)。「小説家になろう」は二〇〇九年九月に大幅リニューアルされ、このリニューアル以降、利用者が爆発的に増加する。二〇一〇年三月には株式会社ヒナプロジェクトとして法人化が行なわれるなど発展を続け、現在はウェブ小説を代表するプラットフォームとして広く名前を知られている。

「小説家になろう」の名前を一躍に有名にした作品として、佐島勤(さとうつとむ)『魔法科高校の劣等生』(二〇一一年七月、電撃文庫)のシリーズが挙げられる。『魔法科高校の劣等生』は二〇〇八年一〇月から「小説家になろう」で連載され、長い間ランキングトップを独占する人気作品となっていた。『魔法科高校の劣等生』は二〇一一年七月から電撃文庫で刊行され、二〇一四年四月からはアニメ放映もされるなど、ウェブ小説発のヒットコンテンツとして注目を集めた。『魔法科高校の劣等生』は川原礫の『ソードアート・オンライン』とは異なり、新人賞受賞というプロセスを経ないまま刊行されており、現在のウェブ小説に繋がる出版モデルとなっている。『魔法科高校の劣等生』の成功は、「小説家になろう」

掲載作品を書籍化する動きを加速させ、現在のウェブ小説ブームの流れを生み出した。

二〇一〇年六月に開設された「E★エブリスタ」は、DeNAとNTTドコモの共同出資会社エブリスタによって開設された投稿・閲覧プラットフォームである。スマホ作家の支援に力を入れ、また小説以外にもコミックやエッセイ、イラストなどさまざまなコンテンツを取り扱い、登録者数は一〇〇万人以上、投稿作品は二〇〇万以上と大規模なユーザー層が特徴となっている。「E★エブリスタ」発のヒット作として、金沢伸明『王様のゲーム』（双葉社）、二〇一二年E★エブリスタ電子書籍大賞ミステリー部門角川書店優秀賞を受賞した太田紫織（おおたしおり）『櫻子さんの足下には死体が埋まっている』（角川文庫）など、デスゲーム系やホラー小説などのジャンルも人気となっている。

こうしたプラットフォームを中心に、近年はますますウェブ小説の勢いが増しつつある。ウェブ小説の書籍化は、元となる作品がすでにあること、また作品の人気がアクセス数やお気に入り数などで可視化されていることから、ある程度の読者が見込めるところが出版社にとっての魅力になっている。かつてのような新人賞経由で新人を発掘し、作家を長期的に育てることが難しくなっている現在、ウェブ小説は新たなビジネスとして注目を集めており、今後もますますウェブ小説というジャンルは拡張していくものと推測される。

## ウェブ小説と女性向けコンテンツの市場

二〇一〇年前後を境に加速したウェブ小説の潮流は少女小説レーベルにも及び、レーベルの新たな戦力としてウェブ小説作家たちが活躍の場を広げていく。少女小説レーベルのなかで、早い段階からウェブ小説出身者を作家ラインナップに加えたのはビーンズ文庫である。ビーンズ文庫では糸森環（いとものたまき）『花神遊戯伝』（二〇一二年六月）、また梨沙（りさ）『花宵の人形師――あるじ様は今日も不機嫌』（二〇一二年八月）など、二〇一二年の段階からウェブ小説作家の「拾い上げ」が行なわれていている。糸森環はia名義で二〇〇五年からオリジナル小説サイト「27時09分の地図」を運営し、七五〇万PVを誇る人気サイトとしてウェブ小説読者の間でその名を知られていた。梨沙も同じく個人サイト「小部屋の小窓」を運営し、個人サイトで連載していた学園伝奇ファンタジー『華鬼』が二〇〇七年八月にレガロシリーズより書籍化され、ヒット作となっていた。『華鬼』は二〇〇九年には実写映画化、二〇一〇年には舞台化、二〇一一年にはゲーム化と、メディアミックスも幅広く行なわれていた。

すでに公開済みの作品を書籍化する流れがウェブ小説では一般的であるが、この時点でのビーンズ文庫は既存作品の書籍化ではなく、固定ファンを獲得しているウェブ小説作家をスカウトし、書き下ろしの新作というかたちで作品を刊行している。糸森も梨沙も長らくウェブ小説で活動している、いわばウェブ小説の古株ともいえる存在で、両者ともに「小説家になろう」出身の作家ではない。ビーンズ文庫の越川麗子は「視野を広げながら書き手を探していたときに、担当のひとりが『iaさんは書き手としてすばらしいし、ネットでものすごくPV数を持っている。うちのレーベルにも合うはず』」[32]と推薦があったため、糸森に執筆を依頼したことをインタビューのなかで答えている。

ビーンズ文庫は視野を広げて新人賞以外の方法で書き手を探すことを試み、その流れでウェブ小説作家をスカウトし、書き下ろしの新作をレーベルのラインナップに加えていった。のちに糸森が個人サイトで公開している作品もビーンズ文庫から刊行されていくが、当初はオリジナル小説のみのラインナップであった。(33) 二〇一三年一〇月のレーベルリニューアル以降、ビーンズ文庫はウェブ小説出版の流れをより強化し、「小説家になろう」に掲載されている作品の書籍化にも取り組んでいる。藤並みなと『ときメロっ！――異世界でバンドと勇者はじめました!?』（二〇一三年一二月）や、あずまの章(しょう)『春日坂高校漫画研究部――第1号弱小文化部に幸あれ！』（二〇一三年一二月）をはじめ、以後も小説化になろう作品の出版はコンスタントに継続されている。

二〇一六年一〇月の時点で、小説家になろう作品を一番多く刊行している少女小説レーベルは一迅社文庫アイリスである。元々一迅社文庫アイリスは生え抜き作家が少なく、こうした背景もあり、小説家になろう作品を積極的に出版していると推測される。一迅社文庫アイリスでは二〇一二年から小説家になろう作品の書籍化が行なわれていたが、二〇一四年八月に三国司(みくにつかさ)『リングリング――英雄騎士と異世界の乙女』、黒湖(くろこ)クロコ『ものぐさな賢者』、こる『獣な彼女』を同時刊行以降、ウェブ小説刊の流れが加速した。二〇一五年八月に刊行された山口悟(やまぐちさとる)『乙女ゲームの破滅フラグしかない悪役令嬢に転生してしまった…』は本書執筆時点で四巻まで刊行されるなど、人気シリーズとなっている。また一迅社文庫アイリスは小説家になろうとタッグを組み、二〇一五年に「一迅社文庫アイリス恋愛ファンタジー大賞」を設立するなど、ウェブ小説の新人賞にも取り組みを見せている。二〇一五年一一月には主にこの賞の受賞作を刊行する一迅社アイリスNEOが立ち上げられているが、このレーベルは文庫ではなく四六判ソフトカバーという版型が取られるなど、文庫レーベル以外でもウェブ小説が刊行されるなど、レーベル全体のなかでウェブ小説の割合が増加傾向にある。

版元によって取り組みに濃淡がみられるが、少女小説レーベルからのウェブ小説書籍化の流れは今後も続いていくだろう。しかし出版界全体のなかではウェブ小説がヒットメーカーになっているのに比べ、少女小説レーベルにおけるウェブ小説は点数こそ増加しているものの、大きなヒットとは結び付きにくい状況となっている。その背景として、女性向けウェブ小説の場合、投稿・閲覧プラットフォームと書籍レーベルの両方を自社で手掛けているレーベルに固定ファンがついている現状に起因していると考えられる。以下この点について詳しく見ていきたい。

アルファポリスはすでに言及したように、投稿作品を登録するポータルサイトとして機能する一方で、女性向けファンタジー系レーベルのレジーナブックス、現実世界を舞台にした大人の恋愛を扱うエタニティブックス、さらにTLのノーチェブックスなどのレーベルを立ち上げ、掲載作品の書籍化を積極的に行なっている。アルファポリスのボリュームゾーンは三〇代から四〇代の女性と言われており[34]、その読者を取り込むレーベルを創刊することで、プラットフォームと読者が緊密に結び付いた市場が形成されていった。『ORICONエンタメ・マーケット白書2015』で二〇一五年度のライトノベルレーベル別売上学トップ一五を見ると、一三位が角川ビーンズ文庫（七・五億円、二・四％）で（少女小説レーベルのなかでは第一位）、それに次ぐ一四位がレジーナブックスと（五・三億円、一・五％）と、レジーナブックスの好調ぶりが目立つ[35]。

少女小説レーベルからのウェブ小説出版は、投稿プラットフォームとの結び付きが弱いところが難点となっている。ウェブ小説の書籍化は現在最もホットなジャンルではあるが、少女小説レーベルのなかではそれほど勢いのある市場としては展開していない。その一方で現在の小説様式や読者層が閉塞しつつある少女小説のなかでは、一定の売り上げを見込めるウェブ小説は堅調なジャンルとして期待され、今後もウェブ小説の出版は進められていくだろう。

**ブーム以降のケータイ小説と集英社ピンキー文庫の動向**

ケータイ小説は固有のジャンルとして扱われる傾向が強く、ウェブ小説の中には通常含まれないことが多い。しかし女性向きウェブコンテンツの書籍化というプロセスは共通しており、そのためケータイ小説の現状についても言及をしておく。ケータイ小説はブームが沈静化してジャンルとして定着を見せた二〇〇八年前後から、投稿・閲覧サイトと出版の両方を手掛けるレーベルが登場し、成功を収めている。

『Deep Love』や『恋空』を出版し、二〇〇〇年代半ばまでのケータイ小説ブームを牽引したスターツ出版は、かつては無料のホームページ「魔法のiランド」に投稿されたケータイ小説を書籍化していた。しかし二〇〇七年に独自の小説投稿・閲覧サイト「野いちご」を立ち上げ、そこに投稿された作品を書籍化するという、投稿・閲覧プラットフォームと出版の両方を手掛ける形態へと移行をしている。スターツ出版のケータイ小説刊行は元々単行本ベースで行なわれていたが、二〇〇九年四月には野いちごに投稿された作品を出版するレーベル、ケータイ小説文庫を新たに立ち上げ、文庫ベースでの刊行に比重を移していった。

二〇〇八年頃までのケータイ小説は恋愛がテーマ、しかもレイプや自殺、難病を描いた過激で泣ける実話系の作品が主流であった。しかし二〇〇八年以降のケータイ小説では過激さは後退し、ハッピーエンドの恋愛が支持を集めるようになった。また恋愛小説に留まらず、ジャンルの多様化が進み、かつてのケータイ小説ではみられなかったファンタジーやホラー系の作品も人気となっていく。ケータイ小説文庫ではこうした状況を反映し、ジャンル別に色分けをして四ラインの展開を行なっている。ピンクレーベルは恋愛、ブルーレーベルは青春、パープルレーベルはファンタジー、ブラックレーベルはホラーと、幅広いジャンルの作品が刊行されている。ブラックレーベルの立ち上げラインナップであったウェルザード『カラダ探し』は好評を博し、「少年ジャンプ+」で村瀬克俊（むらせかつとし）によってコミカライズが行なわれてヒット作となるなど、現在のケータイ小説は多様性を増しつつ新たな展開をみせている。[36]

さらにスターツ出版は二〇一五年一二月、「この一冊が、わたしを変える。」をキャッチコピーに、ライト文芸を中心とした新レーベル、スターツ出版文庫を創刊した。ライト文芸は次節で取り扱うトピックでやや先取りのきらいがあるが、ケータイ小説レーベルの多様化という観点から、ここで言及をしておきたい。スターツ出版文庫からは一六万部のヒットとなった沖田円（おきたえん）『僕は何度でも、きみに初めての恋をする。』、累計一〇万部を超えた櫻（さくら）いいよ『君が落とした青空』、またケータイ小説文庫ブラックレーベル作品の『カラダ探し』もスターツ出版文庫から再刊行されるなど、順調な展開を見せている。[37] 少女小説では二〇〇八年頃から「姫嫁」化が進行し、ジャンルの幅が狭まったのとは対照的に、ケータイ小説は多様性を獲得する方向に進み市場を広げつつある。

ここまでは二〇〇八年以降のケータイ小説レーベルの動向を確認してきたが、少女小説レーベルを有する版元のなかで、ケータイ小説を刊行している集英社に着目し、その取り組みを紹介していきたい。集英社は二〇一〇年から「E★エブリスタ」と組み、Seventeenケータイ小説グランプリという新人賞を開催している。第一回のグランプリを受賞したみゆ「通学電車」は、二〇一〇年八月にコバルト文庫から『通学電車――君と僕の部屋』（以下『通学電車』と略記する）として刊行された。『通学電車』は通常のコバルト文庫とは異なり、モデルによる実写カバー、さらにケータイ小説の形式を崩さない横書きなど、ケータイ小説を意識したパッケージングで刊行された。またコバルト文庫発売に合わせ、同じ集英社から発行されているティーン雑誌『Seventeen』に「通学電車」のコミカライズが掲載されるなど（コミカライズは月島珊瑚(つきしまさんご)が担当）、読者が女子中高生であることをふまえたメディアミックスも行なわれている。『通学電車』は女子中高生に絶大な人気を博すヒット作となり、同じ世界を舞台にしたシリーズとして書き続けられていく。さらに二〇一五年一一月には『通学電車』と、『通学途中』を元に実写映画が制作され、累計が一三五万部を突破するなど、集英社の少女向けオリジナル小説では近年一番のヒット作となっている。[38]

『通学電車』はコバルト文庫から刊行されていたが、集英社は二〇一一年四月、ケータイ小説専門のレーベルピンキー文庫を新たに立ち上げる。なお第3章で言及したように集英社には一九九二年創刊のコバルト・ピンキーというレーベルがあったが、名称は類似しているものの、内容的には別物となっている。ピンキー文庫の創刊ラインナップはみゆ『通学時間～君は僕の傍にいる～』、鈴野未衣『メイドプリンセス　1st stage　蜜月』、百音『心の空』の三冊で、いずれもE★エブリスタに連載されていたものの書籍化だ。ピンキー文庫ではみゆの「通学電車」シリーズが看板作品となっていた他、二〇一三年 Seventeen ケータイ小説グランプリでグランプリ&マーガレット賞を受賞したくらゆいあゆ『駅彼―それでも、好き。―』（二〇一三年六月）のシリーズもスマッシュヒットとなっている。

このようにコバルト文庫からケータイ小説を独立させ、専門レーベルのピンキー文庫としてケータイ小説の展開が行なわれていたが、後述するように集英社は二〇一五年一月に新レーベルオレンジ文庫を創刊する。オレンジ文庫が立ち上げられて軌道に乗った頃から、ピンキー文庫の動きが止まり、新刊が刊行されなくなっていく。ピンキー文庫のヒット作を生み出すレーベルの礎となっていた Seventeen ケータイ小説グランプリも、二〇一四年の第四回以後開催されていない。レーベルはなくなってはいないものの、二〇一五年五月を最後にピンキー文庫から新刊は刊行されておらず、以後に発行された「通学電車」シリーズのスピンオフはコバルト文庫から、「駅彼」シリーズの続編はオレンジ文庫から刊行と、集英社の他レーベルへの作品移行が見られる。集英社はピンキー文庫というケータイ小説レーベルを立ち上げ、ケータイ小説ならではのパッケージングを行なってきたが、今後は別レーベルと接続して展開をするのか、これからの状況に注目していきたい。

## 4　ライト文芸と少女小説

前節ではボカロ小説、そしてケータイ小説を含むウェブ小説の動向と少女小説の状況に注目し紹介した。ここでは近年の出版界におけるもう一つの動向、ライト文芸をめぐる状況を確認し、少女小説の最新動向という観点から考察を進めていく。

ライト文芸はキャラ文芸とも呼ばれ、一般文芸のエンターテインメント小説とライトノベルの中間に位置する小説として登場した新しいジャンルである。一般的な文芸文庫とは異なり、表紙にキャラクターを描いたコミックテイストのイラストを採用するなど、ライトノベルのパッケージングを元にしつつ大人向けにアレンジされている点が特徴となっている。ライト文芸の先駆けとなったメディアワークス文庫から、このレーベル初のミリオン作品となった三上延（みかみえん）『ビブリア古書堂の事件手帖』（二〇一一年三月）というヒット作が登場し、ライト文芸という新たなジャンルの出現を印象付けた。

メディアワークス文庫は二〇〇九年一二月、電撃文庫を読み続けた世代が大人になって手に取るレーベルというコンセプトのもとで創刊されている。「ずっと面白い小説を読み続けたい大人たちへ――」というキャッチコピーが示すように、ターゲットとなる読者層はライトノベルより高い年齢に設定されていた。二〇一五年版『出版指標年報』ではライト文芸への言及が行なわれ、「いずれも表紙はマンガ的なイラストだが、ライトノベル特有の萌え要素はない。「ライトミステリ」「女性が主人公」「書店などお店が舞台」などのキーワードが共通しており、読者の半数以上が女性で、特に四〇代が多い」とその特徴や読者層が観察されている。[39]「ビブリア古書堂の事件手帖」シリーズはビブリア古書堂の店主である栞子が古書にまつわる謎を解いていく日常系ミステリーであり、小説の様式という意味でもライト文芸のジャンルに強い影響を与えている。

二〇一四年から二〇一五年にかけては各出版社が本格的にライト文芸に乗り出した年となり、新たなレーベルが多数創刊された。富士見L文庫（KADOKAWA）、新潮文庫ｎｅｘ（新潮社）、集英社オレンジ文庫（集英社）、講談社タイガ（講談社）、スターツ出版文庫（スターツ出版）などのレーベルが創刊され、ライト文芸というジャンルが急速に浸透しつつあることを印象付けた。このなかで集英社オレンジ文庫（以下オレンジ文庫と略記する）は、本書がこれまで取り上げてきたコバルト文庫と同じ集英社から創刊されており、また執筆陣のラインナップにもコバルト作家が多数登場するなど、少女小説のジャンルと関わりが深いライト文芸レーベルとなっている。オレンジ文庫創刊前後の状況を振り返りつつ、集英社のライト文芸戦略、また新レーベルの創刊がコバルト文庫へ与えた影響など、少女小説とライト文芸の動向を確認していきたい。

## オレンジ文庫創刊の経緯と展開

オレンジ文庫は二〇一五年一月に立ち上げられているが、この新レーベルは突如創刊されたわけではなく、集英社文庫やコバルト文庫での実験的な試みを経たうえで立ち上げられた経緯をもつ。新レーベル創刊へと繋がる新たな流れの端緒となったのは、コバルト文庫の「伯爵と妖精」シリーズなどで知られる谷瑞恵だった。

「伯爵と妖精」シリーズは二〇一三年に完結を迎えたが、シリーズが完結する少し前の二〇一二年九月、長年執筆をしてきたコバルト文庫ではなく、一般向けのレーベル集英社文庫から『思い出のとき修理します』という作品を刊行する。初の一般文芸作品となった『思い出のとき修理します』の執筆動機について、谷は『伯爵と妖精』に自分の好きな外国という舞台、またファンタジー要素を詰め込んだため、全く違うタイプの小説を書いて創作の幅を広げたかったと説明している[40]。

『思い出のとき修理します』の主人公明里は二〇代後半の設定で、都会での恋に破れ、仕事に挫折し、子供の頃に少しだけ暮らしたことがある思い出の商店街へと引っ越してくるところから物語が始まる。寂れた商店街には「おもいでの時　修理します」というプレートを掲げた飯田時計店があり、その店主の秀司、さらには商店街の住人たちと交流を深めつつ、明里と秀司は人が抱える変えられない過去の思い出や傷を癒していく。『思い出のとき修理します』はロングセラーとなり、谷の名前は少女小説の枠を超え、一般読者の間でも知られていくようになった。

谷は『思い出のとき修理します』をシリーズ化して書き進めていく一方で、少女小説と一般向けの小説を繋ぐようなものを書きたいと、[41]『異人館画廊――盗まれた絵と謎を読む少女』（二〇一四年二月）を刊行した。この本はコバルト文庫から発売されているが、通常のコバルト文庫とは異なる点がいくつか見られた。コバルト文庫のトレードマーク、白馬に乗った女性のロゴを入れずにパッケージを一般向けに寄せたこと、また発売日を集英社文庫に合わせた点など、コバルト文庫のなかの別枠として差異化がはかられていた。集英社COBALT SERIESとカバーに記されたこれらの作品は、コバルト文庫の大人枠、または発売日から「25日枠」とも呼ばれた。コバルト文庫「25日枠」の最初のラインナップは谷瑞恵『異人館画廊――盗まれた絵と謎を読む少女』と梨沙『世界螺旋―佐能探偵事務所の業務日記―』の二冊で、どちらも従来のコバルト文庫の装幀とは違うイメージに仕上げられていた。コバルト文庫「25日枠」は以後も継続され、その好評を受けて二〇一五年一月、新レーベルオレンジ文庫として独立する。

## オレンジ文庫という新たなパッケージ

「物語好きのあなたに贈る、エンターテインメント小説レーベル」というキャッチコピーを掲げ、オレンジ文庫は立ち上げられた。創刊ラインナップは谷瑞恵『異人館画廊――贋作師とまぼろしの絵』、今野緒雪『雨のティアラ』、椹野道流『時をかける眼鏡――医学生と、王の死の謎』、白川紺子（しらかわこうこ）『下鴨アンティーク――アリスと紫式部』、梨沙『鍵屋甘味処改――天才鍵師と野良猫少女の甘くない日常』の五冊である。このうち谷・今野・白川はコバルト文庫の新人賞出身者、梨沙はウェブ小説出身ですでにコバルト文庫から作品を出版している作家、槻野は集英社初登場という内訳になっている。コバルト文庫は新人賞出身の作家が執筆陣のメインを占めているが、オレンジ文庫ではコバルト作家に留まらず他レーベルの作家も登場するなど、バラエティに富んだ執筆陣が特徴の一つとなっていた。

オレンジ文庫編集長の手賀美砂子は、コバルトとは装幀のイメージを変えた『異人館画廊』の評判がよく、新しいパッケージについて考え始めたことが新レーベル創刊のきっかけであったことをインタビューのなかで語っている。[42] ライト文芸というジャンルありきでレーベルを立ち上げたのではなく、新しいパッケージを作る発想でオレンジ文庫を立ち上げたという言葉は、長い歴史をもつコバルト文庫のここまでの歩みを振り返ると納得のいくものである。「キャラクターが魅力的な作品といえば、ミステリーでもSFでもファンタジーでも、コバルト文庫では氷室冴子先生や赤川次郎先生などがずっと書いていらっしゃったじゃないか、という思いがあるんですよ」[43] とあるように、キャラクターを重視した小説作りは、コバルト文庫がすでに一九七〇年代の終わり頃から行なっていたことであった。ライト文芸というジャンルありきではなく、オレンジ文庫を創刊してパッケージングを刷新することで、コバルト文庫の伝統である魅力的なキャラクターが登場する小説をより広い読者に届けていく。そうしたコンセプトのもとでオレンジ文庫は創刊されている。

以下も引き続き手賀のインタビューを見ていくことにしよう。

とはいえ少女小説、あるいはライトノベルが、だんだん読者層を限定してきているのは確かで、そうしたジャンルのなかにあることで埋もれてしまっているおもしろい作品というのもあると思うんです。なので、新しくパッケージをつくることで、ジャンルに捉われずおもしろい作品を読者の方々に提示していきたいと思い、オレンジ文庫を創刊しました。(44)

コバルト文庫は少女小説、オレンジ文庫はライト文芸と定義されることが多く、その特徴を有しているのもまた事実ではある。しかしオレンジ文庫の内容はコバルト文庫と大きく隔たったものではなく、新しいパッケージングを可能とし、従来の少女小説をより多様に展開するためのレーベルとして捉える方が適切であろう。

従来の新人賞受賞者はコバルト文庫からデビューするというのが規定路線であったが(スーパーファンタジー文庫が刊行されていた時代はロマン大賞受賞者がこちらからデビューすることもあった)、オレンジ文庫が創刊されたことにより、新人作家の作品を刊行する幅に広がりが生じている。二〇一四年度ロマン大賞受賞作の辻村七子(つじむらななこ)『螺旋時空のラビリンス』(二〇一五年二月)は、オレンジ文庫の創刊第二弾として刊行された。『螺旋時空のラビリンス』はタイムループもののSF小説で、現在の少女小説ジャンルで主流となっている「姫嫁」や恋愛重視の作品とは傾向が異なる作風が特徴だった。久しぶりにSF小説が受賞作品となったこと、またオレンジ文庫ならではのパッケージで刊行されたことは、作品傾向の画一化が進み、閉塞感が強まりつつある少女小説ジャンルに新たな風を持ち込んでいる。

オレンジ文庫の創刊に伴い、集英社は二〇一五年度から新人賞の大幅なリニューアルを行なった。これまでの新人賞は九五枚から一〇五枚のノベル大賞、二五〇枚から三五〇枚のロマン大賞の二つの賞があり、それぞれ年に一度募集されていた。リニューアルではこの二つが融合して新たなノベル大賞となり、また枚数も「一〇〇枚から四〇〇枚の間」と自由に設定され、思いついたアイディアを形にしやすいような応募形式になった。大賞の賞金も一〇〇万だったものが三〇〇万に増額され、準大賞が一〇〇万、佳作が五〇万、さらに受賞者には文庫デビューも確約されるなど、条件の改善が行なわれた。「女性が楽しめるエンターテインメント作品であれば、どんなジャンルでも自由です！　従来のコバルト文庫のイメージにとらわれず、自分が面白いと思う作品をぶつけてください！」とあるように、コバルト文庫とオレンジ文庫の両方を見据え、募集が行なわれている(45)。

オレンジ文庫創刊と連動した新人賞のリニューアル以降、二〇一四年度のノベル大賞の応募数が四九八編（ロマン大賞は二九八編）だったのに対し、二〇一五年度は七三五編、二〇一六年度は九〇二編と、応募数は徐々に盛り返しを見せている。現在多くのレーベルの新人賞が「小説家になろう」を筆頭とするウェブ小説の流れに押され、応募数が減少傾向にある。ライトノベル最大手の電撃文庫も二〇一三年が応募数のピークで六五五四作の投稿があったが、二〇一四年は五〇五五作、二〇一五年は四五八〇作と、大幅な減少が目立つ(46)。こうした状況のなか、新人賞をリニューアルすることで、集英社は新しい作家の発掘と育成の体制を整えている。リニューアル後の二〇一五年ノベル大賞では長谷川夕（はせがわゆう）の「亡霊」が準大賞を受賞し、改稿をした受賞作がオレンジ文庫から『僕は君を殺せない』

（二〇一五年一二月）として刊行された。『僕は君を殺せない』は猟奇殺人をテーマにしたミステリー小説ながらロングセラーとして現在も版を重ねており、リニューアル後の新人賞受賞作品がヒットする状況も生まれつつある。

なお一九八九年に始まり、多くの作家を生み出してきた読者大賞は、二〇一二年をもって終了している。読者大賞の終了については特別な告知は行なわれていないが、二〇一四年頃から新レーベル創刊を見据えて新人賞のリニューアルが計画されていたこと、また読者が審査員となり読者目線で選ぶことが時代的に困難になったことなどが、背景として推測される。読者大賞は役目を終えたようだが、二〇一五年度からリニューアルされた新人賞は応募人数が盛り返すなど、新人賞を通じて新たな才能を見出し、レーベルの作家として育てる集英社の方針に揺るぎはない。

オレンジ文庫が創刊されたことにより、新しい流れが生まれているが、その一方では課題も残されている。オレンジ文庫全体の傾向としてライト文芸の流行りであるコージーミステリーやお店ものの作品が多いこと、またオレンジ文庫を創刊したことによりコバルト文庫の新刊点数が減少してレーベルが縮小傾向にある点など、新たな画一化の進行や少女小説ジャンルの縮小という状況も見られる。こうした側面があるものの、オレンジ文庫を創刊したことで可能となった多様化と新人賞の活性化が突破口となり、少女小説のジャンルにフィードバックされ、今後状況が変わりゆくことを期待したい。

## 5　少女小説の未来へ

二〇一六年は少女小説にとって、節目の年であった。コバルト文庫が四〇周年、ビーンズ文庫が一五周年、ビーズログ文庫は一〇周年と、複数の少女小説レーベルが区切りを迎えている。少女小説というジャンルが紡いできた歴史にあらためて思いを馳せるタイミングになった。

しかし、その一方で二〇一六年は雑誌『Cobalt』の休刊、ルルル文庫の縮小、ウィングス小説大賞が二〇一六年の第四七回をもって終了となるなどのニュースが目立ち、寂しさをともなう節目でもあった。

出版不況と呼ばれる時期が長らく続いているが、ここ数年の少女小説を取り巻く環境もやはり厳しく、市場は縮小傾向にある。次のグラフはビーンズ文庫が創刊された二〇〇一年を起点とし、二〇一五年までの各少女小説レーベルの刊行点数をグラフにしたものである（【図2】）。ビーズログ文庫についてはここ数年、刊行点数が増えているが、それ以外のレーベルは減少傾向にある。もちろん、時代の影響を受けてそのつど主軸となるモチーフやテーマを変容させながら、各時代の少女たちの心情に寄り添ってきたのが少女小説であり、本書もその変遷を記述しようとしてきた。しかし、少女小説をめぐる環境からうかがえるのは、描かれる内容の変遷というレベルでなく、少女小説が未来

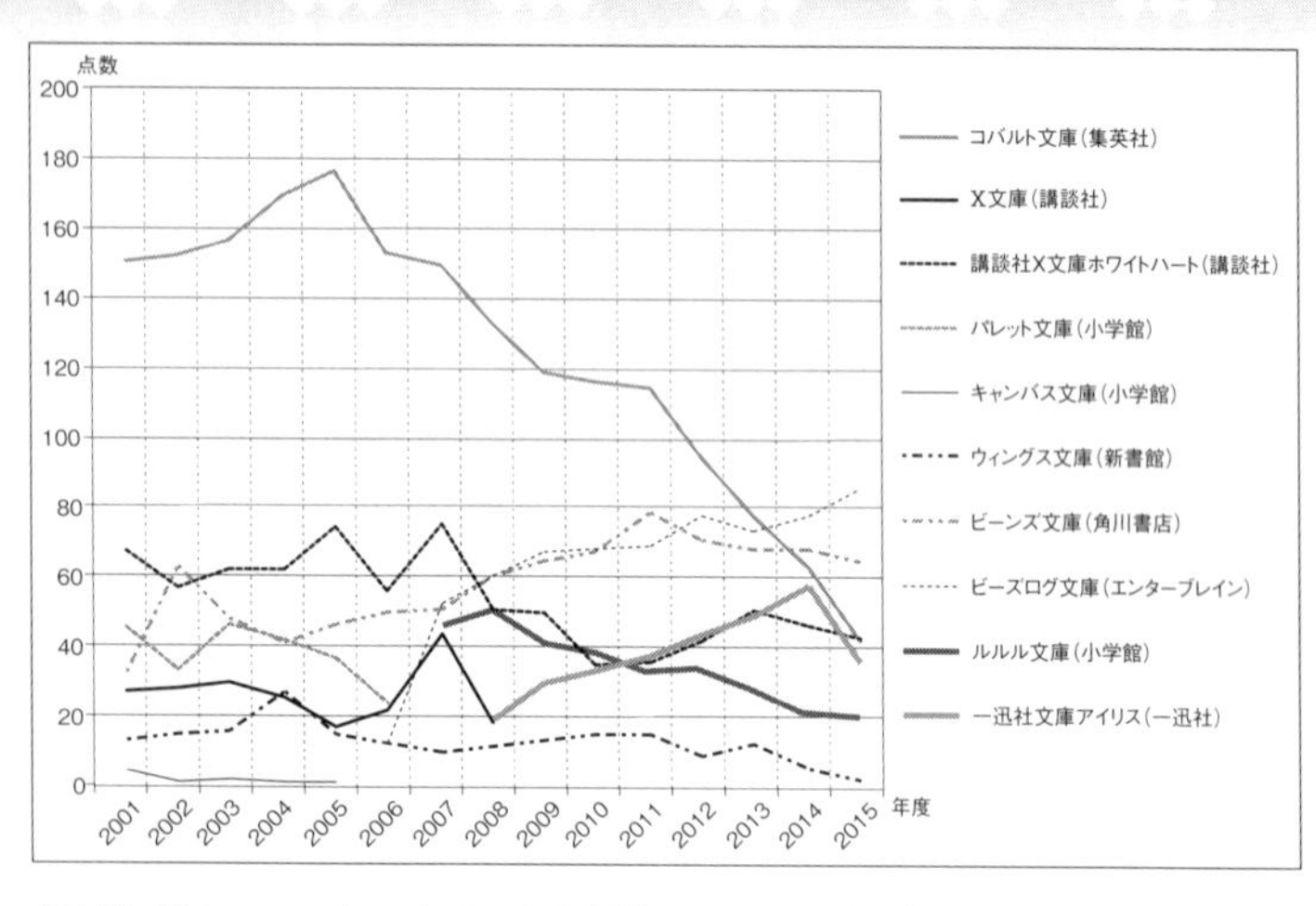


【図2】2001～15年における少女小説レーベルの刊行点数。ここ数年ビーズログ文庫以外の刊行点数が減っているのがわかる。（『出版指標年報』を元に作成）

に向けてどのように継続していけるのかという水準で転機に立っているということである。

その転機を大きく物語るのは、やはりコバルトである。

二〇一六年を迎えたばかりの一月二九日、コバルト文庫の母体雑誌である『Cobalt』が二〇一六年五月号をもって休刊することが発表された。一九八二年の夏に創刊されてから約三五年、前身である『小説ジュニア』時代を含めると五〇年の歴史をもつ雑誌媒体の終了は、一つの時代が去ったことを象徴的に示すものだった。

あらためて振り返れば、雑誌『Cobalt』は九〇年代末までは、コアな読者がコミットする場としての役割を果たしてきた。しかし読者年齢の上昇傾向が強くなる二〇〇〇年以降は、少しずつその特徴が薄れていく。内容的にも二〇〇〇年代初頭頃までは特集が多岐に渡り、振り幅の広さを見せていたが、二〇〇四年以降は『マリみて』に関連した内容が増え、二〇〇六年以降は「恋愛」に関わる甘めのテーマが多くなるなど、コバルト文庫の特徴の変遷に連動して、雑誌の特集も変わってくる。

創刊以来長らくB5判で刊行されてきた判型も、二〇〇八年九月号のリニューアル時に一回り小さいA5判に変更され、隔月の偶数月であった刊行月が奇数月に変わった。リニューアル後を見ると、判型は小さくなっているが、背表紙は創刊以来続いているブルーの色が引き続き使われている。以後は判型と発行日のリニューアルはないものの、デザイン等に細かい変更が加えられるようになり、パッケージでの模索を続けていた跡がうかがえる。二〇一〇年七月号ではタイトルロゴを変更、二〇一一年九月号でもさらにリニューアルされ、表紙と背表紙の色が白となった。

「白」への変更はまた、コバルト文庫でも行なわれていく。それ以前は作家によって背表紙の色が変えられていたが、二〇一四年一一月からは背表紙の色を白に統一したデザインになった（以前から刊行しているシリーズものは以前の背表紙が継続された）。かつてのコバルト文庫は本文用紙にやや黄色がかった紙が使用されていたが、これも白い紙へと変更するなど、移りゆく時代に合わせたパッケージングが試みられている。

そしてコバルト文庫創刊四〇周年の節目である二〇一六年、少女小説の歴史に大きな役割を果たしてきた雑誌『Cobalt』は終了する。ただしこれは、単に老舗メディアの消失では終わらず、『Cobalt』は終了と同時に、「Web マガジン Cobalt」と題したウェブサイトへと媒体を移行させている。もちろん、雑誌の終了自体は出版不況の反映ではあるだろう。しかし、ウェブに移行して継続の道がとられたことで、紙媒体という縛りがなくなり、今日的な受容のあり方が模索される契機となるはずだ。「よめる&かける小説総合サイト」としてリニューアルオープンした「Web マガジン Cobalt」は、新刊の試し読みやオリジナルコンテンツの読み物、また書くコンテンツとしては『Cobalt』から行なわれている短編小説新人賞の募集、さらにはテーマに沿った投稿企画などもされている。現状では「かく」よりも「よむ」コンテンツが充実している印象だが、今後コバルト文庫と連携しながらどのように展開していくのかを注視したい。

少女小説というジャンルを改めて振り返ると、その時々の時代で流行ジャンルは変化を見せているが、読者にとっての「居場所」であり続けたという歴史に揺るぎはない。久美沙織は二〇一五年五月三一日に開催された日本近代文学会春季大会で、少女小説と居場所についての示唆に富む講演を行なっている。久美は少女小説の特徴を「リアルであることより夢でいい。「こうであってほしい」にまず寄り添う」と指摘し、また次のようにも語った。

少女小説は、そういう意味で、「別の世界」ある種の「居場所」を提供するものだっただろうと私は思っています。自分が現実に暮らしている場所や時間とは違う世界。違うルールが適用される場所。よりしっくりくる、「ここが好き」と思える世界。安心して自分の「たましい」を置いておくことができる。素顔でも裸でも、恥ずかしがらずに生きていける。[47]

時代の流れに応じて変遷を重ねるなかで、少女小説が描く「夢」のありようや、「リアル」との距離感は形を変えてきたし、どのような層の少女たちが少女小説に「居場所」を求めたのかも時期によってさまざまであった。それでも「居場所」として重要な選択肢であり続けたことに変わりはなく、また少女小説に救われてきたのは文字通りの「少女」のみに留まらず、多様な属性の人々であっただろう。現状の少女小説を取り巻く状況は決して楽観できるものではないが、しかし少女たちにとっての居場所でありうるということに希望を見出し、その未来を期待したい。活字の消費動向が日々移り変わっていくなかで、少女小説のエッセンスをどのように未来へ受け継いでいけるのか。そして、どのように少女たちの求める場所としてあり続けられるのか、希望を託しつつ次の時代への一歩を見守りたい。

（1）二〇一一年一〇月からビーズログ文庫が正式な表記になった。
（2）のちに『Cobalt』は二〇一三年五月号で「蜜月小説特集」を組むが、その時のコピーが「いまイチオシ♥いちゃラブ人気シリーズをピックアップ！」となっており、小説の「甘さ」を表現するのに「いちゃラブ」という用語が使われている。『Cobalt』二〇一三年五月号、集英社、二一五ページ
（3）小野上明夜『死神姫の再婚』（B's-LOG文庫）、エンターブレイン、二〇〇七、二九ページ
（4）『Cobalt』二〇一二年三月号、集英社、四六五ページ。
（5）『ライトノベル完全読本 Vol.2』（日経ＢＰムック）、日経ＢＰ社、二〇〇五、八四ページ

(6)『Cobalt』二〇〇三年一二月号、集英社、三一五ページ
(7)『ライトノベル作家のつくりかた2』、青心社、二〇〇九、二五―一一六ページ
(8)『Cobalt』二〇一二年七月号、集英社、四四三―四四四ページ
(9)『Cobalt』二〇〇九年九月号、集英社、四一八ページ
(10)『Cobalt』二〇一二年三月号、集英社、四六三ページ
(11)『Cobalt』二〇一二年七月号、集英社、四四四ページ
(12)『Cobalt』二〇〇一年六月号、集英社、三一九ページ
(13)『Cobalt』二〇〇一年八月号、集英社、四〇三ページ
(14)『出版指標年報』(二〇一〇年版)全国出版協会出版科学研究所、二〇一〇、二七ページ
(15)『かつくら』二〇一二年秋号、桜雲社、七三ページ
(16)氷室冴子『続ジャパネスク・アンコール!』(コバルト文庫)、集英社、一九八六、二六三ページ
(17)『Cobalt』二〇一二年五月号、集英社、九ページ
(18)二〇一二年一一月に初のTL作品として刊行されたのはゆきの飛鷹『愛し姫艶戯――春嵐の皇子に攫われて』、里崎雅(さとざきみやび)『身代わりウェディング』の二作。
(19)『出版月報』二〇一四年三月号、全国出版協会出版科学研究所、九―一〇ページ
(20)柴那典『初音ミクはなぜ世界を変えたのか?』、太田出版、二〇一四、九八―一〇二ページ。以降のボーカロイドの歴史も本書を参照している。
(21)ニコニコ動画におけるボーカロイドとCGM文化、またボカロ小説の登場については山口直彦(やまぐちなおひこ)「「悪ノ娘」を生み出したボーカロイドとCGM文化」大橋崇行・山中智省編『ライトノベル・フロントライン2』、青弓社、二〇一六に詳しい。

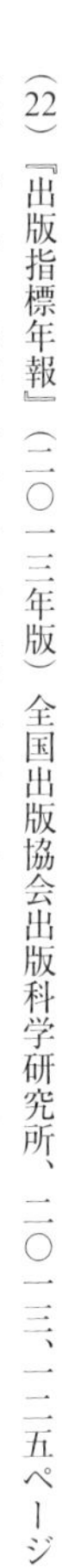

(22)『出版指標年報』(二〇一三年版)全国出版協会出版科学研究所、二〇一三、一一五ページ

(23)毎日新聞社東京本社広告局編『学校読書調査』二〇一二年版、毎日新聞社東京本社広告局、一〇一ページ、一〇三ページ

(24)毎日新聞社東京本社広告局編『学校読書調査』二〇一四年版、毎日新聞社東京本社広告局、一〇四―一〇七ページ

(25)飯田一史「衝撃ネット小説の今　第16回　角川ビーンズ文庫「曲と物語の連動」意識」(http://www.shinbunka.co.jp/rensai/netnovel/netnovel16.htm)〔最終アクセス：二〇一六年一一月二七日〕

(26)柴那典「HoneyWorksはなぜ10代女子を熱狂させるのか？　少女漫画化するボカロ」(http://kai-you.net/article/29500)〔最終アクセス二〇一六年一一月四日〕

(27)「人気ボカロP「れるりり」に聞く「脳漿炸裂ガール」が生まれたワケ、そして「ニコニコ超パーティーⅡ」へ」(http://news.mynavi.jp/articles/2013/04/06/reruriri/)〔最終アクセス二〇一六年一〇月二九日〕

(28)「映画『脳漿炸裂ガール』プロデューサーインタビュー：「映画にしてみた」を楽しんで欲しい」(http://do-ra.org/2015/07/21/7164/)〔最終アクセス：二〇一六年一〇月二九日〕

(29)『出版指標年報』(二〇一五年版)全国出版協会出版科学研究所、二〇一五、一一六―一一七ページ

(30)ウェブ小説の動向をまとめた書籍や特集として、飯田一史『ウェブ小説の衝撃――ネット発ヒットコンテンツのしくみ』、筑摩書房、二〇一六、『このライトノベルがすごい！』編集部編『このWeb小説がすごい！』宝島社、二〇一五、「オンライン発小説の世界」『かつくら』二〇一五年春号、桜雲社などがある。以降のウェブ小説の動向をまとめるにあたりこれらの書籍を参照した。

(31)「Close up 1 小説家になろう」『かつくら』二〇一五年春号、桜雲社、三〇ページ

(32)前掲「衝撃ネット小説の今　第一六回　角川ビーンズ文庫「曲と物語の連動」意識」

（33）ウェブ小説として公開中の糸森環の『F―エフ―』、『she & sea』はのちにビーンズ文庫から刊行されている。
（34）『かつくら』二〇一五年春号、桜雲社、三三ページ
（35）『ORICONエンタメ・マーケット白書2015』、oricon ME、二〇一六、八一ページ
（36）『カラダ探し』の初出は「E★エブリスタ」で、のちに「野いちご」に掲載されている。『カラダ探し』の展開は飯田一史『ウェブ小説の衝撃』、太田出版、二〇一六に詳しい。
（37）飯田一史「「ケータイ小説は終わった」なんて大間違い！　今も16万部のヒットを生み出すスターツ出版に聞く」(http://bylines.news.yahoo.co.jp/iidaichishi/20160421-00056883/)［最終アクセス二〇一六年一〇月三〇日］
（38）『通学電車――君と僕の部屋』は二〇一一年ライトノベル売れ行きランキングの一一位にランクインをしている。トップ三〇位までに入っている少女小説レーベル作品は、「通学電車」シリーズ以外では七位の雪乃紗衣『彩雲国物語』（ビーンズ文庫）のみとなっている。『出版指標年報』（二〇一二年版）全国出版協会出版科学研究所、二〇一二、一二九ページ
（39）『出版指標年報』（二〇一五年版）全国出版協会出版科学研究所、二〇一五、一二一ページ
（40）谷瑞恵インタビュー『かつくら』二〇一四年夏号、桜雲社、三〇ページ
（41）前掲『かつくら』、二〇一四年夏号、三三ページ
（42）『かつくら』二〇一五年夏号、桜雲社、五三ページ
（43）前掲『かつくら』二〇一五年夏号、五三ページ
（44）前掲『かつくら』二〇一五年夏号、五三ページ
（45）『Cobalt』二〇一五年一月号、集英社、一八四ページ
（46）第二三回電撃小説大賞から投稿規定が改訂され、ウェブ応募が可能となり、二〇一六年の応募数は四八七八作と微増している。

（47）久美沙織「少女小説は誰のもの？」大橋崇行・山中智省編『ライトノベル・フロントライン1』、青弓社、二〇一五、七二ページ

# あとがき、あるいは私的な読書回顧録

まさかこのテーマで単著を出すことになるとは……というのが今の率直な気持ちである。近代日本の文化研究が専門で、明治期や大正時代の古い雑誌を捲る日々を過ごしていた。それなのに気がつけばコバルト文庫をはじめとする少女小説について調べ、一冊の本を上梓している。不思議な流れに乗り、まるで導かれるようにここまで来てしまったという感覚が今でも消えない。

『ユリイカ』二〇一四年一二月号の特集「百合文化の現在」に寄稿することになり、自分の手持ちの札のなかから吉屋信子を取り上げた。原稿のテーマを「少女たちの友愛」にしたため、氷室冴子にも言及しようと久しぶりにコバルト文庫を手に取った。この仕事が契機となり、二〇一五年の日本近代文学会春季大会のパネル「少女たちの〈いま〉を問う――一九八〇年代の少女小説とジェンダー」で発表をし、久美沙織さんの講演「少女小説は誰のもの?」に感銘を受け、また「氷室冴子を偲ぶ会」に参加したこともあり、コバルト文庫や少女小説についてもっと調べたいという気持ちが高まった。そんな折にコバルト文庫をテーマにした単著をと声がかかり、自分が長年取り組んできた研究ではないことに一抹の不安を抱きつつも、気がつけば少女小説の海に飛び込んでいた。

私は一九七九年生まれで、中高時代は九〇年代のファンタジー全盛期に当たる。母がファンタジー小説好きで、家にあった水野良『ロードス島戦記』や竹河聖『風の大陸』などを読んでいた。そうしたファンタジーの流れで氷室冴子の『銀の海　金の大地』に興味を持ち、シリーズを追いかけ始めたのがコバルト文庫との出会いだった。

元々理系志望で中学時代の愛読雑誌は『Newton』、宇宙飛行士を夢見る少女で憧れはアインシュタインやホーキングと、高校に入学するまで小説はそれほど身近なものではなかった。そんな時期に出会った少女小説は、私のなかの理科趣味と、活字の世界を繋いでくれる存在だった。榎木洋子の『STEP OUT』、須賀しのぶの『惑星童話』はどちらも宇宙飛行士が登場する作品で、高校一年の私の愛読書だった。折原みとでは『地球（アース）――「箱舟の惑星（ほし）」』、NASAやジョンソン宇宙センターという単語に胸をときめかせた。幼少期をアメリカのアイオワで過ごした私にとって、アメリカは見知らぬ国ではないが（レイ・ブラッドベリが描くイリノイの風景は今でも郷愁を呼び起こす。何度『ウは宇宙船のウ』を読み返したことだろう）、ヒューストンは夢のように遠い響きだった。

前田珠子作品では『精霊宮の宝珠』がお気に入りだった。『STEP OUT』や『惑星童話』、そして『精霊宮の宝珠』のように、私は著者の代表的な長編シリーズよりも、一冊完結の物語により惹かれる傾向が強かったようである。その嗜好はやがて稲垣足穂やノヴァーリスの断章へと繋がり、今も私のなかにある密やかでかそけきものを愛でる感性の源流となっている。

少女小説とはやや離れるが、スニーカー文庫ではひかわ玲子『三剣物語』と冴木忍（さえきしのぶ）『星の大地』が好きだった。いずれも三巻完結の作品で、世界が調和に満ちて幸福な大団円を迎える『三剣物語』と、絶望的なカタストロフですべてが崩壊する『星の大地』、どちらの結末も自分が望む未来だった。私は幸せになりたかったし、また同時にすべてを破壊したかった。私はとても小さな世界の中に生きており、そこでもがき、世界を憎み、現実から逃げるように読書に耽るようになっていった。少女小説を「卒業」した意識はなかったが、高校一年の途中で長野まゆみや澁澤龍彦などの河出文庫、京極夏彦や森博嗣の講談社ノベルスに夢中になり、『銀の海　金の大地』が終了したことも重なってコバルト文庫は手に取らなくなったと記憶している。

私は一九九七年頃に高校を中退し、大検を取り通信制の大学（放送大学）へ進学するという、学校からドロップアウトをした学生だった。執筆をするために『Cobalt』を調べ、九〇年代後半のコバルトや少女小説には自分と似た少女たちが沢山いたことを今更ながらに知った。当時の私は独学の系譜に惹かれ南方熊楠やコリン・ウィルソンの『アウトサイダー』で己を励まし、行き場所がなく昼間の大通公園で鬱々と福永武彦の『世界の終り』や『夢みる少年の昼と夜』、萩尾望都の『ポーの一族』や『トーマの心臓』を読んでいた。こうした作品に救われてはいたが、より身近に感じられる少女小説や、自分以外にも同じ悩みを抱えている少女たちがいることを実感できていたら、あの孤独はもう少し違ったものになっていたのかもしれない。一〇代の終わりに出会った谷山由紀『天夢航海』（朝日ソノラマ文庫）には、学校になじめず「ここよりほかの場所へ」を夢見る少女たちの姿が描かれていた。「私が私で居られる場所へ。青い星の地上は本来の私の居場所ではなかった――」と記された『天夢航海』

を、大人になり社会性を身につけ、人間社会でそれなりに生き延びている今もお守りのように手元に置いている。

少女小説の歴史を辿るという目的意識のもと、本書では一九六六年以降の流れを整理し、読者の受容という観点と結び付けつつ記述を行なった。力点は各時代の主たる状況の描写と変遷に置かれており、その過程で取りこぼした要素や課題も少なからず残されている。本書が今後の少女小説研究のささやかな礎となり、研究がより活性化することを願ってやまない。また近年は電子書籍も盛んになり、絶版となった作品の配信も行なわれるようになっている。とはいえまだ多くの作品が手に取りにくい状況であることに変わりはない。埋もれている作品が再び我々の手に届くようになることを、一読者として期待している。

本書は多くの方々に支えられて形になった。新井素子さんの帯文は、一ファンとして今でも夢なのではないかと思えるほど嬉しく、また帯の言葉に私自身励まされた。カバーは三鷹にある古本カフェ&ギャラリー点滴堂にて撮影を行なった。店主の稲村光男さんが手掛けるリリカルな企画と古書のセレクトは「少女」的な感性に溢れ、本と人が出会う素敵な場となっている。彩流社の林田こずえさんには多数助言をいただき、心から感謝を申し上げたい。最後に氷室冴子作品をもじりつつ、高らかに宣言しよう。「少女小説は死なない!」、と。

嵯峨景子

# 主な引用・参考文献

・本文中で引用した『小説ジュニア』『Cobalt』や各コバルト文庫作品（集英社）、また『ジュニア文芸』『Palette』（小学館）、その他少女小説レーベルの作品は脚注で出典を表示しているため、このリストには含めていない。
・本文中で引用した新聞記事は各章末の注でそれぞれ出典表示を行ない、引用・参考文献には含めていない。
・作家や出版社のインタビューとして引用した『活字倶楽部』（雑草社）や『かつくら』（桜雲社）は引用箇所で出典表示し、引用・参考文献リストでは雑誌名のみを記載した。『出版指標年報』（全国出版協会出版科学研究所）、『読書世論調査・学校読書調査』（毎日新聞社東京本社広告局）も同様にここではまとめて記載している。
・注にて紹介するかたちでのみ取り上げた文献は引用・参考文献リストには含めていない。

『週刊ＡＥＲＡ』朝日新聞出版社
浅尾典彦&ライトノベル研究会『ライトノベル作家のつくりかた2――メディアミックスを泳ぎぬけ！』、青心社、二〇〇九
飯田一史『ウェブ小説の衝撃――ネット発ヒットコンテンツのしくみ』、筑摩書房、二〇一六
飯田一史「「ケータイ小説は終わった」なんて大間違い！　今も16万部のヒットを生み出すスターツ出版に聞く」（http://bylines.news.yahoo.co.jp/iidaichishi/20160421-00056883/）
飯田一史「衝撃ネット小説の今　第16回　角川ビーンズ文庫「曲と物語の連動」意識」（http://www.shinbunka.co.jp/rensai/netnovel/netnovel16.htm）

今田絵里香『「少女」の社会史』、勁草書房、二〇〇七
岩淵宏子・菅聡子・久米依子・長谷川啓編『少女小説事典』、東京堂出版、二〇一五
遠藤寛子「解説」尾崎秀樹・小田切進・紀田順一郎監修『少年小説体系第24巻　少女小説名作集（一）』、三一書房、一九九三
桜雲社編『ライトBLへようこそ』、アスペクト、二〇一二
大橋崇行『ライトノベルから見た少女／少年小説史――現代日本の物語文化を見直すために』、笠間書院、二〇一四
大橋崇行・山中智省編『ライトノベル・フロントライン1』、青弓社、二〇一五
大橋崇行・山中智省編『ライトノベル・フロントライン2』、青弓社、二〇一六
大森望・三村美衣『ライトノベル☆めった斬り！』、太田出版、二〇〇四
尾崎秀樹「ジュニア小説の基礎―ジュニア小説と少女小説の相違―」『学校図書館』一九六九年三月号、全国学校図書館協議会
『ORICONエンタメ・マーケット白書 2015』、Oricon ME、二〇一六
学習研究社50年史編纂委員会『学習研究社50年史』、学習研究社、一九九七
『かつくら』桜雲社
かつくら編集部編『あの頃のBLの話をしよう』、桜雲社、二〇一六
『活字倶楽部』雑草社
上遠野浩平・西尾維新・北山猛邦「スーパー・トークセッション」『ファウスト Vol.5』講談社、二〇〇五
金田淳子「教育の客体から参加の主体へ――一九八〇年代の少女向け小説ジャンルにおける少女読者」『女性学 Vol.9』、日本女性学会、二〇〇一
菅聡子編『〈少女小説〉ワンダーランド――明治から平成まで』、明治書院、二〇〇八

主な引用・参考文献


木村涼子『学校文化とジェンダー』、勁草書房、一九九九
木本至『雑誌で読む戦後史』、新潮社、一九八五
久美沙織『コバルト風雲録』、本の雑誌社、二〇〇四
久米依子『「少女小説」の生成——ジェンダー・ポリティクスの世紀』、青弓社、二〇一三
桑原水菜「九〇年代の秘密結社」『青春と読書』二〇〇六年五月号、集英社
講談社八十年史編集委員会編『講談社の80年：1909—1989』講談社、一九九〇
『このライトノベルがすごい！』編集部編『このWeb小説がすごい！』、宝島社、二〇一五
小森収「「スーパーファンタジー文庫」創刊」『青春と読書』一九九一年三月号、集英社、一三ページ
今野緒雪「『マリア様がみてる』のまなざし——〝姉妹〟たちの息づく場所」『ユリイカ』二〇一四年一二月、青土社
佐伯千秋「わたしとジュニア小説」『児童文芸』一九七六年九月号、日本児童文芸家協会
『思想の科学No.115』一九九一年一〇月、思想の科学社
柴那典『初音ミクはなぜ世界を変えたのか？』、太田出版、二〇一四
柴那典「HoneyWorksはなぜ10代女子を熱狂させるのか？　少女漫画化するボカロ」(http://kai-you.net/article/29500)
社史編纂室編『集英社70年の歴史』、集英社、一九九七
『出版月報』全国出版協会出版科学研究所
『出版指標年報』全国出版協会出版科学研究所
花井愛子『「ご破算」で願いましては。——地獄の相続、借金苦、自宅競売からのサバイバル』、小学館、二〇〇一
花井愛子『ときめきイチゴ時代——ティーンズハートの1987—1997』、講談社、二〇〇五
早見裕司「ジュニアの系譜」(http://lanopa.sakura.ne.jp/hayami/)
早見裕司「講談社『旧X文庫』・リスト」(http://hayami.net/zyunia/x1.html)

速水健朗『ケータイ小説的。――〝再ヤンキー化〟時代の少女たち』原書房、二〇〇八
氷室冴子『ホンの幸せ』、集英社、一九九八
氷室冴子編集責任『氷室冴子読本』、徳間書店、一九九三
細谷まどか「映画『脳漿炸裂ガール』プロデューサーインタビュー：「映画にしてみた」を楽しんで欲しい」(http://dora.org/2015/07/21/7164/)
本田透『なぜケータイ小説は売れるのか』、ソフトバンククリエイティブ株式会社、二〇〇八
毎日新聞社東京本社広告局編『学校読書調査』、毎日新聞社東京本社広告局
松谷創一郎『ギャルと不思議ちゃん論――女の子たちの三十年戦争』、原書房、二〇一二
まんが王 (http://www.mangaoh.co.jp/topic/topic_group.php?i_id=257)
横川寿美子「ポスト「少女小説」の現在　女の子は男の子に何を求めているか」斎藤美奈子編『21世紀文学の創造7　男女という制度』、岩波書店、二〇〇一
『百合の世界入門』、玄光社、二〇一六
『ライトノベル完全読本』、日経BP社、二〇〇四
『ライトノベル完全読本 Vol.2』、日経BP社、二〇〇五
れるりり「人気ボカロP「れるりり」に聞く「脳漿炸裂ガール」が生まれたワケ、そして「ニコニコ超パーティーⅡ」へ」(http://news.mynavi.jp/articles/2013/04/06/reruriri/)

# 付録

「コバルト」と各レーベル刊行時期の比較
コバルト50年史
コバルト・ノベル大賞受賞者一覧

# 「コバルト」と各レーベル刊行時期の比較

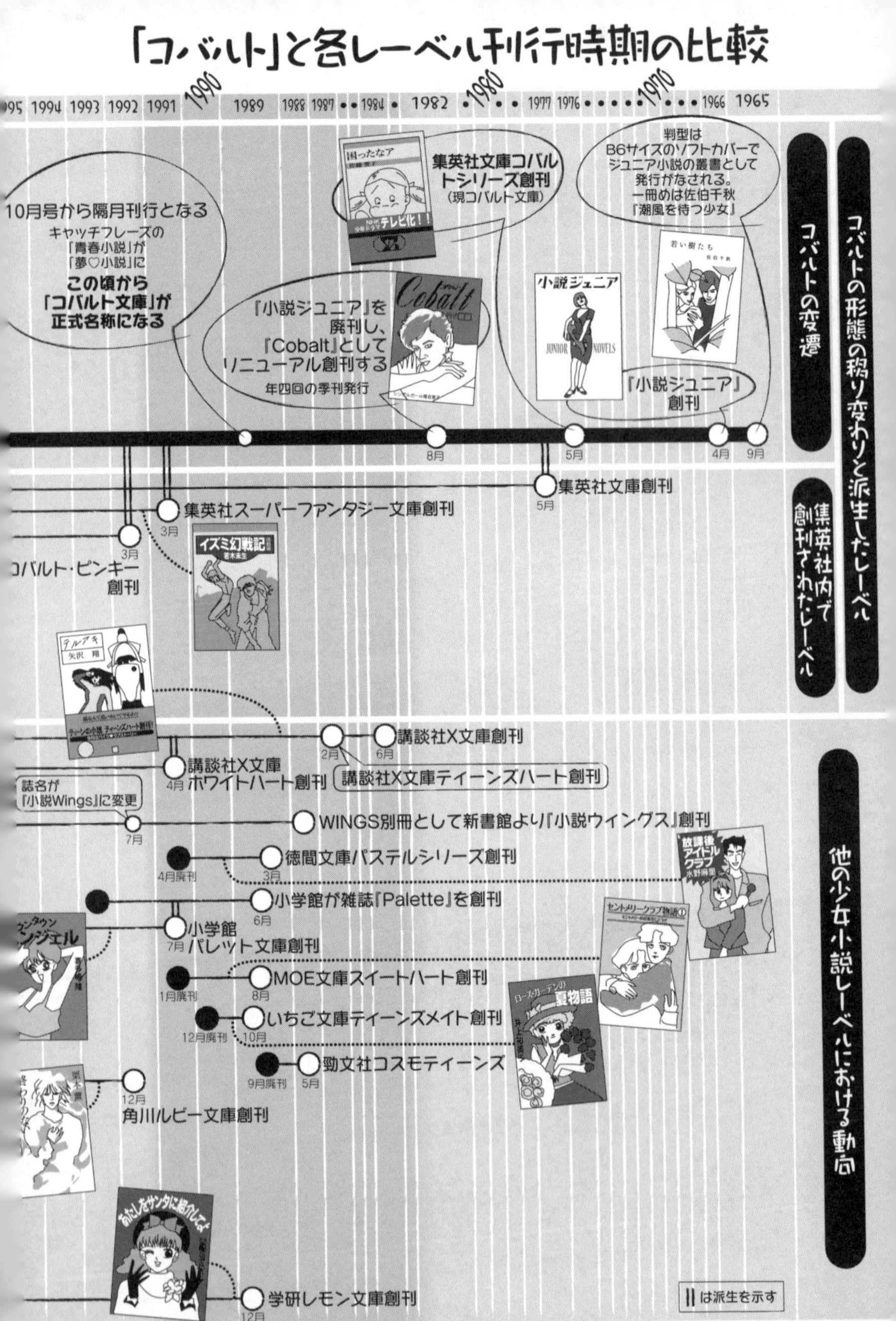


ファンタジーブーム　少女小説ブーム　少女小説の区分

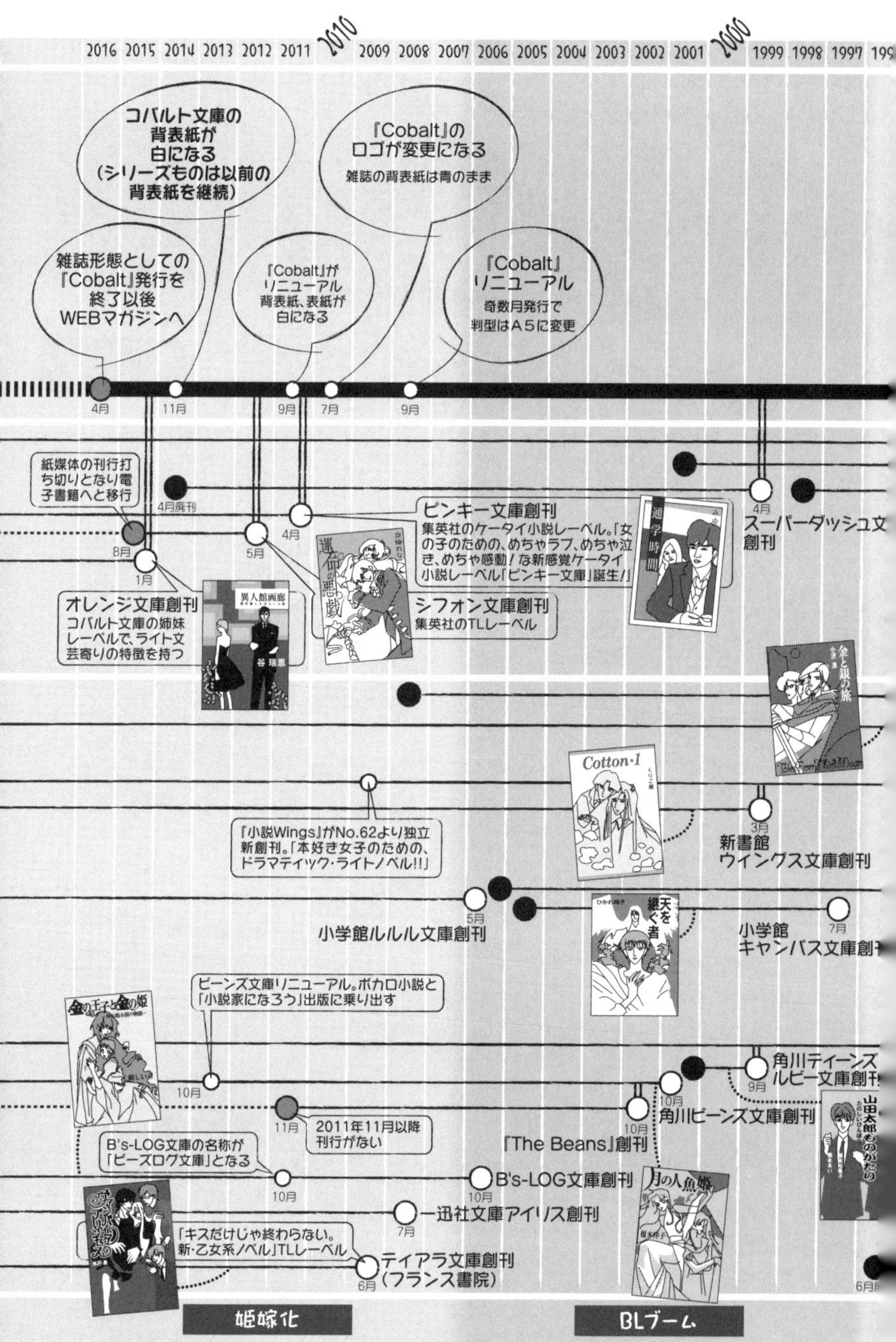
2016 2015 2014 2013 2012 2011 2010 2009 2008 2007 2006 2005 2004 2003 2002 2001 2000 1999 1998 1997
コバルト文庫の背表紙が白になる（シリーズものは以前の背表紙を継続）
『Cobalt』のロゴが変更になる
雑誌の背表紙は青のまま
雑誌形態としての『Cobalt』発行を終了以後WEBマガジンへ
『Cobalt』がリニューアル
背表紙、表紙が白になる
『Cobalt』リニューアル
奇数月発行で判型はA5に変更
4月
11月
9月
7月
9月
紙媒体の刊行打ち切りとなり電子書籍へと移行
4月廃刊
ピンキー文庫創刊
集英社のケータイ小説レーベル。「女の子のための、めちゃラブ、めちゃ泣き、めちゃ感動！な新感覚ケータイ小説レーベル「ピンキー文庫」誕生！」
4月
スーパーダッシュ文庫創刊
8月
5月
4月
1月
オレンジ文庫創刊
コバルト文庫の姉妹レーベルで、ライト文芸寄りの特徴を持つ
異人館画廊
谷瑞恵
運命の悪戯
シフォン文庫創刊
集英社のTLレーベル
通学時間
金と銀の旅
Cotton・1
『小説Wings』がNo.62より独立新創刊。「本好き女子のための、ドラマティック・ライトノベル!!」
3月
新書館
ウイングス文庫創刊
5月
小学館ルルル文庫創刊
天を継ぐ者
7月
小学館
キャンバス文庫創刊
ビーンズ文庫リニューアル。ボカロ小説と「小説家になろう」出版に乗り出す
金の王子と金の姫
角川ティーンズルビー文庫創刊
9月
10月
10月
角川ビーンズ文庫創刊
山田太郎ものがたり
11月
2011年11月以降刊行がない
10月
『The Beans』創刊
B's-LOG文庫の名称が「ビーズログ文庫」となる
10月
B's-LOG文庫創刊
10月
月の人魚姫
一迅社文庫アイリス創刊
7月
「キスだけじゃ終わらない。新・乙女系ノベル」TLレーベル
ティアラ文庫創刊（フランス書院）
6月
6月
姫嫁化
BLブーム
（2016年11月現在）

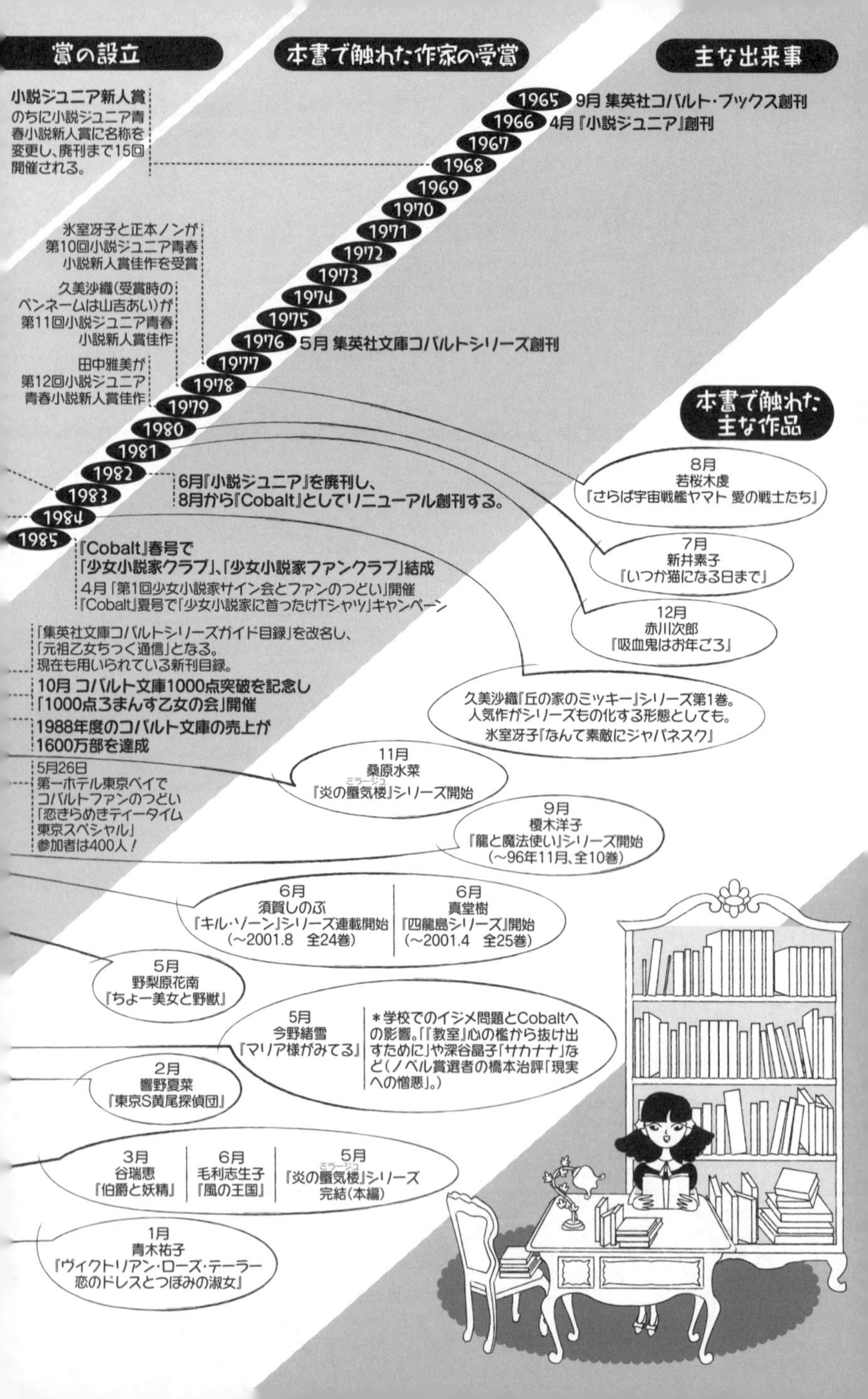

賞の設立
本書で触れた作家の受賞
主な出来事
小説ジュニア新人賞
のちに小説ジュニア青春小説新人賞に名称を変更し、廃刊まで15回開催される。
1965 9月 集英社コバルト・ブックス創刊
1966 4月『小説ジュニア』創刊
1967
1968
1969
1970
1971
1972
1973
1974
1975
1976 5月 集英社文庫コバルトシリーズ創刊
1977
1978
1979
1980
1981
1982
1983
1984
1985
氷室冴子と正本ノンが第10回小説ジュニア青春小説新人賞佳作を受賞
久美沙織(受賞時のペンネームは山吉あい)が第11回小説ジュニア青春小説新人賞佳作
田中雅美が第12回小説ジュニア青春小説新人賞佳作
本書で触れた主な作品
8月 若桜木虔『さらば宇宙戦艦ヤマト 愛の戦士たち』
7月 新井素子『いつか猫になる日まで』
12月 赤川次郎『吸血鬼はお年ごろ』
6月『小説ジュニア』を廃刊し、8月から『Cobalt』としてリニューアル創刊する。
『Cobalt』春号で「少女小説家クラブ」、「少女小説家ファンクラブ」結成
4月「第1回少女小説家サイン会とファンのつどい」開催
『Cobalt』夏号で「少女小説家に首ったけTシャツ」キャンペーン
「集英社文庫コバルトシリーズガイド目録」を改名し、「元祖乙女ちっく通信」となる。現在も用いられている新刊目録。
久美沙織『丘の家のミッキー』シリーズ第1巻。人気作がシリーズもの化する形態としても。
氷室冴子『なんて素敵にジャパネスク』
10月 コバルト文庫1000点突破を記念し「1000点ろまんす乙女の会」開催
1988年度のコバルト文庫の売上が1600万部を達成
11月 桑原水菜『炎の蜃気楼(ミラージュ)』シリーズ開始
5月26日 第一ホテル東京ベイでコバルトファンのつどい「恋きらめきティータイム東京スペシャル」参加者は400人!
9月 榎木洋子『龍と魔法使い』シリーズ開始(〜96年11月、全10巻)
6月 須賀しのぶ『キル・ゾーン』シリーズ連載開始(〜2001.8 全24巻)
6月 真堂樹『四龍島シリーズ』開始(〜2001.4 全25巻)
5月 野梨原花南『ちょー美女と野獣』
5月 今野緒雪『マリア様がみてる』
*学校でのイジメ問題とCobaltへの影響。「『教室』心の檻から抜け出すために」や深谷晶子「サカナナ」など(ノベル賞選者の橋本治評「現実への憎悪」。)
2月 響野夏菜『東京S黄尾探偵団』
3月 谷瑞恵『伯爵と妖精』
6月 毛利志生子『風の王国』
5月『炎の蜃気楼(ミラージュ)』シリーズ完結(本編)
1月 青木祐子『ヴィクトリアン・ローズ・テーラー 恋のドレスとつぼみの淑女』

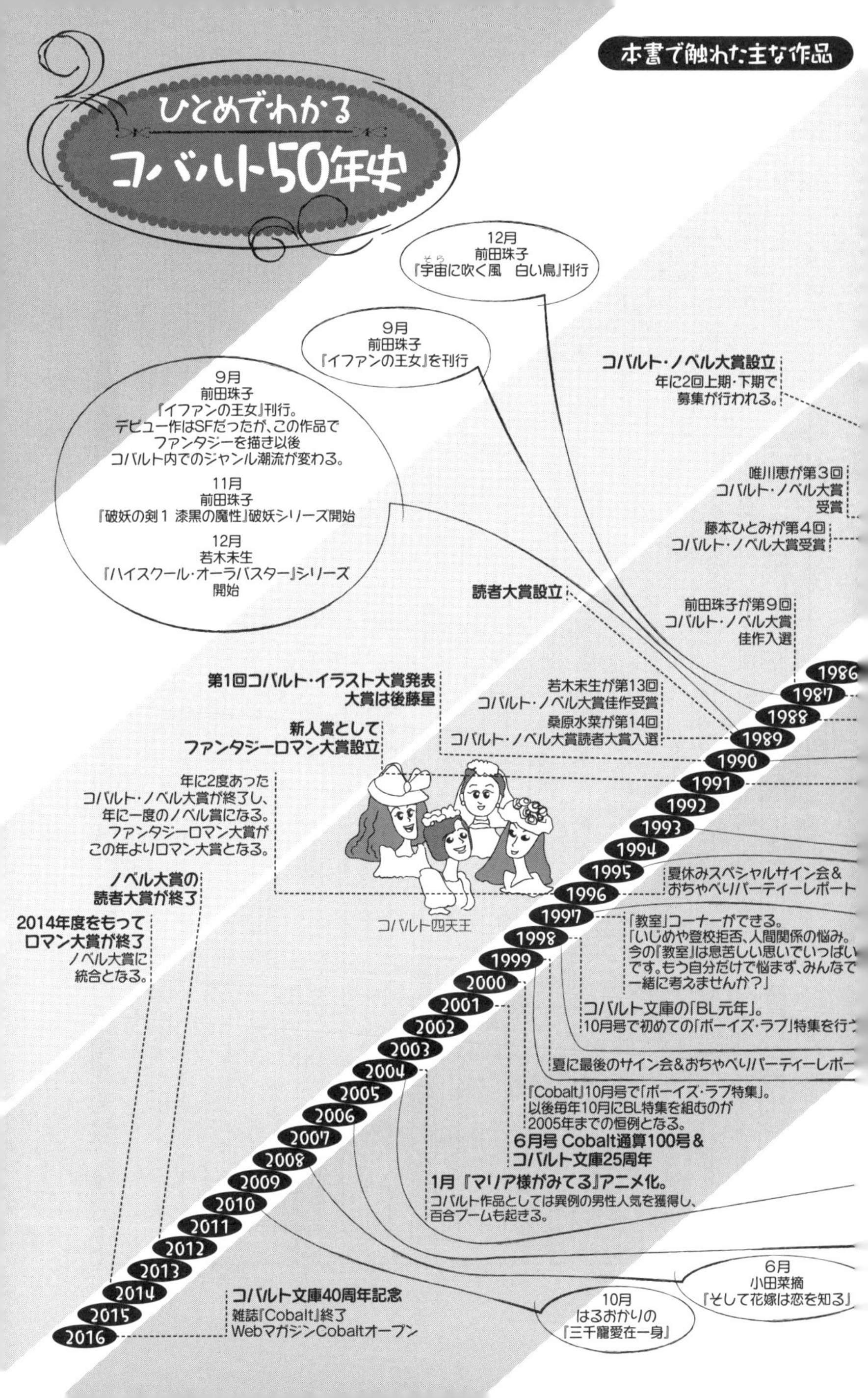

ひとめでわかる
コバルト50年史
本書で触れた主な作品
12月
前田珠子
『宇宙(そら)に吹く風　白い鳥』刊行
9月
前田珠子
『イファンの王女』を刊行
コバルト・ノベル大賞設立
年に2回上期・下期で
募集が行われる。
9月
前田珠子
『イファンの王女』刊行。
デビュー作はSFだったが、この作品で
ファンタジーを描き以後
コバルト内でのジャンル潮流が変わる。
11月
前田珠子
『破妖の剣1 漆黒の魔性』破妖シリーズ開始
12月
若木未生
『ハイスクール・オーラバスター』シリーズ
開始
唯川恵が第3回
コバルト・ノベル大賞
受賞
藤本ひとみが第4回
コバルト・ノベル大賞受賞
読者大賞設立
前田珠子が第9回
コバルト・ノベル大賞
佳作入選
第1回コバルト・イラスト大賞発表
大賞は後藤星
若木未生が第13回
コバルト・ノベル大賞佳作受賞
桑原水菜が第14回
コバルト・ノベル大賞読者大賞入選
新人賞として
ファンタジーロマン大賞設立
年に2度あった
コバルト・ノベル大賞が終了し、
年に一度のノベル賞になる。
ファンタジーロマン大賞が
この年よりロマン大賞となる。
ノベル大賞の
読者大賞が終了
2014年度をもって
ロマン大賞が終了
ノベル大賞に
統合となる。
コバルト四天王
1986
1987
1988
1989
1990
1991
1992
1993
1994
1995
1996
1997
1998
1999
2000
2001
2002
2003
2004
2005
2006
2007
2008
2009
2010
2011
2012
2013
2014
2015
2016
夏休みスペシャルサイン会＆
おちゃべりパーティーレポート
「教室」コーナーができる。
「いじめや登校拒否、人間関係の悩み。
今の『教室』は息苦しい思いでいっぱい
です。もう自分だけで悩まず、みんなで
一緒に考えませんか？」
コバルト文庫の「BL元年」。
10月号で初めての「ボーイズ・ラブ」特集を行う
夏に最後のサイン会＆おちゃべりパーティーレポー
『Cobalt』10月号で「ボーイズ・ラブ特集」。
以後毎年10月にBL特集を組むのが
2005年までの恒例となる。
6月号 Cobalt通算100号＆
コバルト文庫25周年
1月 『マリア様がみてる』アニメ化。
コバルト作品としては異例の男性人気を獲得し、
百合ブームも起きる。
6月
小田菜摘
『そして花嫁は恋を知る』
10月
はるおかりの
『三千寵愛在一身』
コバルト文庫40周年記念
雑誌『Cobalt』終了
WebマガジンCobaltオープン

# コバルト・ノベル大賞　受賞者一覧

| 開催年 | 大賞 | 受賞者 |
|---|---|---|
| 一九八三年上期（第一回） | | ◆佳作 一藤木杏子／◆佳作 片山満久 |
| 一九八三年下期（第二回） | | 入選 杉本りえ／◆佳作 塩田剛／◆佳作 藤本圭子 |
| 一九八四年上期（第三回） | | 入選 唯川恵／◆佳作 倉本由布 |
| 一九八四年下期（第四回） | | 入選 藤本ひとみ |
| 一九八五年上期（第五回） | | 入選 波多野鷹 |
| 一九八五年下期（第六回） | | 入選 島村洋子 |
| 一九八六年上期（第七回） | | ◆佳作 片桐里香 |
| 一九八六年下期（第八回） | | 入選 図子慧 |
| 一九八七年上期（第九回） | | ◆佳作 前田珠子／◆佳作 夏川裕樹 |
| 一九八七年下期（第一〇回） | | 入選 五代剛／◆佳作 山本文緒 |
| 一九八八年上期（第一一回） | | 入選 彩河杏 |
| 一九八八年下期（第一二回） | | 入選 西田俊也 |
| 一九八九年上期（第一三回） | | 入選 水樹あきら／◆佳作 若木未生 |
| 一九八九年下期（第一四回） | | ◆佳作 三浦真奈美／◆佳作 児波いさき／◉読者大賞 桑原水菜 |
| 一九九〇年上期（第一五回） | | 入選 川田みちこ／◆佳作・読者大賞 小山真弓 |
| 一九九〇年下期（第一六回） | | 入選 涼元悠一／◆佳作 赤木里絵／◉読者大賞 榎木洋子 |
| 一九九一年上期（第一七回） | | 入選 水杜明珠／◆佳作 島田理聡／◆佳作 久嶋薫／◉読者大賞 もりまいつ |
| 一九九一年下期（第一八回） | | 入選 響野夏菜／◆佳作 北村染衣／◉読者大賞 立原とうや |
| 一九九二年上期（第一九回） | | 入選 ゆうきりん／◆佳作 沙山茴／◉読者大賞 原田紀 |
| 一九九二年下期（第二〇回） | | ◆佳作 甲紀枝／◆佳作 高遠砂夜／◆佳作 野間ゆかり／◉読者大賞 水野友貴 |
| 一九九三年上期（第二一回） | | 入選・読者大賞 今野緒雪／◆佳作 藍あずみ |
| 一九九三年下期（第二二回） | | 入選 茅野泉／◆佳作 花宗冬馬／◉読者大賞 緑川七央 |
| 一九九四年上期（第二三回） | | 入選 金蓮花／◆佳作 橘香いくの／◉読者大賞 須賀しのぶ |
| 一九九四年下期（第二四回） | | 入選 真堂樹／◆佳作 本沢みなみ／◉読者大賞 藤上貴矢 |
| 一九九五年上期（第二五回） | | 入選 香山暁子／◆佳作 いたみありあ／◉読者大賞 藤原眞莉 |
| 一九九五年下期（第二六回） | | 入選 遠田緩／◆佳作 森田尚／◆佳作 吉田縁／◉読者大賞 浩祥まきこ |
| 一九九六年度 | ノベル大賞（第二七回） | 入選 橘有未／◆佳作 川村蘭世／◉読者大賞 高野冬子 |
| | ロマン大賞（第五回） | 入選 荻野目悠樹／◆佳作 弓原望 |
| 一九九七年度 | ノベル大賞（第二八回） | 入選・読者大賞 小松由加子／◆佳作 榊原和希／◆佳作 河原明 |
| | ロマン大賞（第六回） | 入選 毛利志生子／◆佳作 谷瑞恵 |

|  |  |  |
| --- | --- | --- |
| 一九九八年度 | ノベル大賞（第二九回） | 入選 深谷晶子／◆佳作・読者大賞 片山奈保子 |
| | ロマン大賞（第七回） | 入選 久和まり |
| 一九九九年度 | ノベル大賞（第三〇回） | ◆佳作 竹岡葉月／◆佳作 吉平映理／◉読者大賞 松井千尋 |
| | ロマン大賞（第八回） | 入選 霜越かほる／◆佳作 さくまゆうこ |
| 二〇〇〇年度 | ノベル大賞（第三一回） | 入選 小沼まり子／◆佳作 石川宏宇／◆佳作・読者大賞 ユール |
| | ロマン大賞（第九回） | ◆佳作 渡瀬桂子／◆佳作 中井由希恵 |
| 二〇〇一年度 | ノベル大賞（第三二回） | 入選・読者大賞 清水朔／◆佳作 なかじまみさを／◆佳作 深志いつき |
| | ロマン大賞（第一〇回） | ◆佳作 佐藤ちあき／◆佳作 鷲田旌刀 |
| 二〇〇二年度 | ノベル大賞（第三三回） | 入選 青木祐子／◆佳作 山本瑤／◉読者大賞 ココロ直 |
| | ロマン大賞（第一一回） | ◆佳作 久藤冬貴／◆佳作 倉世春 |
| 二〇〇三年度 | ノベル大賞（第三四回） | 入選 小池雪／◆佳作 菊池瞳／◉読者大賞 沖原朋美 |
| | ロマン大賞（第一二回） | 入選 杉江久美子 |
| 二〇〇四年度 | ノベル大賞（第三五回） | ◆佳作 高川ひびき／◆佳作 桃井あん／◉読者大賞 足塚鰯 |
| | ロマン大賞（第一三回） | ◆佳作 中村幌／◆佳作 小林フユヒ |
| 二〇〇五年度 | ノベル大賞（第三六回） | 入選 桂環／◆佳作 松田志乃ぶ／◆佳作 真朝ユヅキ／◉読者大賞 岡篠名桜 |
| | ロマン大賞（第一四回） | ◆佳作 広瀬晶／◆佳作 友桐夏 |
| 二〇〇六年度 | ノベル大賞（第三七回） | 入選 藤原美里／◆佳作 木崎菜菜恵／◆佳作 閑月じゃく／◉読者大賞 ながと帰葉 |
| | ロマン大賞（第一五回） | ◆佳作 神埜明美 |
| 二〇〇七年度 | ノベル大賞（第三八回） | 入選 相羽鈴／◆佳作 一井七菜子／◉読者大賞 彩本和希 |
| | ロマン大賞（第一六回） | 入選 夏埜イズミ／入選 ひずき優／◆佳作 崎谷真琴 |
| 二〇〇八年度 | ノベル大賞（第三九回） | ◆佳作 汐月遥／◆佳作 香月せりか／◉読者大賞 椎名鳴葉 |
| | ロマン大賞（第一七回） | 入選 阿部暁子／入選 みなづき志生 |
| 二〇〇九年度 | ノベル大賞（第四〇回） | 入選 久賀理世／◆佳作 夢野リコ／◉読者大賞 高山ちあき |
| | ロマン大賞（第一八回） | ◆佳作 我鳥彩子 |
| 二〇一〇年度 | ノベル大賞（第四一回） | 入選 長尾彩子／◆佳作 御永真幸／◉読者大賞 高見雛 |
| | ロマン大賞（第一九回） | 入選 はるおかりの／入選 湊ようこ |
| 二〇一一年度 | ノベル大賞（第四二回） | 入選 野村行央／◆佳作 せひらあやみ／◉読者大賞 小糸なな |
| | ロマン大賞（第二〇回） | 入選 藍川竜樹 |
| 二〇一二年度 | ノベル大賞（第四三回） | ◆佳作 汐原由里子／◆佳作 きりしま志帆／◉読者大賞 後白河安寿 |
| | ロマン大賞（第二一回） | 入選 白川紺子／入選 希多美咲 |
| 二〇一三年度 | ノベル大賞（第四四回） | 入選 秋杜フユ／◆佳作 東堂燦／◆佳作 つのみつき |
| | ロマン大賞（第二二回） | 入選 一原みう／◆佳作 小湊悠貴 |
| 二〇一四年度 | ノベル大賞（第四五回） | 入選 杉元晶子／◆佳作 紙上ユキ |
| | ロマン大賞（第二三回） | 入選 辻村七子 |
| 二〇一五年度 | | 大賞 白洲梓／準大賞 長谷川夕 |
| 二〇一六年度 | | 大賞 ゆきた志旗 |

無印＝入選　◉＝読者大賞　◆＝佳作（2015 年より賞の呼称が変更・作家名は文庫デビュー時のもの）

【著者】 嵯峨景子
（さが・けいこ）

1979年生まれ。東京大学大学院学際情報学府博士課程単位取得退学。
専門は社会学、文化研究。
現在明治学院大学非常勤講師、文化学園大学文化ファッション研究機構共同研究員。
共著に『カワイイ！少女お手紙道具のデザイン』（芸術新聞社、2015年4月）、
『現代社会学事典』（弘文堂、2012年12月）「投書」項目執筆など。
主な論文に「吉屋信子から氷室冴子へ　少女小説と「誇り」の系譜」
（『ユリイカ』2014年12月号「百合文化の現在」）、
「ジュニア小説の盛衰と「少女小説」の復活
——1960年代から80年代の読み物分析を中心に」
（『ライトノベル・フロントライン1』2015年10月）など。

# コバルト文庫で辿る少女小説変遷史

二〇一六年十二月三十日　初版第一刷

著者——嵯峨景子
発行者——竹内淳夫
発行所——株式会社 彩流社
〒102-0071
東京都千代田区富士見2-2-2
電話：03-3234-5931
ファックス：03-3234-5932
Email：sairyusa@sairyusha.co.jp

印刷——モリモト印刷（株）
製本——（株）難波製本
装丁——坂川事務所
チャート・図——水田デザイン


ISBN978-4-7791-2275-0 C0095
**http://www.sairyusha.co.jp**